精霊に愛された姫君
～王族とは関わりたくない！～

藤宮

メゾン文庫

The princess who was loved by the spirits.

精霊に愛された姫君

Contents 目次

魔物

精霊と同質の力を持っていて、
世界を崩壊させる存在。
生き物に憑依する事もあれば
魔力の淀みから
突然生まれることもある。

王立討伐騎士団

魔物を討伐するための
騎士団で、
国の英雄として
敬愛されている。

冒険者ギルド

冒険者たちが集まる組合。
依頼は、承諾制と
指名制がある。

Keyword キーワード

幻獣

長い年月を経て、高い知性と
能力を有するようになった獣。
精霊と同じく属性を持っており、
魔物を葬ることを
使命としている。

フェイ

ハウゼント王国第一王子ユージルの
元婚約者、エレイン公爵令嬢。
精霊と対話ができることで、
属性や量も関係なく、ほぼ無限に
精霊魔法が使える。

精霊

精霊は、世界の森羅万象に
宿っており、彼らが世界を動かしている。
火水風土の四属性があり、
ごくまれに光や闇といった
属性もある。

一章　最後の夜会

沈みゆく夕日が室内を照らすなか、壁に掛けられた姿見には、瞳の色に合わせた深緑のドレスを纏《まと》った自分が静かに浮かんでいる。

亡き母から譲り受けたこのプラチナブロンドの髪は、ともすれば淡い印象を持たれがちだ。だが、目じりの上がった形の良い瞳と化粧映えのする容姿のおかげで、社交界の華に埋もれてしまうことはない。

ドレスと同じ色の宝石で誂《あつら》えたバレッタと共に髪を高く結い上げ、念入りに化粧を施した今の自分は、まるで小さく微笑《ほほえ》む人形のようだった。

「お嬢様、とてもお綺麗《きれい》ですわ」

「今夜の一番の注目は、お嬢様で間違いございませんわね」

湯浴みから身拵《みごしら》えまで始終の支度を任せた侍女らは、最後の仕上げとして耳飾りなどの装飾品を宛がいながら、興奮した様子で称賛の言葉を口にした。

コルセットで腰回りを締め、三十枚ほどの薄生地を重ねてスカートを膨らませるドレスがハウゼント王国では主流となっているが、如何《いかん》せん着付けに時間と労力がかかる。朝から三人がかりで準備を進め、完成したのは出立ギリギリの日暮れだ。

「ありがとう、お前たちのおかげよ」

疲労の色を浮かべる侍女たちへ労《ねぎら》いの声をかける。決まり文句のようなそれでも、彼女らは満足そうに頷《うなず》くのだった。

今夜催されるのは、ハウゼント王国建国四百年を祝う式典の前夜祭だ。王都の邸宅ではなく王宮にて開催される舞踏会には、国内の爵位を持つすべての貴族や有力な商人をはじめとし、各国からの大使が集う。

国を代表する貴族であるオスローゼ公爵と、その娘である私ことエレイン・オスローゼも、当然のことながら招待を受けている。

(夜会が中止にならないかしら)

国王が崩御するか他国と戦争が起こるかしない限り、まず有り得ない望みが脳裏を掠《かす》めたところで、我にもなくため息を漏らした。

この胸や腰を締め付ける窮屈なドレスも、夜会の噎《む》せ返るような熱気も、貴族らの傲慢で独りよがりな会話も、何もかもが苦痛でしかない。

しかし、どれだけ気が乗らなくても、私にハウゼント王国第一王子ユージル・ハウゼントの婚約者という肩書がある以上、参加は義務付けられているようなものだ。

美しく着飾り完璧な所作を披露し、彼の隣で静かに微笑む。数年後には正式に立太子する彼を陰ながら支え、ゆくゆくは世継ぎを設けること。それが私に課せられた役目だった。

オスローゼ公爵の娘として生まれ落ちた瞬間に、私は二つ年の離れたユージル殿下との婚姻が決められた。

ハウゼント王国には三百余りの貴族が存在するが、その国土の半分は国王が治める王領であり、残りの半分は貴族らが王から賜ることによって領地として認められる。

貴族らは挙《こぞ》って国王に取り入り、結果として国王一人に権力が集中していた。

国王から領地を拝領するのは伯爵から公爵までの上位貴族だが、その土地の地質に拘《かか》わらず膨大な税を納める義務を担うため、その運営を下級貴族へ丸投げする場合が多い。そうして上級貴族らは王都に邸宅を構え、領地で得た金を使って豪遊しながら、時に国政に口を出すという日々を送っているのである。

しかしながら、国王と一部の貴族に集中する政治的決定権に反対する貴族一派もいた。それを由緒あるツイッツバーグ侯爵家が先導しているものだから、王家は対処しあぐねていた。

更に、ツイッツバーグ侯爵領は王国内で有数の巨大商業都市であり、ハウゼント王国の経済にとってなくてはならない存在だった。ツイッツバーグ侯爵は、貴族界において大きな発言権を有していた。

それに危機感を持ったハウゼント王家は、上位貴族の中でも最大の実権を握っているオスローゼ公爵家と縁続きになることで、現在の統治体制を強化しようとしたのだ。

オスローゼ公爵もまた、優秀さを噂《うわさ》されるユージル王子が王位を継承すると目論《もくろ》んだうえで、それを承諾した。

私とユージル殿下との婚姻は、この独善的な王政を維持するための政略でしかないのである。貴族の世界ではよくあることで、言うまでもなく、当人の意思は反映されていない。殿下との婚約からもうすぐ十五年が経《た》とうとしているが、彼と顔を合わせたのは両手で数えられる程度しかなかった。また、彼の十八歳の成人とともに正式な婚姻が結ばれる見通しであるにも拘わらず、二人きりで言葉を交わしたのは昨年が初めてのことだった。

周囲が私に望むのは、ユージル王子と仲睦《なかむつ》まじくすることではなく、『完璧な王妃』であることだ。私は、上に立つ者として相応《ふさわ》しい教養を身に付けるべく、物心ついた頃から礼儀作法や人の使い方、外国語、ひいては算術や帝王学まで習うことを強いられてきた。ひとりの時間など、ありはしなかった。社交界に出れば多くの貴族が群がり、邸宅では侍女や教師が付き纏う。

父は、常に誰かの目に晒《さら》され評価される立場だからと、口癖のようにこう言った。

「感情を表に出すなど、愚かな真似《まね》はするな。笑みを絶やすな、余裕のある態度を崩してはならん」

心の休まる暇もない毎日に辟易《へきえき》したころ、自由な時間が欲しいと父に直談判《じかだんぱん》したことがある。「そんな馬鹿なことを考える暇があるなら、勉学の時間を増やせ」という返答が返って来たとき、私は気が付いた。

『完璧な王妃』としての姿に、私個人の人格は必要ないのだ、と。

それからは、生きるのが随分と楽になった。自分の意思を捨てさえすれば、理想的な淑女として振舞うことなど造作もないことだったからだ。相手の意思を汲《く》み取ることも、相手を立てる話術も、私は難なくできてしまった。

しかし、せっかくここまで割り切れるようになったというのに、私の中でのユージル王子に対する評価は地を這《は》っている。それは、初めて個人的に顔を合わせた、昨年の出来事が原因だった。

――たとえお前と婚約を結んでいるとしても、俺の心が手に入ると思うな。こんなふざけた婚約、解消となるのは時間の問題だろう。俺の心は、彼女の元にある……。

出会い頭に鋭い眼差《まなざ》しを向けられたかと思えば、ユージル殿下の口から発せられたのは、この馬鹿げたな言葉だった。どうやら殿下には意中の女性がいるらしく、私との婚約を解消して彼女と婚姻関係を結びたいらしいのだ。

好きな相手がいるという程度で破談にできるほど、この縁談は単純なものではない。だから他の人と恋をしようとも、婚約者同士の心が通じ合っていなくとも、この婚約が解消されることはないのだ。彼も理解しているだろうに、と最初は呆《あき》れてものも言えなかったし、王妃としての人生を強いられてきた私に対する冒瀆《ぼうとく》でもあった。

だが、よく考えてみれば、ユージル王子は非常に聡明で知略に富んでいるという噂を耳にしたことがある。もしかしたら、私との婚約を上回る策略を提示できる算段があるのだろうか。

　未来の王妃としての役割から解かれる日はそう遠くないのかもしれないと、近頃は思うようになった。心のどこかで望んでいた『自由な時間』を手に入れる未来を、密《ひそ》かに待っていたのかもしれない。

　ともかく、婚約を解消する腹積もりでいるユージル王子とそれに対して何の反論も示さない私の間には、決して埋まらない溝があった。

　正式な婚姻が刻々と迫るなか、近ごろユージル王子の公務や社交に婚約者として伴われることが増えたが、彼は私をエスコートすることに不機嫌さを隠そうともしない。私が招待されたパーティーに同伴を申し入れても、断られることすらあったのだ。

　建国四百年を祝う宮廷舞踏会という大舞台でありながら、今夜もユージル王子とは何の約束もしていない。このまま彼が屋敷まで迎えに来なければ、私は一人で参加しなければならなくなる。

　では、ユージル王子は一体だれを伴って出席するのだろうか……と浮かんだところで、その思考を止《や》めた。考えなくとも答えは出ている。国の第一王子たる者が、このような重要な舞台に単身で参加するはずがないのだ。

（まあ、いいわ。一人の方が気楽ですもの）

　王家と公爵家の醜聞は、貴族らにとって恰好《かっこう》の餌食だ。彼らは勝手気ままに、分別なく噂話を繰り広げていく。一人で出席すると、纏わりつく彼らの好奇の視線に耐えなければならないが、ご機嫌斜めな王子と隣り合って過ごすより幾分かはましに思えた。

「さて、そろそろ出掛けようかしら」

「かしこまりました。玄関前に馬車を用意して御座います」

辺りが薄暗くなり始めたころ。すべての支度を終えた私は、お気に入りの白のショールを羽織って憂鬱な気分のまま玄関へと足を向けた。途中で父オスローゼ公爵の書斎を通り過ぎ、そういえばここ数日間、屋敷に彼の気配を感じなかったことを思い出した。

「今夜お父様はどうなさるのか、聞いているかしら」

私の二歩後ろに控えていた侍女に問えば、玄関で御者と話していた執事長のファレスが代わりに答える。

「旦那様は、三日ほど前から王宮にてお過ごしに御座います」

(何を企《たくら》んでいるのかしら)

父はもとより、権力と地位にしか興味のない人間だ。王家の親族という立場が欲しいがゆえに、私はユージル王子との婚約を結ばなければならないのだから。

だが、近頃の父の言動には違和感を抱かずにはいられなかった。

「将来の王妃として相応しく」、「殿下の御心を繋《つな》ぎ留めなさい」と顔を合わせるたびに厳命していた彼が、この一年ユージル王子がどれだけ私を邪険に扱おうとも、そのことについて一切触れなかったのだ。

（……嫌な予感がするわ）

吐く息が重苦しいのは、きっとコルセットで胸を締め付けていることだけが理由ではないだろう。不幸なことに、私の嫌な予感は外れたことがない。

ますます落ち込んだ気分を抱きながら、私は一人で四頭立ての馬車に乗り込んだ。

「お嬢様に、精霊様のご加護があらんことを」

玄関前に並んだ使用人らは、一糸乱れることなく一斉に頭を下げた。慣用的に口にされるこの言葉は、ハウゼント王国の人々にとっての最上級の祈りだった。

§§§

『精霊に愛された国』

――ハウゼント王国の国民なら、誰でも知っている物語だ。

かつて、すべての魔物を屠《ほふ》ったことで世界に平穏を齎《もたら》し、精霊から恩寵《おんちょう》を与えられた勇者がいた。かの者は精霊とともにハウゼント王国を築き、そこに住まう人々には限りない恩恵が与えられた。

どの国にも精霊に関する伝承はあるが、そのすべてに共通するのは、この世界には森羅万象に『精霊』が宿っており、彼らが世界を動かしているという理《ことわり》である。

精霊は、風を呼び大地を潤し空の星を動かす。姿形は見えずとも、人々は精霊の存在を信じ崇め奉った。

精霊に愛された国は、天候に恵まれて飢饉《ききん》や干魃《かんばつ》などの災から逃れられるという。だからこそ、人々は精霊への信仰心を捨てず、その恩寵を求めた。

ここ百年の間、大きな天災に襲われることのなかったハウゼント王国は、その『精霊に愛された国』であると公言していた。王国がそう主張するのは、何も天災が起こらなかったことだけが理由ではない。

ハウゼント王国では、精霊と契約を交わすという特別な儀式が存在する。契約が成立することによって、人は精霊の力の一部を与えられた。ある者は手の平から炎を生み、またある者は枯れた池に水を蘇らせた。その力を用いて、ハウゼント王国の人々は国を発展させていった。精霊との契約はつまり、精霊に選ばれたということ。その者たちが国を導いている国。ハウゼント王国が『精霊に愛された国』だとする所以《ゆえん》だった。

「精霊様……ね」

このような慣習のなかで育っていながらも、私は冷ややかにその呼び名を呟《つぶや》く。

将来の王妃であった私もまた、その儀式を受けていた。

儀式自体はそう難しいことではない。祭壇に掲げられた黒くて醜い塊に見える生き物を、短剣で突き刺す。それが完全に動かなくなった瞬間、精霊に認められた契約者は、目に見える何らかの方法で精霊から名前を与えられるとともに、その恩恵を手にするのだ。

しかしながら、近頃では儀式を行っても契約を結べない者が増え始め、捧げられた生き物の命が尽きてもなお、精霊からの反応がなかった私も、その一人とされた。

父オスローゼ公爵は「出来損ないめ」と私を冷たくなじり、益々《ますます》厳しい教育を課せられるようになった。世間の目も非常に厳しく、私を排除して王子の婚約者に新たな令嬢を据えようとする動きも活発化した。

だが、あの時の私はそれどころではなかった。私は精霊との契約を交わせなかったわけではない。ズシリと重い短剣を握りしめ、太い鎖で雁字搦《がんじがら》めにされた醜い生き物を突き刺したとき、私の頭の中におびただしい数の声が飛び交い始めたのだ。耳から拾う音と違い、頭に直接響くようなその声の正体が『精霊』であると気が付くのに時間はかからなかった。

精霊たちは、たいてい取り留めのないことを思い付くまま口にしている感じだが、恐る恐る話し掛けたところ、彼らは戸惑《とまど》いを見せつつもごく普通に返答してきた。会話は成り立ったのである。

精霊に個体と自我があることも、言葉という概念があるということも知らなかった。もとより、どれだけ歴史を辿《たど》っても、精霊の声を聴いたという事例は存在しないのだ。

一体どうして、私と契約を交わした精霊に〝精霊たちの声を聞ける〟という力があるのか分からない。尋ねようにも、当の精霊はあまりにも寡黙で、どれだけ声をかけても答えてはくれなかったのだ。

「……フェイ、か」

だが、その声を聴いたことはある。精霊たちの言葉が聞こえるようになったのは、低く落ち着いた声が私をそう呼んだ瞬間からだったし、その後も同じ声がその名を呼んだことは何度かあった。

精霊たちも私を『フェイ』と呼ぶのでそれが私の精霊名なのだと分かったが、精霊の声が聞こえる理由は不明のまま、精霊と共に過ごす日々が続いた。精霊から話しかけてくることもあれば、意識を凝らしていないと聞こえない時もある。それは、精霊が個体と自我をもって行動していることの裏付けに他ならなかった。

しかしながら、精霊の存在を身近に感じて育ったことで、私は精霊とともに成り立つハウゼント王国の秩序が歪《ゆが》んでいることを理解してしまった。

ハウゼント王国では国の中核を担うのは、精霊と契約した者がほとんどである。しかしながら、精霊と契約する儀式を行うには多額の寄付金が必要だ。つまり、王侯貴族や商人などの富裕層に限られている。

そして、彼らは精霊との契約者であることを笠《かさ》に着て領民から多額の金を強請し、それを自らの懐へ入れているのである。貴族や商人などの一部の特権階級が富を独占するために、精霊をダシにして人々を洗脳しているのだ。

恩寵など存在しない。ハウゼント王国に天災が降りかからないのは、単に地形に恵まれているからに過ぎないのだから。

精霊は、私に現実を見る機会を与えてくれた。精霊と時を過ごすにつれ、私の中の国に対する忠誠心や将来に対する期待は雲散霧消していくのだった。

この国は根本から腐っている。それを根絶やしにしない限り、ハウゼント王国の歪みが正されることはないだろう。

§§§

何百もの蠟燭《ろうそく》が灯された巨大なシャンデリアがダンスホールを明るく照らしている。等間隔で壁に掛けられたランプは半分ほどしか灯していないが、それが却《かえ》って神秘的な雰囲気を生み出していた。

テンポの良いワルツが奏でられ、参加者たちはそれぞれダンスを踊ったり社交に勤《いそ》しんだりしている。ユージル王子を伴わずに出席したことに、しばらくの間は好奇の視線を浴びたが、次期王妃という肩書を背負った私に群がる貴族は後を絶たない。瞬く間に人々に囲まれてしまう。

その中にジーケード侯爵やトールジス伯爵など、国を代表するような貴族が含まれているものだから邪険に扱うわけにもいかず、彼らの自慢話の相手をしなければならなかった。

貴族の世界というのは、他者を蹴落とすための謀計や、より上位者に取り入るための媚諂《こびへつら》いが渦巻いている。だが、彼らがどれだけ私を害そうと画策しても、私に何らかの危険が迫ると精霊たちが一斉に騒《ざわ》めいて、

《フェイ気をつけて！》《フェイからはなれろ！》

と声を上げるものだから、私を次期王妃の座から追い落とすために毒を盛ったり暴漢に襲わせたりしようとする暴挙から幾度となく逃れてきた。精霊には裏表がなく、心から信用することが出来る。精霊だけが私の唯一の安らぎであり、救済だった。

けれど、私は精霊たちが望むような働きは何一つできていない。それでも絶対に、この恩に報いたい。何も求めずに生きてきた人生の中で、たった一つの望みだった。

ふと演奏が止み、代わりに高々とファンファーレが鳴り響く。ハウゼント王国国王夫妻が入場する合図だった。人々は身分を問わず一斉に跪《ひざまず》き、首《こうべ》を垂れる。

私もみなと同じく床に膝をついて頭を下げる。しかし、いつまで待っても国王から声がかかることがなかった。会場は異様な騒めきに包まれ、不敬とは思いつつも、何事だろうと頭を上げた。

王座の前に立っていたのは国王夫妻ではなく、私の婚約者であるユージル・ハウゼ

ント第一王子だった。そして彼は、一人の女性の腰を抱いていた。
（騒ぎの原因は、これね）
ユージル王子は、ホールの中央に佇《たたず》む私をチラリと一瞥《いちべつ》して不快そうに顔を歪める
が、すぐに視線を逸《そ》らし徐《おもむろ》に口を開く。
「今宵集まった皆に、私ユージル・ハウゼントは、国を代表して伝えねばならない」
ざわざわと会場が揺れた。国王夫妻入場のファンファーレと共に第一王子が入場し、
国王はいまだ姿を現さない。我が物顔で王座の前を陣取るユージル王子に不審の目を
向ける者もいれば、状況を理解できず固唾《かたず》を飲んで王子の言葉を待つ者もいた。
果たして、ユージル王子が齎した衝撃は、国をも揺るがすものだった。
「先ほど、ジェイソン三世陛下が崩御した。精霊様へ祈禱《きとう》するための献金を横領して
いた陛下は精霊のお怒りを買ったようで、先ほどから精霊の力が揺らいでいる」
国王が崩御したという話に貴族らは多少の疑心をみせるものの、その後に続いた死
因に顔を青くする。ユージル王子の言い分が本当なら、誰しもに心当たりがあるから
だ。
精霊に気を取られて、崩御という事態へ疑念を唱える貴族が現れないうちに、ユー
ジル王子は言葉を続けた。
「だが、安心せよ。精霊様のお怒りはすぐに治まった」
そして、妙に勿体《もったい》ぶった物腰で、自分の隣に立っていた少女の背中を押す。

「この者は、アリア・カーラム嬢。半年前に光の精霊様の加護を受けし者だ。彼女が荒ぶる精霊様の御心《みこころ》を鎮め、再び国に安穏を齎してくれた」

その言葉を聞いて、貴族らは一斉に胸をなで下ろした。

明るい茶髪に同色の円らな瞳《つぶ》という実に愛らしい姿形の彼女は、間違いなくカーラム男爵家の令嬢だ。夜会で何度か見かけたことがあるが、常に誰かに媚《こ》びている印象があって、あまり好ましい女性ではない。

それにしても、光の精霊ときたか……。

精霊たちは《火の―》《風の―》と、それぞれが持つ精霊力の属性でお互いを呼び合っている。その中に光の話題は度々出てきたし、実際に光の精霊と言葉を交わしたこともあり、顔見知りのようなものである。

それまで本能で世界を動かしているに過ぎなかった精霊たちは、私たち人間と関わることで思考力や知識を手に入れるようになったという。人間と過ごす時間が長ければ長いほど、精霊は人間に感化される。

私が知っている光の精霊は一体しかおらず、出会った精霊の中で一番はっきりした自我を持っていた。もともと精霊というのは楽天的なものだが、また一段と陽気な精霊だ。だが、殊の外何かに縛られることを嫌い、一か所に留まることすらできない性分でもある。

そんな光の精霊が、人間と契約するなんて正直信じられない。

「我を守護し光の精霊よ、我が名はクレメル。汝《なんじ》この願いに応え、その力を示せ」

再び沸き起こった騒めきに、思考の沼に沈んでいた意識が引き戻される。

何事だろうと視線をユージル王子たちの所へ戻せば、詠唱とともに現れた淡い光の玉がアリアを取り巻いているではないか。

「光の精霊様だと⁉」「なんと尊い光だ」

感嘆の声を漏らす貴族がいる一方で、私は王座の前に立つ彼らを冷ややかに見やった。

（あれって火の精霊の力よ？　それに、やっているのはユージル王子だわ）

精霊の声が聞こえる私には分かる。ここに光の精霊はいないし、そもそも光の精霊が持っているのは『癒《いや》し』の力だ。

だが、精霊との契約を偽ってまで彼らが何をしたいのか、私には手に取るように分かった。

光の精霊の加護という優位点を用意したうえで国王を何らかの方法で暗殺し、精霊の怒りを買ったと言って人々の不安を煽《あお》る。

そこで、精霊の中でも上位――人間が勝手に付けた序列では――とされる精霊の加護を受けたアリアを示し、彼女を王妃の地位に据えることで精霊の怒りを治める。そして彼女が伴侶と選んだ自分が、次代の王位に就く……とでもいうところか。

ユージル王子は、アリアが私よりも価値ある存在だと見せつけ、自分の地位も確固たるものにしようとしている。周囲の反応からしても、それは不首尾なく収まりそうだ。光の精霊をだしにしたことは不快だが、これで全て終わるのなら、目を瞑《つむ》ろう。

(婚約者の役目は、これで終わりね……)

それは、小さく安堵《あんど》の息を零《こぼ》した瞬間だった。

《フェイ危ない！》《気をつけて》《フェイを傷つけるな！》

精霊たちが間断なく声を上げ始める。それは、命を脅かす危機をも告げ知らせてくれた時と同様で、私に災いが差し迫っていることを意味していた。

「だが、まだ解決しなければならない問題が残っている。真に精霊へ許しを請うために、我々は反逆者を断罪せねばならぬ」

ユージル王子の刺すような視線が、私を貫いた気がした。

屋敷で感じた嫌な予感がまざまざと呼び起こされ、ブルリと身震いする。そして、その予感は的中した。

「エレイン・オスローゼ。貴様は光の精霊の加護を受けたこのアリア・カーラム嬢に嫉妬し、彼女を排除しようとしたと報告が上がっている。アリアの証言とも一致した。我が国を守護するアリアを傷つける行為は彼女のみならず精霊様への冒瀆でもあり、国家に対する反逆、極刑に等しい重罪だ。

だが、貴様は貴族の端くれ、打ち首にする訳にもゆかぬ。よって、この場を持ってエレイン・オスローゼの身分を剝奪《はくだつ》し、国外追放とすることとしよう。二度と私たちの前に姿を見せるな」

「……はい？」

あんぐりと開いた口を扇で隠すのも忘れるほど、頭の中は困惑で一杯だった。それでも、鈍った思考回路を必死に回転させて、何とか口を開く。

「どのような勘違いをなさっているのか存じ上げませんが、全く身に覚えのないことでございます。そもそも、アリア様が光の精霊から御加護を賜ったことは先ほど知ったのでございます。よもや、嫉妬など……」

何とか形になった言葉に、みっともなく狼狽《うろた》えずに済んだと安堵の息を吐くが、ユージル王子は忌々しげに眉を顰《ひそ》めるばかりだった。

「アリアの決定的な証言があるのだ。精霊から加護を受けられなかった心の卑しいお前とは違い、彼女は光の精霊が守護する乙女《おとめ》である。潔く罪を認めよ」

結局はなんの証拠もないということではないか。それも当然、そんな事実は存在しないのだから。

精霊と契約できなかったことを王子は仄《ほの》めかしたが、まさかそれだけの理由で反逆罪の濡《ぬ》れ衣《ぎぬ》を着せられなければならないのか。もうユージル王子の魂胆が分からなかった。

精霊から選ばれなかったとされる私をユージル王子が疎ましく思っていることも、いずれ婚約を解消されることも、理解していた。将来の王妃という重責を背負わされたあげくに窮屈な生活を強いられ、時には命の危険にすら晒されてきても、黙って耐えてきた。

だから、あるべき日々を奪われたことを許す決意をし、婚約破棄後の人生に思いを馳《は》せていたというのに。

彼は、それすらも奪おうというのだ。

（なんて理不尽なの……）

ふつふつと湧き上がる怒りが、鈍った思考を拭い去った。

歩み寄ろうともせず、己の価値観ばかりを押し付けるユージル王子を憎いと思う反面で、与えられた道に甘んじてきた自分にも責任がある。

そう、全てはハウゼント王国の歪んだ秩序が悪いのだ。人々はその歪みを正常だと思い込み、変わらず維持していくために間違いを繰り返す。

（こんな国……）

その続きの言葉を浮かべる前に、私はふと我にかえった。

……滅んでしまえばいい。

もし私が心からそう願えば、精霊たちは躊躇《ためら》いなく叶《かな》えてしまうかもしれない。だが、本当の望みはそんな低俗なことではないのだ。

息を吐きだし、気持ちを切り替える。ひとまず、この支離滅裂な事態を収拾しなければならない。こっそりと視線を巡らせれば、周囲の貴族らの反応は大きく二分されていた。

一つは、顔色を悪くして狼狽える者たち。

そしてもう一つは、無表情を装って傍観を決め込んだ者たち。そう、まるでこの状況を予《あらかじ》め知っていたかのような……

（まさか！）

胸中のざわつきは、濁流となって全身を駆け巡った。鼓動が早鐘をうち、浅い呼吸を繰り返す。

「殿下！」

震える唇を噛《か》みしめた私の前に躍り出たのは、父オスローゼ公爵だった。公爵ともあろうものが床に膝をつき、深く首を垂れていた。

「殿下、娘は許されざる罪を犯しました。公爵家の籍からも外し、殿下との婚約も破棄させましょう。しかしながら、国外への追放だけはご容赦ください。エレインはまだ年若い娘なのでございます」

彼から発せられた白々しい言葉は、呆れるほどに嘘《うそ》くさい。

父はこのまま、私と殿下との婚約を解消させる腹積もりなのだ。私の扱いに粗略だった王子に対して父が何も言わなかったのも、彼の気持ちが他に移ったからだったのだ。

どんな益があっての行動かは分からないが、おそらく王族の親戚という立場より勝る地位と権限をユージル王子から提示されたのだろう。長い間「出来損ないめ」と私を蔑んできたこの人のことだ。私を切り捨てることに迷いもしないだろう。

そして私の減刑を嘆願しているのも、私にはまだ利用価値があると判断したからに過ぎないのだ。

明らかに目で会話をしている父とユージル王子を見やって、私は自嘲の笑いをこぼす。

（……馬鹿は私ね）

もう、帰っていいだろうか？　ああ、でも私には帰る場所がない。エレイン・オスローゼという人間には。

「では、代わりに何をもってして償うというのだ」

「娘を修道院へ入れるのです。精霊様への懺悔《ざんげ》を生涯役目とすれば、罪も償えましょう」

私の耳には、既に彼らの声は届いていなかった。

私の激情に反応して夥《おびただ》しい数の精霊が集まったせいで、頭の中は精霊たちの声でいっぱいだったからだ。

《フェイどうしたの》《フェイ悲しい》

《怒ってる》《憎い？》

《どうしてほしい？》

精霊たちは、私の心を素直に言葉にした。精霊たちの言う通りだ。父オスローゼ公爵の都合の良い手駒としてしか生きられなかった人生が悲しく、幸せな表情で微笑み合うユージル王子とアリア・カーラムが恨めしい。

だが、不思議とそれ以上の感情は浮かんでこなかった。もともと、彼らに対する関心が薄かったせいかもしれない。

私の頭の中では、これからどう行動するのが最善なのか選択を始めている。答えはすぐに導き出された。

私が居なくなれば、私をまだ利用する腹積もりのオスローゼ公爵は焦るかもしれないが、すべて丸く収まるだろう。だから、私が望むのはただ一つ。

「ここから……連れ出して」

私は、静かに瞼《まぶた》を閉じた。

§§§

よく、夢を見た。

暗い森の中に一人佇む私は、気がつかない間に底無し沼へと足を踏み入れている。

重い泥土は容赦なく私の身体《からだ》の自由を奪い、どれだけ踠《もが》いても抜け出せない。

やがて沼に呑《の》み込《こ》まれた私は、光に手を伸ばすことすら叶わないまま呼吸を止めていく、そんな夢だ。いつもは、そこで目が醒《さ》める。
《フェイ、起きて》
だが、今回は違った。鈴を転がすような精霊よりも少しだけ低く温かみのある声が、繰り返し私の名前を呼ぶ。光の届かないはずの底深い沼に光明が差し、沈んだ私を包み込んで掬《すく》い上げたのだ。
《フェイ》
「ん……」
何度も名前が呼ばれる。ああ、起きないと。
鉛のように重たい瞼を押しあけ、上体を起こす。数回瞬きを繰り返してから周囲に視線を巡らせると、どうやら森の中のようだ。立ち並ぶ木々が少し開けた場所で、木漏れ日が風に揺れて幻想的に煌《きら》めいている。
《ここ森の中ー》《僕たち連れてきた》
《お城からけっこう遠いの》
《海が近いよ》
普段と変わらない精霊たちの声が言うには、ここはハウゼント王国の沿岸部に位置する森の中のようだ。日は高く上っており、随分と長い間寝ていたのだと気が付く。積み重なった疲労のせいだろう。地面に直接横たわっていたせいで痛む節々を伸ばしながら、体に残る気怠《けだる》さを払拭した。

頭が冴《さ》えてくるにつれて、昨夜の出来事がまざまざと脳裏によみがえってくる。ユージル王子から告げられた婚約破棄と謂《いわ》れのない断罪、そして目配せしていた父とユージル王子の姿。集まってきてくれた精霊に、私はあの場所からいなくなることを願った。彼らは、私をここまで連れてきてくれたのだ。

王都から馬車でも五日ほど掛かるこの場所なら、慌てて逃げ出す必要もない。ひとまず安堵の息をついた。

「すべて、終わったのね」

未来の王妃としての役目から解放され、その地位を狙う者に怯《おび》える日々を過ごさなくて良いのだ。その代償に失ったのは、十五年という長い年月だった。喪失感に苛《さいな》まれることもないが、喜びに満たされているわけでもない。自分でもよくわからなかった。

《フェイ悲しい？》《あいつら嫌い！》

《フェイ悲しませた》《ハウゼント嫌い！》

精霊たちが私の心を汲み取って口々に心配するのを聞いて、胸が温かくなるのを感じる。自分ではあまり自覚がないが、精霊が言うならばこの胸の蟠《わだかま》りの原因は「悲しい」からなのだろう。だが、それもすぐに割り切ってしまえるものだった。

「私は大丈夫よ。それよりも、光の精霊には悪いことをしたわ」

《全く失礼しちゃうよね！　ボクは光から生まれたから〝光の〟って名乗ってるだけ

で、ピカピカ光らせる力は持ってないのに！》

ちょうど光の精霊について考えている最中に、陽気なその声が響き渡った。潑剌《はつらつ》とはしているが、やはり昨夜の彼らの所業は目に余ったのだろう。心なしか声がとがって聞こえた。

「変なことに巻き込んでしまって、申し訳ないわ」

《いいってことよ！　それよりも、フェイはこれからどうするのさ》

光の精霊の問いかけに、しばらくの間考え込む。

与えられた役割に文句の一つも言わず従う私は、随分と使い勝手のいい駒だったことだろう。だが、ユージル王子の婚約者エレイン・オスローゼ公爵令嬢は、もういない。

私は、自由なのだ。

ひとまず立ち上がり、ドレスについた土埃《つちぼこり》を払う。薄い生地を重ねた繊細な造りのドレスは所々破れていたが、もうどうでもよかった。

「どうしようかしらね」

あの重圧から抜け出したい、精霊の役に立ちたいという漠然とした願いはあったものの、いざ実現してしまうと、その方法が浮かんでこない。

だが、このまま森でじっとしている訳にはいかないことも承知している。

「少なくとも、この国から立ち去った方が賢明ね」

国家反逆の罪を負った私をオスローゼ公爵がどう利用する魂胆だったのかは分からないが、私が忽然《こつぜん》と姿を消してしまったのは、彼らにとって完全に予想外だったはずだ。

今頃、血眼《ちまなこ》になって私を探しているだろうか。または、既に修道院へ旅立ったことにして存在自体を抹消したかもしれない。

どちらにせよ、ハウゼント王国に留まる選択肢はない。とはいっても、問題は何処《どこ》へ、何をしに行けばいいのかである。

ずっと王子の婚約者という役目に囚《とら》われていたせいで、やってみたいことの一つも見当たらない。治世とは無関係となった今、修めた学問は意味をなさず、嗜《たしな》み程度でしかない刺繡《ししゅう》やダンスは生活の役には立たない。すべて徒労に終わってしまった。

八方塞がりで悩む私の元に、精霊はさまざまな案を提案する。といっても、なぜか皆同じようなことしか言わない。

《アーシブルにいこう》《海のむこうだよ》

《アーシブルすき！》

「ちょ、ちょっと待って。アーシブルって海を渡った先にある大国よね。たしか、一つの陸地そのものが一国として成っているのだったかしら」

ハウゼント王国では自国至上主義的思想が根深く、他国の情勢や文化を学ぶ機会は極端に少なかった。その中で得られた数少ない情報を思い浮かべる。

ハウゼント王国の解釈では、アーシブル王国は精霊から見放された低劣な国だとされている。国の背後に、魔物が支配する広大な森があり、人々はいかなる時も魔物の来襲におびえて暮らさなければならない、と。

交易の面で僅かながらでもハウゼント王国と関係を持っているにも拘わらず、この国の人々はアーシブル王国の話題を避けるものだから、その治世や文化についてはさっぱり分からなかった。

ただ、精霊たちの評判はすこぶる良好だ。彼らが「すき」と評するアーシブル王国こそ、精霊に愛されていると思えてならなかった。

《アーシブルは良いところだよ。それに、ボクたちも付いていくしね！》

光の精霊も、アーシブル、アーシブルと口々に騒ぎ立てる精霊に賛同した。

……ん？

「ボクたちも、付いていく？」

まさか、光の精霊が言うボクたちとは、この辺り一帯の精霊のことではあるまいか。

《そうさ！》《ボクも！》

《ぼくだって》《アーシブル》

夥しい数の精霊が一斉に声を上げる。咄嗟《とっさ》に耳を塞ぐが、頭に直接響く精霊の声にはまったく効果はなかった。割れそうになる頭を押さえて、精霊たちを落ち着かせようと声を張り上げた。

「分かった、分かったわ。一緒にアーシブル王国へ行きましょう？」

私の返答に納得した精霊たちは、ひとまず散り散りになる。

勢い任せに決断してしまったが、後悔はしていない。精霊が付いてくるという事も驚きはしたが、精霊は何ものにも縛られない自由な存在だ。私がどうこう言う問題ではないと結論付ける。

この森を抜ければ、比較的大規模の港町アイシンがある。アーシブル王国との交易は大々的に行われていないものの、定期的に行われていた。アイシンほどの港町からなら、アーシブル王国行きの船も出航しているはずだ。そこに紛れ込みたい。

だが、ふと自分の手元に目をやったとき、その手は白い手袋に包まれていた。胸元は大胆にも開いているし、何十枚もペチコートが重ねられたドレスは足元すら見えない。自分がいま身に付けているものが夜会のための華やかなドレスだと思い出した私は、深いため息を吐《つ》いた。これでは、自分は貴族だと言いふらしているようなものだ。

何よりも、三人がかりで着付けたこのドレスを一人で脱ぐ自信がない。

「出端《でばな》を挫《くじ》かれる、とはこの事ね……」

はあ、と嘆息を零した私に、光の精霊が呼びかける。

《フェイ、ちょっとコッチに来てごらん》

踵《かかと》の高い靴で森の中を歩くのは一苦労だったが、光の精霊の声に導かれるまま進んでいくと、断崖の下に辿り着いた。一瞥したところではただの岩肌に見える。

だが、光の精霊が《土のー、ちょっと手伝って》と声をかけると、亀裂すら入っていなかった岩壁がみるみる割けていき、次の瞬間には小さな洞窟が姿を現した。

入り口は狭く屈《かが》まないと入れないが、円天井の下は案外広い造りになっている。一つの窓もない閉鎖的なこの空間は秘密基地のようで、壁を削った棚には食器や瓶が並び、ランプ、麻の袋に詰められた何か、そして寝台までが備わっている。だが、麻や寝具などは劣化が激しく、完全に解れてしまっていた。

この洞窟の持ち主が、随分と長い間ここを訪れていないことが窺《うかが》える。

「ここは……」

《ずいぶん昔に、トルンっていう人間がいたんだけど、ボクたち精霊と相性が良くてねえ。契約してたのは土のなんだけど、必要なときはみんな喜んで力を貸したよ》

「トルン……残念だけれど、聞いたことがないわ」

《トルンは、ずっと魔物と戦っていた。あいつすごく強かったから、気付いた時にはこの辺りの魔物全部を倒しちゃってね》

それには思い当たる節があった。

ハウゼント王国ではごく一般的な物語、全ての魔物を屠ったことで精霊から恩寵を与えられ、この国を創り上げたという『伝説の勇者』のことではないだろうか。

物語の中の人とばかり思っていた勇者が、まさか実在していたなんて。驚きのあまり、私はあんぐりと口を開けたまま暫《しばら》く動けなかった。

《ここはトルンの隠れ家だった場所だよ。役に立つ物が何かしら置いてあるはずさ！》

　続いた光の精霊の言葉に我に返り、私は室内の物色を始めた。

　中身が詰まったままの麻袋に手を伸ばせば、少し触れただけでボロボロと崩れてしまう。立ちのぼった埃に噎せながら、入っていたものを漁《あさ》った。

　数枚の服のようなものも、麻袋と同様に繊維が剝《む》き出しになっていて使い物にならない。短剣は錆《さ》びついていて鞘《さや》から抜けないし、小さな袋に分けてあった硬貨は見たことのないものだった。

　土の精霊が錆《さび》を取り除いてくれたおかげで短剣や硬貨は輝きを取り戻したが、今一番欲しているのは衣服だ。

「……あ、あった」

　目的のものは、崩れた袋の奥底にあった。引きずり出した黒い布は、他の衣服と違って劣化していない。その奇跡に小躍りしながら埃を立てないように広げてみる。

《うわあ、スパイダー・ギガントの糸だねぇ。トルンの愛用品だよ、それ。切れないし燃えないし濡れないからね》

　空恐ろしいほどの高性能だが、正直ただの黒い布にしか見えない。

　少し光沢のあるその生地は、広げてみれば体をすっぽりと覆ってしまえるほど大きなマントの造りをしていた。トルンという勇者からすれば膝丈ほどしかないのかもしれないが、私にとっては地面に裾が付くほどの長さだ。

これなら、ドレスを脱ぎ捨てて下着姿になっても問題なさそうだと判断し、この重厚なドレスを脱ぎにかかる。

時折ビリッ、という不穏な音が聞こえたが、悪戦苦闘しながらも一番上のドレスを脱ぎ去った。前で縛る型のコルセットであったことに安堵しつつ、コルセットを取った後に大量のペチコートをずり下ろす。残ったのはドロワーズと数枚のペチコートだけだ。その上からマントを羽織って錆びた留め具を肩口で嵌《は》めれば、外から見た恰好として違和感はない。宝石のついた靴だけが問題だが、森を裸足で歩くわけにはいかないので我慢だ。

今にも外れそうな宝石だけをもぎ取って、耳飾りなどの装飾品も外し、まとめてマントの内袋へ仕舞った。髪を結っているバレッタだけはどうするか逡巡《しゅんじゅん》したが、外して髪を解いた。

高いお金を出して買ったのだから、再びお金に替えることもできるだろうという安易な考えだったが、身近なところで価値のありそうな物と言えばこれしか思いつかなかったのだ。アイシンまでは徒歩で行けるが、アーシブル王国に渡るのにはお金がかかる。今の私は無一文だし、いつのものか分からない硬貨に歴史的価値はあっても使い道はないだろう。

（お金もない、市井での生活には慣れていない、私は本当にやっていけるのかしら）

地面に散らばったドレスや下着を見て、準備を進める手は無意識のうちに止まってしまっていた。公爵家にいた時のように、脱いだドレスを片付けてくれる侍女はいない。脱いだドレスがどうやって自分の手元に戻ってくるのかも、私は知らないのだ。冷静になるにつれ、これから一人で生きていかなければならないという現実が重みを増していく。そのことに、今更ながら怖くなってきた。世の中の情勢を冷静に見極めてはいても、所詮は蝶《ちょう》よ花よと育てられてきた。世間知らずの貴族令嬢であることに変わりはないのだ。

（それに、アーシブル王国に渡るのはいいけれど、何をするかは結局決めていないのだわ）

問題を先送りにしていただけという現実を思い出して、気分が急降下していく。その時、ふと洞窟の隅に置かれた細長い箱が目に留まった。硝子《ガラス》でできた箱のようだが、表面は黒く薄汚れていた。

恐る恐る蓋に手を掛けて汚れを払うと、表面に文字が浮かび上がった。彫刻とは違って溝はなく、硝子の中に直接彫ってあるような不思議な文字だ。

「センシオ・トルン・コンバーテ」

それが勇者の名前であることは一目瞭然だった。

高揚に心を躍らせながら、蓋を横にスライドさせる。ギリリと鈍い音を立てながら開かれた箱の中には、思わず息をのむほど美しい剣が横たわっていた。鞘部分は光沢のある黒で、見事な金の模様が象《かたど》られている。

何よりも、柄に嵌め込まれた宝石が形容しがたい輝きを放っていた。手のひらに収まるほどの大きさに丸く加工された深紅の宝石だ。

私は、両手で掬い上げるようにしてその剣を持ち上げた。

(これが、勇者の剣なのね。でも、驚くほど軽いわ)

本より重いものは持ったことがないひ弱な私が、片手で持つことができることに感嘆しながらも、少しだけ肩を落とす。

この剣はきっと、装飾や儀式に用いるものにちがいない。そうでなければ、こんな美しい宝飾などわざわざ取り付けはしないだろう。

それでもなお、この剣が魅せる輝きは失われていない。短剣のように錆び付いているかもしれないと思いながらも、柄に右手を添え鞘から剣を抜いた。

それは杞憂《きゆう》に終わり、鍛え抜かれた刃渡りが鈍い光を放つ。

模造剣などではない、正真正銘の武器だった。

《ミスリルなの》《すっごく軽い》

《でもすっごく硬い》《よく切れるよ》《絶対に折れないよ》

《トルンが使っていた剣だからね。性能は保証するよ!》

光の精霊も言うように、これはセンシオ・トルン・コンバーテ、ハウゼント王国の初代国王の宝剣だ。私などが持っていて良い代物ではないと思いつつも、その剣を手放すことができない。

　片手で上段から振り下ろし、両手に持ち替えて下から切り上げる。剣を握ったことはないというのに、まるで長い時間を共に過ごしてきたかのように私の手に馴染《なじ》んだ。

《もともとその剣は精霊が贈ったものなんだ！　今度はフェイが使ってよ》

《つかってー》《フェイに使ってほしいな》

　そう言われてしまえば、受け取らざるを得ない。この剣が後押しのようになって、私は心を固めた。

「決めた。私、冒険者になるわ」

　籠の鳥だった私が抱いた、唯一の望み。私を受け入れてくれた精霊たちの役に立つことだけが、長年の願いだった。

　精霊とは本来そこにあるだけの存在で、精霊力を正しく巡らせ森羅万象を動かすことだけが全てだ。

　だが、世界を巡らせる力があれば、反対に世界を破綻させる力もある。

『精霊の力を阻害してその理を乱す』と言われていた魔物は、精霊の力が負の方向へと捻《ね》じ曲げられてしまったが故に生まれてしまう。魔物へと変貌した精霊は、本来の理を忘れ猛《たけ》り狂う脅威となり果ててしまうのだ。

　世界を正しく導くために、精霊は魔物を排除しなければならない。だが、精霊の成れの果てである魔物は精霊と同質の力を持ち、お互いに作用し合ってしまうという欠点があった。魔物が精霊の力で討ち滅ぼされる一方で、精霊は魔物の力に引き寄せられてしまうのだ。魔物が纏う負の力に触れたら最後、精霊は歪みに取り込まれてしまう。

そこで精霊は、同じく魔物に脅かされている人間に己の力を貸し与えた。人間を介して放たれた精霊の力は、魔物の引力に影響されなかったのだ。

精霊にとって私たち人間は、加護や恩恵を与える存在ではなく、ただ魔物の脅威に抗《あらが》うという利害の一致した取引相手のようなものだった。

ハウゼント王国には魔物がいないが、アーシブル王国にはいる。そこに行けば、彼らが求めるままに、本来の役目を果たすことができるではないか。

魔物の脅威と常に隣り合わせにあるというアーシブル王国では、魔物を討伐することで生計を立てている職業の人たちがいると聞いたことがある。具体的な仕組みや実態は分からないが、我ながら良い思い付きだ。

私には、精霊が付いている。精霊から贈られた武器もある。あとは、アーシブル王国へ向かうだけだ。

洞窟から出ようと身を屈めたとき、ツンと雨の匂いがよぎった。慌てて空を見上げれば、遠くの方は晴れているが、洞窟の近くは鼠《ねずみ》色の雲で覆われていた。ほどなく、ポツポツとした雨が視界を覆ってしまうほどの大雨へと変わる。おそらく通り雨だろうが、しばらくは此処から出られない。

「困ったわね」

思わず零れた言葉に、精霊たちが反応を示す。

《雲をおっぱらってあげる！》《すぐに晴れるよー》

精霊たちの申し出をありがたく受けつつ、洞窟で雨が過ぎるのを待つことにした。

ごつごつした岩肌に凭《もた》れかかりながら、膝を抱えて蹲《うずくま》る。雨のせいで少し肌寒い。こんな時に限って、思い出すのは公爵邸の部屋の温かさだった。言わなくても、誰かが暖炉に火を入れてくれていた。入浴は毎日できたし、食事だって時間通りに配膳される。自分がどれだけ恵まれた環境で生活していたのか、土埃まみれで空腹の体を抱えたいまになって痛感する。

座ったことで気が緩んだのか、意思に反して瞼が下がってくる。雨が止んだことを精霊たちが教えてくれるまで、微睡《まどろみ》の中で公爵令嬢だったころの自分を顧みていた。

§§§

先にアーシブル王国へ渡るという光の精霊たちと別れた後、残った精霊に導かれるまま森の中を進み、港町アイシンへと続く街道へ辿り着いた。ここまで来てしまえば、アイシンまでは目と鼻の先だ。道なりに歩いていると、背後から馬の嘶《いななき》と車輪の回転する乾いた音が迫ってくることに気付き、脇に逸れる。

歩いているのは大きな街道だが、初めて通りかかった荷馬車だ。

「こりゃあ驚いた。お前さん、こんな所で何しているんだ」

そのまま通り過ぎるかと思ったが、ガタイのいい中年の御者は手綱を引いて馬車を止めた。

突然話しかけられたことに身を固くするが、彼に害意があるなら精霊が反応するはずだと肩の力を抜く。

「アイシンまで行こうと思いまして」

「お前さんみたいな身なりの良い嬢さんが、一人でか？」

彼は顎に濃く生えた髭《ひげ》を撫《な》でつけながら、眉根をぐっと寄せた。

そう言われて、自分の格好を改めて見下ろす。黒い外套《がいとう》を纏っているだけだが、確かに日々手入れを欠かさなかった髪は艶やかだし、働いた経験のない手は白くて綺麗なままだ。貴族かどうかはともかく、育ちが良いことは一目瞭然だった。

「アーシブル王国に行きたいのです。アイシンからなら船が出ているでしょう？」

「ああ、月に二回だけ船が来てはいるが……」

それを聞いてほっと息を吐く。国交断絶なんてものになっていたら目も当てられない。精霊と一緒でも、さすがに海を泳いで渡るわけにはいかないから。

だが、続けられた言葉にガクンと肩を落とす。

「何があったか知らんが、あそこは、最近ちょっとばかり治安が良くない。悪いことは言わんから、従者を連れて出直しな」

　連れて歩ける従者などいるわけがない。私にはもう何の身分もないのに、纏わりついて離れない貴族としての自分の立場が歯痒《はがゆ》かった。

　だが、彼が案じるのも重々理解できる。悪党にとっては私の事情など関係ない。身分があってもなくても、今の私は「金を持っていそう」な対象に見えるのだから。

　それでも、いくら治安が悪くともアイシンを避けるわけにはいかない。

「アイシンは大規模な港町のはずです。多少治安が悪くとも、憲兵が取り締まっているはずでしょう」

「そりゃあ憲兵はいるさ。だが、そういう問題じゃあないんだよ」

　一歩も引こうとしない私を、彼は困ったように見据える。しばらく逡巡した後、御者台の座る位置をずらして、空いた隣を指差した。

「俺もアイシンに向かう途中だ、ついでに乗りな。まあ、直《す》ぐ着いちまうだろうけどな」

「ほら」とでもいうように手を差し伸べる彼に、私は身を固くした。

（……どういうつもりなの）

　どんな申し出に対してもその裏を探ってしまう癖が抜けない私は、無意識のうちに彼の打算を推し量ろうとしていた。そんなとき、《フェイ》と名前を呼ぶ声に私はハッとする。そうだ、精霊の声は……。

私の耳に届くのは、普段通りの、天気のことや他の精霊のことなど取り止めもない言葉ばかりだった。

特に反応していない。それはつまり、彼の行動は心からの善意ということを意味していた。

（そんなもの、あるはずがないわ）

人が何の打算もなく行動するはずがない。必ず裏があるはずだ。

そう頭から決め込んでいる一方で、危険がないという精霊たちの反応も疑うことができないでいる。矛盾の狭間《はざま》で揺れ動き、貴族らの私欲に塗《まみ》れた、あの歪んだ笑みが脳裏を過《よぎ》る。

ふと、視線を上げた。差し伸べた手を引っ込めて、決まりの悪そうに頭を掻《か》くこの人は、本当にあの貴族連中と一緒だろうか。いや、違う。

精霊が反応せずとも、私は人々の害意を見抜くことには長《た》けていたはず。そうでなければ、貴族の世界では生き延びられなかった。

私は彼の好意を受け取る覚悟を決めた。マントが翻ってしまわないように注意しながら御者台へ上がる。

「ありがとうございます」

「俺はサムロ・ジュシクってんだ。穀物なんかを売るしがない商人さ。短い旅路だが、よろしくな」

サムロと名乗った彼に、私はどう返せば良いのか迷った。もちろんエレイン・オスローゼなんて名乗れないが、慣れ親しんだ「フェイ」という名前を他人に知られてよいものか悩んでしまう。ハウゼント王国では精霊名を晒すことは精霊への冒瀆とされていたからだ。

だが、この剣が入っていたガラスの箱に彫られた『センシオ・トルン・コンバーテ』の名前を思い出す。ハウゼント王国の始まりである彼だって、精霊名を使っていたのだ。今の国の常識なんて関係ないと言わんばかりに、私は堂々と名乗った。

「フェイ・コンバーテです。こちらこそ、御迷惑をおかけします」

私が腰を下ろしたのを確認すると、サムロは鞭《むち》を鳴らして荷馬車を走らせた。

「で、なんだっけか。あーそうだ、アイシンの治安の話だったな」

途端に神妙な顔つきになったサムロに、私は固唾を呑んだ。サムロは「何から話そうか」と髭を撫でつけながら暫く沈黙した後、ぽつりぽつりと語り出した。

「一昔前までは、あそこは交易も漁業も盛んだったらしい。市や祭りなんかが開かれて、結構賑《にぎ》わっていたって話だ。だが、俺があそこで商売を始めたころから、段々住人が減り始めたんだ。なんでも、町の様子を見てもっと搾り取れると思った領主サマが、税の徴収を増やしたんだとさ」

アイシンは確かジーケード侯爵領で、二十年前から熱心な国王派であるトーマルス子爵を領主に定めている。彼は温厚そうな顔をしながら、金にがめつい嫌な貴族だった。

「若いもんはより高い給金を求めて出稼ぎに行っちまい、今までやってきた漁業やら交易やらは立ち行かなくなる。仕事が減れば働き手もいらなくなる。生活に困るあまり盗みを働くやつも増えて、負の連鎖は止まらずに、とうとう浮浪者やら盗人《ぬすっと》やらが集まってくるほど落ちぶれちまったってわけさ」

「そんな……」

驚愕《きょうがく》のあまり言葉が出なかった。どう反応すればいいのか、分からない。

貴族だった私が「酷《ひど》い」と言うのはお門違いだし、「大変ですね」の一言で片づけられるほど軽い問題ではないのだ。

「領民からたんまりと搾り取ったって、領主サマは領民に金を使わない。治安は悪くなる一方さ。まあ、これはアイシンに限った話じゃあない。王都との交易で栄えていたユルシムじゃあ物価の急騰が起こった。裕福な奴《やつ》は良いが、もともと貧しかった奴はパンの一つも買えやしねえ。農村部でも収穫量が年々減っているってのに、税で取られる分は変わらない。それじゃあ、ただでさえ少ない自分の食い分を減らすしかないってわけだ。飢饉になりかけているって話さ。まあ、挙げたらキリがないがな」

サムロの口から出るハウゼント王国の現状ひとつひとつが私の心を抉《えぐ》っていく。私はハウゼント王国の腐敗を見抜いていたつもりでいた。だが、その腐敗がこれほどまで国民に甚大な影響を与えていることに気付きもしなかったのだ。

私は所詮、搾取する側の人間として育ってきた世間知らずに過ぎないのだと、自分自身の不甲斐《ふがい》なさに打ちひしがれた。

「あいつらがどんどん飢えてくのを見る度に、俺は、身を引き裂かれるような思いがするんだ。だが、いくら精霊様に祈っても、何も変わらねぇ。なぁ、お嬢さん……。……精霊様ってのは、本当にいるんかな。」

続けられた言葉に、私は凍りついた。

ハウゼント王国での精霊信仰は根深く、『精霊に愛された国』であることは国民の心の拠《よ》り所《どころ》となっている。はずだった。人々の生活は、精霊の存在すら疑うほどに困窮しているのだ。

「精霊へ布施を払うために生活費を削っている奴はごまんといる。だが、領主の奴らは『誠意が足りない。もっと払え』なんて抜かしやがって、精霊様ってのはそんなに金の掛かるもんなのか？」

彼らは、精霊信仰に対しても不信感を抱き始めていた。

これまでは生活に余裕があったため多少厳しく取り立てられても、「精霊様のためなら」と気にしなかったことだろう。しかしながら、生活環境が悪化しているにも拘わらず、前と同様に精霊への誠意を要求されては、不満は生まれるだろう。

小さな綻《ほころ》びは修復の利かないところまで広がりつつある。

サムロはそこで一息ついた。

「悪い、つい熱くなっちまった」

恥ずかしげに笑うサムロに、首を横に振る。

(何も、知らなかった)

精霊は、私が望めば様々な情報を集めてきてくれた。それは、貴族らの密会の会話やスキャンダルだったり、誰とどの精霊が契約したのかという情報だったりするが、基本的に精霊は人間に興味がない。人々の生活環境や財政状況など話題にすら挙がらない。

そう、私が頼まない限り。

精霊がいることで、全てを知っているつもりでいた。だが、私が知っていたのは物事のほんの一面でしかなかったのだ。

身分も地位も失った今の私にできることは何もない。

……もっと早く気付いていれば。

これからハウゼント王国を見捨てようとしている私がそれを口にするのは、あまりに身勝手だ。

だが、私がこれまで無駄な時間を過ごしてきたことは確かな事実だった。ハウゼント王国の歪んだ体制を嘆く暇があったなら、それが与える影響についてもっと考慮するべきだったのだ。

暗い表情で俯《うつむ》いた私を見て、サムロは小さく息を吐く。

「なんでお前さんがそんな顔してんだ。ほら、もう直ぐ着くぞ」

出立前にサムロが言ったように、旅路はあっという間だった。

森から抜けた途端に視界が開け、目の前には青く煌めく海が広がっていた。嗅いだことのない独特な香りが風に乗って漂う。海を見るのは初めての経験だった。視界いっぱいに広がる青は、その果てを知らない。

森から続く街道を道なりに進み、地面は整備された石畳へと変わった。先ほどよりも揺れは少なくなったが、町の様子を見回すのに必死だった私はしばらく気が付かなかった。

アイシンは、想像以上に廃《すた》れていた。

これほど大規模な港町なら、海の幸や様々な国の品々が集まった市場は賑わい、活気あふれる呼び声が飛び交うのが本来の姿のはずだ。

しかしながら、通りには出店の一つもない。店や住宅など建物の老朽化が著しく、壁は薄汚れ、ガラスの割れた窓がいくつも放置されていた。長い間手が加えられていないことが、一目瞭然だった。

「ここらは労働者階級の居住地区だからな、住めりゃあそれで良いって感じだ。ほら、あの高台にある建物が見えるだろう？　あれが領主の館なんだが、あの近くは領主のおこぼれを貰《もら》ってそれなりに栄えてるな」

確かに立派な城館だが、私の意識は通りすがった薄暗い裏路地や道の片隅に蹲る人々に向いていた。サムロは「ありゃあ浮浪者だな」と彼らをそう呼んだが、その姿を目にして茫然《ぼうぜん》自失していた私は上手く反応することができなかった。

「少し裏に入ればあっという間に貧困街になっちまう。近付かねえ方が身のためだぜ」

彼らの目は虚《うつ》ろで生気がなく、深い闇に染まっていた。思わず注視してしまった私の元へ、精霊たちはその心を届けた。

《何でこんな目に》《お腹すいた》《もう嫌だ》

突然にして、底深い絶望感が頭を埋め尽くした。人生に対する悲観、幸福を奪われた怨念、体を蝕《むしば》む苦痛。

あまりにも甚大な負の感情に、私の精神は大きく揺さぶられる。

耐え難い責苦に苛まれるが、耳を塞いでしまいそうになるのを必死に堪《こら》えた。私は、彼らの声が聞こえぬ振りをしてはならない。それが、私にできる唯一で最後の罪滅ぼしなのだ。

必死に歯を食いしばって、一時ではあるが、彼らのすべての苦痛を受け止めた。

ややあって馬が小さく嘶《いなな》き、荷馬車の歩みが止まった。

「アーシブル王国に行くなら、この先にある船着き場で、鷹《たか》の紋章が入った旗を探しな。この町で唯一アーシブル王国と交易してる商人だ。金さえ払えば、喜んで乗せてくれるだろうよ」

問題はその金だ。マントの内袋にある宝石をぎゅっと握りしめるが、これをお金に替える方法が分からない。誰に、何処《どこ》で、どのように交渉すればいいのだろう。分からない事だらけだが、これから積み荷を届けに回るというサムロの迷惑にならないよう、私はここで下ろしてもらうことにした。

「サムロさん、本当にありがとうございました。ですが、これほど親切にしていただいたのに、私は何もお返しすることができません」

「だから最初に言っただろう、ついでだって」

精霊の反応の通り、何の見返りも要求しないサムロの善意に心が熱くなる。今の私では、何もできない。せめてハウゼント王国で彼の商売が上手《うま》くいきますように、と精霊に祈った。

§§§

サムロの指差した波止場へ向かうと、停泊していたのはたったの五隻だけだった。その中から鷹の紋章を探すのは容易で、一隻ずつ確認していけばすぐに見つかった。二羽の鷹が描かれた旗を掲げていた船は五隻の中で最も大きな船で、荷物の船積みを始めていた。

「すみません、これはアーシブル王国へ出航される船でしょうか」

橋板を往復しながら荷物を載せている初老の男に声をかける。彼はその手を止めて、額の汗を拭った。

「ああ、そうだ。乗って行きたいってんなら、金を払いな」

「勿論です。いくらお支払いすれば？」

老人は一瞬考え込むと、「金貨三枚」と言った。貨幣価値が分からない私は、果たしてそれが適正な値段なのか、それとも吹っかけられているのか判断のしようがない。だが、人の善悪を見抜くのは十八番だった。

この場合は、後者だ。

「失礼ですが、それはアーシブル王国へ渡るのに相応な価格でしょうか？」

彼は小さく肩を竦《すく》めて「悪かった悪かった」と笑い、指を五本立てる。

「銀貨五枚でいい。明日の正午に出立だ。その次の便は二週間後になっちまうから、遅れるんじゃねぇぞ」

銀貨五枚の価値がわからないことに変わりはないが、明日にもアーシブル王国へ向かえることは不幸中の幸いだった。

町を歩きつつ人々の生活様式や物価を探っていき、だいたいの貨幣価値を摑《つか》んでいく。パン一つが銅貨一枚で、指定された銀貨五枚は銅貨五百枚に相当した。一か月分の生活費といったところだろうか。ずいぶんと高額な渡航費だが、他と比べられない私は黙って従うしかない。

そしてとうとう、手元の宝石をお金に変えるという現実と向き合わなければならなくなった。ひとまず、辛うじて栄えているという領主の館の近くまで訪れる。

これまで宝石などの装飾品やドレスを買うときは、商人が数々の商品を屋敷に運び込み、そこから好きなものを選んでいた。だからその逆に、私が商品を持って店を訪問すればいいのではないかと見込みをつけて、それらしき店を探して歩いたのだ。

だが物事はそう上手くはいかないもので、日が暮れかけるころになっても、私が考えていたような店は見つからなかった。地理感覚もないので道に迷ってしまい、同じ場所を行ったり来たりとさ迷い歩くうちに、私の足は悲鳴を上げはじめた。無理もない。こんな夜会用の踵の高い靴は、歩き回ることなど想定していないのだ。

疲労困憊《こんぱい》した体を少しでも休めようと、私は街路樹の縁石の上に腰掛けた。人々や馬車の往来を、ぼんやりとした頭で眺める。子どもと手を繋いでいる母親や、花束を片手に急ぎ足で歩く青年、支え合っている壮年の夫婦……。

(みんな、こうやって生きているのね)

忙《せわ》しなく移動していく人々が、私の目にはとても新鮮なもののように映った。

外に出たことで、これまでの自分がどれほど狭い世界にいたのかがよく分かる。どうやってお金を手に入れ、物を買い、生活しているのか。知識としては会得していたはずだった。だが、それは飽くまでも本の中の文字を追っているに過ぎなかったのだ。

「ねえ、あなた大丈夫？　さっきからずっとここにいるわよね」

視界に影が差したと思うと、高く澄んだ女性の声が頭上から降ってきた。彼女が近付いてきたことに気付かなかった私は、狼狽えながらも答える。

「あの、道に迷ってしまって」

「それは大変ね！　よかったら道案内するわ。あたしはマリエッタ、そこの宿屋の看板娘よ」

彼女が指差した先には、『宿場・食事処』という看板が掲げられた建物があった。玄関口には花が植えられていて、雰囲気のいい店だ。

マリエッタと名乗った娘は、私とそう年齢は変わらないだろうが、茶色の髪を三つ編みにして結んでいるので幼くも見える。彼女の溌溂とした態度は、澄まし込んだ貴族令嬢とばかり接してきた私にとって、とても衝撃的だった。

「さあ、どこに行きたいの！」

「ど、どうしてそんなに親切にしてくださるの？」

裏表のない彼女を好ましく思っていても、愚かな私はまた同じことを繰り返していた。そんな自分に嫌気がさす。

だが、彼女は私の問いかけに対して、悪戯《いたずら》がばれてしまった子どものようにぺろっと舌を出した。

「あ、やっぱり分かっちゃう？　お姉さん、見るからに商人じゃないし、訳ありの旅人かなって。ここで親切にしておけば、今日の夜はウチに泊まってくれるかもしれないじゃない」

どう？　と言って迫ってくるマリエッタの言葉に嘘はない。むしろ、彼女のように根拠のある行動は信じやすい。私は彼女に甘えて、力になってもらうことにした。

「実は持ち合わせがあまりなくて。小さな宝石をいくつか持っているのだけれど、それを買い取ってくれるようなお店をご存じありませんか？」

「ああ、そういうことね。問題ないわ、アイシンには宝石店がたくさんあるの。何でも領主サマが無類の宝石好きらしくてね」

そういえば、アイシンの領主トーマルス子爵は、体中の至る所に宝石を付けていた印象がある。本人は、それが権威の象徴だとでも思っていたようだが、貴族からの評判はあまり良くなかった。そんなどうでもいいことを思い出しながら、何とかお金が手に入りそうだと、私は胸を撫でおろす。

「宝石のことはよく分かんないけど」といいながら彼女に連れていかれた宝石店には、数々の装飾品が並んでいた。

支払いは使用人が行っていたため、宝石の価値は分かるが値段が分からない。だから、最初は客を装って陳列されている商品の値段を見極めにかかった。すぐさま店員の青年が飛んでくるが、黒いマントを纏っている私と街娘のマリエッタを見て、あからさまに顔を顰《しか》める。

店員に凄《すご》まれたマリエッタは、顔を青くして後退《あとじさ》った。その様子に、余計なことに巻き込んでしまったと申し訳ない思いでいっぱいになる。私は交渉が終わったら宿まで行くことを約束して彼女を先に帰した。

「さて、そこの貴方《あなた》。この店の主《あるじ》を呼んできてくれるかしら？」

急に高飛車になった物言いに、彼は一瞬だけ目を見張った。私の服装はいかにも旅人といった風で、彼らの客である金持ちには見えないだろう。しかし、何を着ていたとしても、貴族として身に染みている振舞いを最大限に利用すれば、私は貴族令嬢でしかない。

交渉は相手に隙を与えず、自分のペースに乗せてしまうことが重要だ。教育の一環として学ばされた交渉術と、貴族として培ってきた話術がこんなところで役に立つとは。売買交渉は初めてだったが、上手くいく自信はあった。

結果として、上の階から転がり下りてきた店主が必死に私の機嫌を取り、交渉を優位に進めることができた。

あのオスローゼ公爵家が粗悪な装飾品を購《あがな》うはずもなく、靴に嵌められていた一粒の小ぶりなエメラルドをちらつかせただけで店主は目の色を変えた。

これだけで銀貨九十枚にあたる金貨九枚の価値があると言われ、こんな小さな宝石で人々が一年半近く食べていける金額がしたことに、私は眩暈《めまい》を感じた。貴族が国民の困窮をおざなりにしてどれほど贅《ぜい》を尽くしてきたのか、目前に突き付けられたようだった。その後も耳飾りなどを提示していくつもりだったが計画を変え、金貨二枚の指輪をその場で買い上げて、差額を受け取った。

そうすれば、店主にとって私はまたとない上客となる。それが次の交渉を円滑に進める鍵になるのだが、明日にはアイシンを発《た》つ私には意味のないものになってしまう。

私は六枚の金貨と十枚の銀貨、そして着けるつもりのない指輪を手に入れて、店を後にしたのだった。これだけあれば、彼女の宿に一泊身を寄せても、アーシブル王国への渡航費は確実に残る。

私は、途中で服を買ったりしながら軽い足取りで来た道を辿り、『宿場・食事処』と書かれた看板の前で立ち止まった。入り方が分からずに足踏みしていると、少し開いた扉から鼻孔をくすぐる香ばしい匂いが漂ってきて、お腹《なか》が小さく鳴る。

私はようやく、これが空腹の状態であることを自覚した。思い返せば、昨日の朝から何も食べていない。恐る恐る、扉の隙間から様子を窺う。三十ほどある席は所どころ人が座っているが、カウンターの奥にいる中年の女性は暇そうに頬杖《ほおづえ》をついていた。多分この店の女将《おかみ》さんだろう。彼女は私の気配を察したのか、はっとしたように「いらっしゃい」といった。

「一晩泊まることはできますでしょうか。あの、できれば食事も」

彼女はカウンターから出てきて、仁王立ちする。私の姿を上から下までじっくり見た後に、訝《いぶか》しげな表情を浮かべた。

「あんたが泊まるのかい？」

その顔には、明らかに「あんたのようなお嬢様は、もっと良い所を選びな」と書いてある。高級宿屋はアイシンのどこかにあるだろうが、立場が明確な客しか相手にしない。それに、ここを訪れることはマリエッタとの約束だった。彼女の親切がなければ、私はいまでも縁石に腰掛けて思い悩んでいたことだろう。

無言で頷く私に、女将さんは肩を竦めて宿泊名簿帳を差し出した。

「食事は一食銅貨五枚、宿泊は一晩銀貨一枚さ」

「銀貨、一枚？」

金貨を七枚手に入れた後では感覚が鈍ってしまうが、よくよく考えてみれば、一泊銀貨一枚はあまりにも高い。眉を顰めながら聞き返した私に、女将さんは丁寧に説明してくれた。

「それがね、アイシンの条例で、宿泊客からは税金で銅貨七十枚徴収するよう定められているんだよ。宿泊費は銅貨三十枚さ。あんた、アイシンは初めてかい？」

トーマルス子爵は、本気でアイシンを搾取の対象としか思っていないようだ。滞在費にこれほどの税をかけたなら、誰もアイシンへ留まろうとは思わない。サムロの言う人が減っていくというのは、住民のみならず来訪者のことも差していたのだ。

私は懐から銀貨一枚と銅貨五枚を取り出し、黙って彼女に渡した。礼儀を欠いた態度を取ったにも拘わらず、彼女は気に留めていないようだった。

「昼食の残りでよければ直ぐに用意できるけど、どうするかい？」

「お願いします」

即答で答えた私に苦笑いしながら、彼女は良い匂いの漂う厨房《ちゅうぼう》へと向かっていく。

「あっ、お姉さん来てくれたんだね！」

食事を運んできたのはマリエッタで、表情を綻ばせた彼女に微笑み返す。

「ええ、マリエッタさん、さっきは本当に助かりました。私ったら、名乗りもしなくてごめんなさい。フェイといいます」

「うん、先に宿泊名簿帳見ちゃった。フェイちゃん、ゆっくりしていってね！」

マリエッタは屈託のない笑顔を浮かべながら、テーブルの上に料理を並べていく。

出された食事は肉と野菜のシチューと硬いパン二つという質素なもので、次々と料理が給仕されていく貴族の食生活に浸りきっていた私には、少し味気なく感じてしまう。だが、テーブルマナーも他人の目も気にしなくてよいと思うと、それだけで心が楽だった。

まさに空腹は何よりの調味料で、すきっ腹を抱えていた私はあっという間に料理を平らげてしまった。食欲を満たした私が次に欲したのは睡眠で、勧められた夕食を断って部屋で休むことにした。

案内されたのはベッドとサイドテーブルで手狭になるほど小さな部屋だったが、雨風が凌《しの》げて横になれる場所だったらどこでも良かった。

剣を壁に立てかけると、重たいマントを脱ぐのも忘れてベッドへ倒れ込む。

少しだけ横になるつもりが、思ったより疲労を抱えていた身体は眠気に抗えず、瞬く間に深い眠りへと落ちていった。

《フェイ起きて！》《フェイを狙ってる》《こっちに来るよ》

日の出の時刻が近づく明け方ごろ、私は精霊たちの騒めく声で目を覚ました。

危害を与える目的で誰かが私に近づくと、精霊たちは真っ先に反応してくれる。こういった事態はとりわけ珍しい事ではないので、私は慌てずベッドから上体を起こした。

オスローゼ公爵やユージル王子からの追手かと一瞬考えたが、その可能性はすぐに捨て去る。

(夜明けに襲撃するなんて、愚かだわ)

暗殺を目論む襲撃犯は大抵、夜中に行動を起こすことが多い。その姿を闇に紛れ込ますことができ、何より発覚するまで時間がかかる。薄暗いこの時間帯では早起きした誰かに姿を見られてしまう可能性が高く、標的の眠りも浅い。感づかれてしまう事だってあるだろう。

私はこの襲撃犯は手練《てだれ》ではない、つまり彼らが差し向けた者ではないと判断し、いつものように扉の前の守衛に声を掛けようとしたところで、言葉を詰まらせた。

(そうだわ。私は、もう……)

エレイン・オスローゼのように誰かに守ってもらうことは、もうできない。降りかかる危険は自分で振り払わなければならないのだ。

身分を捨てたというのは、そういう事だった。それでも、一人がこんなにも心細いものだとは思いもしなかった。

襲撃犯は扉の前まで迫っている気配がする。素人なのか、足音を隠そうともしないので居場所がバレバレだ。

だがそれは、もう逃げようがないという事実を突きつけられているも同然だった。深い眠りに落ちていた私は、精霊たちの警鐘に長い間気が付かなかったに違いない。

室内に視線を巡らせ、壁に立て掛けてあった黒い剣を手に取る。私が持っている唯一の武器だ。

(冷静になるのよ、フェイ。あなたならできるわ、やらなきゃならないの)

相手は私が寝ているものだと思って油断しているはずだ。

扉を開けたその一瞬が最大の好機だ。あとは、このまま柄を握って鞘から引き抜いて、刀身を襲撃犯に向けて構えるだけ。

それなのに、あれほど軽いと思った剣が、両手が震えてしまうほど重い。

(違う、私の手が震えているんだわ)

鉄を凌駕《りょうが》する硬度を持つミスリルの剣を抜いて、相手に向けて、それでどうする。

そう、身を守るためには、彼らに斬りかかっていかなければならない。それは時に命を奪う行為だ。

魔物と闘う覚悟はしていた。だが、人を殺す覚悟なんてできそうにない。

そうしている間に、カチャリ、と扉のノブがゆっくりと回された。

……今だ、今しかチャンスはない！

（止まって、お願いよ……）

私の意思に反して柄を握りしめる手はカタカタ震え続ける。

いくら自分に言い聞かせても、体は言うことを聞かない。手の震えも乾いた喉も、別の誰かの物になってしまったかのようだ。

キィと音を立てて開かれた扉から現れたのは、薄汚い恰好をした二人組の男だった。

「っ、なんだ。起きてるじゃねぇかよ」

「そりゃあ運が悪かったな、お嬢様。眠りこけてりゃあ、気付かない間に身包《みぐる》み剝がされるだけで済んだのによぉ」

ニタリと笑う男たちは歪んだ笑みを浮かべながら、部屋に足を踏み入れる。私が握っている剣はお飾りとでも思ったのか、気にも留めなかった。

彼らの目的は強盗のようだった。昨日宝石を売っているところを見られでもしたのか、身形《みなり》の良い女性が一人で行動している所に付け込もうとしたのか。だが、彼らは私に考える暇など与えてくれなかった。

「悪く思わないでくれよ」

いつの間にか距離を縮めていた男は、凍り付いたまま動けない私の口元を押さえて悲鳴が漏れないようにすると、手に持っていた刃物を振りかざした。

《フェイ！》《フェイ危ない！》

精霊の警鐘は今までにないほど大きさを増す。

異様なほどゆっくりと迫りくる切っ先を視界に捉えていながらも、体は凍り付いたように動かない。

（こんなところで、終わるのかしら。私はまだ何も、していないのに？）

《……フェイ》

刃物が私の喉元を切り裂く未来を見たその時、低く落ち着いたあの声が、私の名前を呼んだ。精霊との契約の儀式で初めて聞いたその声。心から絶望したとき、いつも掬い上げてくれる私の精霊。それだけで嘘のように震えが止まり、黒剣の馴染んだ感覚が蘇《よみがえ》る。

考えている時間はない。鞘から剣を抜き放つと同時に、反射的に体を横に捻《ひね》った。

私の前で無防備に刃物を振りかざしていた男の懐を斬りつけたはずだった。男も斬られたことを自覚したのか懐を押さえたが、傷口はない。

「え？」

茫然自失としたまま動かなくなった男の隙をついて、私は壁際へと逃れた。

（何が鉄よりも硬いミスリルよ。切ることすらできないじゃない）

我知らず悪態をついてしまう。正直なところ、このミスリル剣の実力は未知数だった。

刃は確かに当たったはずなのに、手応えすら感じなかったのだ。実際に男には傷一つない。だが、精霊の言うことに虚偽誇張がないことは絶対の事実だ。

「テメェ、何しやがった！　ちっ、お前もぼさっとしてんじゃねえ！」

その矛盾に戸惑っている間に、もう一人の男が怒声をあげながら足音荒く詰め寄る。その男も刃物を持っており、壁際に留まったままの私の退路は断たれてしまった。

守衛や騎士らの見様見真似で剣を構えるが、所詮は素人だ。完全に及び腰だった。焦点の定まらない切っ先に、男は鼻を鳴らした。

「はっ。手が震えてるぜ、お嬢ちゃん」

刃物を持つのとは反対の手を伸ばす男に、先ほど口を押さえつけられた時の不快感と恐怖を思い出して、ぞわりと背筋が粟立《あわだ》つ。

「っ、来ないで！」

もはや自暴自棄だった。

剣筋など捨て置いて右に左に振り回すが、やはり何の手応えも感じない。刃が届いているのかすら、定かではなかった。

それにも拘わらず、狙うべきところ、男の隙だけは手に取るように分かってしまう。無防備に伸ばされた左腕、がら空きの胴。刃物を持つ手は垂れ下がっており、首を狙われても防ぎきれないだろう。

頭の片隅で冷静に分析している自分に驚きながらも、相手から目を離さなかった。

男は動きを止め、ぐっと眉根を寄せる。右腕に違和感があるのか、そこを凝視していた。もしかすると、剣先が当たったのかもしれない。

男たちの意識が逸れた絶好の機会だった。逃げるなら今しかない。

（窓からなら……）

部屋は三階だが、風の精霊の力を借りれば何とかなるかもしれない。外の様子を窺《うかが》おうと、窓を横目にした瞬間だった。

ゴトン、と何かが音を立てて落ちた。

私はその音の正体が分からずに、視線を彷徨わせる。

そして、視線が床へと向かった時、私はそこにあってはならないモノを見た。見てしまった。

ついさっき、私を押さえつけようと伸ばされた、あの……。

「いぎゃあああああ」

男の絶叫が響き渡り、鮮血がみるみるうちに広がっていく。

その咆吼《ほうこう》に煽られて私も叫び出しそうになるが、恐怖で引き攣《つ》った喉は乾いた音を上げるだけだった。

（な、なにが起こったの……）

恐怖と混乱でぐちゃぐちゃになった頭はまともに働かない。手から零れ落ちた黒剣が床に深々と突き刺さっても、しばらく気が付かないほど思考が停止していた。

……剣が、深々と突き刺さった？

ふと、自分が思い浮かべた事に疑問を覚える。慌てて手を離してしまった剣へと目を向ければ、見えているのは柄の部分だけだった。剣先は床をどこまでも突き破り、横に伸びた鍔《つば》が引っかかっている状態だったのだ。

《でもすっごく硬い》《よく切れるよ》

精霊の言葉が脳裏を過る。確かに精霊はこう言っていたが、床をバターのように切ってしまうほどだと誰が予想できようか。私はただただ、慄然として佇むばかりだった。

男は、痛みのあまり支離滅裂な言葉を叫びながら、身体をふらつかせる。そして、後ろに大きくたたらを踏んだことで、未《いま》だに固まったままのもう一人の男へとぶつかった。

すると、生気をなくした男の上半身が、崩れ落ちた。

男の悲鳴と、噎せ返るような錆びた鉄の臭いが室内に充満する。

猛烈な嘔吐感《おうとかん》に襲われて私は手のひらで口を覆った。一瞬だけ意識が遠のくが、口の中に広がった酸い苦さによって現実へと引き戻される。

(私がこれを、やったの？　私、人を……)

襲われたから立ち向かい、死にたくないから抵抗した。

それだけのはずだった。

こんな惨《むご》いことをしたかった訳ではない。武器の性能を見誤った私は、必要以上に人を傷つけてしまった。止むことの無い男の悲鳴が、私の精神を蝕んでいく。

耳を塞げば苦痛は少しだけ和らぎ、このまま意識を失ってしまえばどれだけ楽だろうと目を閉じかけたとき、体が勢いよく後ろへ引き寄せられた。

気付いた時には、私は木片とともに空中を漂っていた。

大きく翻る黒いマントの向こうに、大穴の開いた部屋がだんだんと遠ざかっていくのを見て、風の精霊があの部屋から連れ出してくれたのだと悟る。

体が沸き立つような浮遊感に身を固くしているうちに、精霊たちは落下速度を緩めて、波止場に近い裏路地へと運んでくれた。だが、震える足では思うように立っていられず、ぺたりと地面に座り込む。

蹲った私の膝の上に、鞘に収まった黒剣がポトンと落とされる。これも風の精霊が運んでくれたのだろう。鞘に収まっている間は大人しいが、抜き放たれた瞬間から見紛うほどの鋭利さを発揮する剣。扱い方次第で、それは理不尽な暴力になってしまうことを、私は身をもって知った。

（もう二度と人には向けないわ）

あんな思いをするのは、もう御免だった。これは対人戦で使っていい代物ではない。

魔物という脅威に抗うときにこそ、その真価を発揮するものだろう。

項垂《うなだ》れた私の視界の端に、薄暗い中でも鈍い光を放つプラチナブロンドが映った。

「これも、今の私には過ぎたものね」

頰にかかる髪をひと房掬い上げて、目を細める。

柔らかく美しい髪は、貴族のステータスの一つだった。髪も身嗜みも所作も、他を凌駕する美しさを誇示し続けることが使命とされ続けてきたが、もう要《い》らないものだ。フェイ・コンバーテに必要なのは気品でも美しさでもなく、『心身の強さ』なのだから。

まだ自分に残っていた弱さを、ここハウゼント王国へと置いていこう。

ざっ、ざっ、と大雑把に摑んでは切り落としていく。肩に付かないほどの長さで手を止めると、服の上や地面には薄い金色の髪が散らばって煌めいていた。

短くなった感触を確かめるように、何度か頭を振る。驚くほどの軽さだ。

ふと、目を細めるほど眩《まばゆ》い光が顔に差し掛かる。路地の向こうには果てしない海が広がっており、水平線の向こうから朝日が昇り始めたのだ。

包み込むようなその柔らかい温かさは、あの声とよく似ていた。全ての蟠りを取り去って、新たな世界へ踏み出す一歩を導いてくれる。

出航は、今日の正午丁度。鷲の紋章が掲げられた船が、私を次の舞台へと運ぶ。アーシブル王国まで約二日。

ここから、私の冒険譚《たん》は始まった。

二章　新天地アーシブル王国

アーシブル王国の国土の北半分に覆い被《かぶ》さるほど広大な『魔の森』は、無数の魔物が蔓延《はびこ》っている。放っておくと、増えすぎた魔物は森からあふれ出して集落に襲来するものだから、人々は森へ踏み込んで魔物を倒さなければならなかった。

最も魔物の脅威に警戒しなければならないのは森に隣接する領地であるが、彼らはアーシブル王国を守る防護壁としての役割を果たしていた。その重大な役目を担った十八の領主たちは『辺境伯』の地位を授かり、様々な手腕をもって強固な護りを築いていた。

アーシブル王国の北東部に位置するマイヤーズ辺境伯領では、依頼や懸賞金の掛かった魔物を狩る事で金を得る『冒険者』たちと綿密な連携を図る事で、その被害を最小限に抑えている。

幼い頃から冒険者になるのが夢だったユグル・ヴォーセットは、街一番の剣と精霊魔法の使い手として成長した。そして、自分の実力を試すためにマイヤーズ領まで足を運んでいた。

マイヤーズ領で最も有名なギルドといえば、魔の森に一番近い街フヨールにある『蒼穹《そうきゅう》の魂』だろう。自由な気風でありながら冒険者は完全実力派揃《ぞろ》いで、数々の名高いパーティーが名を馳せている。

冒険者を目指す者なら、誰もが憧れるギルドだと言われている。ユグルの目的のギルドもそこだった。

「これで登録手続きは終わりです。今日は森に入られるんですか？」

「八時にノーマンさんと待ち合わせです」

数々の試験を突破して蒼穹の魂の一員となったユグルは、ギルドの職員に向かって誇らしげに頷く。

ベテランの冒険者であるノーマンが教官につくと聞いて、受付をしていたマリーは安堵の笑みを浮かべた。

蒼穹の魂では、冒険者としての経験が浅い新人を支援する仕組みの一つとして、熟練冒険者による支援を受けることが可能だ。

魔の森での鉄則や魔物の倒し方などを、実地訓練として教える場合が多い。新人たちはこの期間を通じて、冒険者としての在り方を学ぶのだ。

「ノーマンさんなら安心ですね。その装備、彼のアドバイスですか？」

魔の森に行く冒険者は、アーマー・プレートを装着している者が大半だ。防御力が高いだけでなく、魔物が金属を苦手とするためでもある。

だが、新人冒険者が全てを揃えるのは金銭的に厳しい。整備にも手間と金がかかる。だから、絶対に守らなければならない胸、腰、首の最小限の防具を身に付け、必要最低限の装備を整えるのが普通だ。

「はい。僕は防御が下手《へた》だから、万一の為にきちんとした防具を身に付けた方が良いって言われました」

確かに、ユグルは胸当とタセットに加えて、肩当と脛当も装着している。新人にしては重装な方だが、柔らかな物腰に反して筋肉質な長身に恵まれたユグルに見合っていた。

「ユグルさんなら大丈夫です。蒼穹の魂の登用試験に合格したのですから、自信を持ってください」

「ありがとうございます。それじゃ、お仕事頑張ってくださいね！」

マリーに手を振って、カウンターを去ろうと後ろを振り向いたユグルはギョッと目を見開いた。混雑を避けて朝一番にギルドへ来たが、ほんの一瞬の間にカウンター前は人でごった返していた。

ノーマンとの待ち合わせは一階の中央付近と決めていたが、カウンターに並ぶ人込みがその場所を覆い隠している。

ユグルは仕方なしに、壁際に寄って人々の波が過ぎるのを待つことにした。

（あの人の胸当かっこいいなぁ。うわ、あんな大剣よく持てるよ）

冒険者たちを観察しながら、ユグルは舌を巻く。各地から実力者が集うギルドだけあって、蒼穹の魂は重厚な装備を身に付けた冒険者たちであふれていた。

一人ひとり眺めているうちに、隣の領地まで名前を轟《とどろ》かせるような有名なパーティーも目に飛び込んでくる。

（あ、あの人たち、この前A級キマイラを討伐した『フリック』じゃないか！　あっちは『風のリング』、あの赤い装備は『スカーレット』かな）

憧れの冒険者たちと同じ舞台に立てたことに、今更だが興奮が駆け巡った。

これから自分も仲間を見つけて、実績を上げていくんだ。

漠然としていたビジョンが鮮明になってくるのを実感したユグルは、歓喜に手を震わせた。

ふと、視界の端にプラチナブロンドが過る。いつの間にか隣にやってきた少年が、壁をジッと見つめていた。

（こんな所で何やってんだ？）

少年の視線を辿ると、壁はよく見れば掲示板だった。依頼が書かれた紙は上の部分に数枚しか貼られていなかったので、来た時には気がつかなかった。

少年は、掲示板の上部に留められている紙を引き剝がそうと手を伸ばすが、如何せんユグルの肩ほどの身長しかないものだから、手が届かない。

少年は腰に装飾品のような剣を佩《は》いているものの、防具は胸当だけだ。しかも、ユグルが鍛錬の時に着るような、白のシャツに濃紺色の上着、黒のズボンにロングブーツしか身につけていない。

（もしかしたら、新人冒険者かな？　僕と同じだ）

そう考えると妙に親近感を覚えたユグルは、思わず少年に歩み寄って代わりに紙を取った。

「えっ」

眼下の少年から驚きの声が上がる。まだ声変わりのしていない高めの声音が、心地よく耳を掠めた。

「はい、これ。取りたかったんでしょ？」

紙に書かれた内容をよく見ないまま、ユグルは少年に差し出した。が、その親切に気付いた少年がこちら側を向いた瞬間、ユグルは言葉を失った。

吊《つ》り気味の大きな深緑の瞳に整った鼻筋、形の良い唇が、完璧な配置で収まっており、短いプラチナブロンドが透けるように白い頬へさらりと流れて揺れた。

女性的な美しさを持っていながら、強い意志を内に宿した眼差しは女性のものとは全く違う。

凛々《りり》しい女性なのか、優美さを持った男性なのか。ユグルが判断に困っている間に、少年は物寂しげな笑みを浮かべながら「ありがとう」と小さく礼を言うと、背を向けて歩き出してしまった。

「まっ……」

「よっ、おはようさん」

咄嗟に少年を呼び止めようとしたユグルの肩を、後ろから叩《たた》く者がいた。

八時に待ち合わせをしていたノーマンだ。集合場所は未だに人でごった返しているのを見て、壁際に避難しているところを発見したのだ。

「あ、おはようございます」

ノーマンに一瞬気を取られていたユグルは、少年を見失ってしまって焦りを浮かべる。

だが、慌てて視線を巡らせようとしたとき、ギルドの空気がおかしい事に気付く。喧騒《けんそう》に包まれていた建物内は嘘のように静まり返り、人々の視線は一か所に集まっていた。

そう、先ほどまでユグルの目の前にいた、あの少年である。

彼が一歩進むたびに、周りにいる冒険者たちは横に退《ど》け道前を譲った。まるで引き潮のように、カウンターまでの道のりが開ける。

「ああ、『高雅の蒼穹』、今日はお出ましじゃねぇか」

ノーマンは表情を硬くしながら、ぼそりと呟いた。

『高雅の蒼穹』

マイヤーズ領フヨールから遠く離れた街で生まれ育ったユグルも、二年ほど前からその名前を聞くようになった。

だが、その冒険者に関する噂話は、伝説の幻獣ペガサスを連れているだとかS級の魔物を一人で倒したとか。瀕死《ひんし》の重傷を負った人を一瞬で癒したとか。そんな突拍子もないものばかりだ。

容姿にしても、小さな子どもだとか女のような美男子だとか、いつも定まっていない。そんな荒唐無稽な話を本気にする者など、ユグルの周りには誰もいなかった。

しかしながら、ここの冒険者たちが彼に向ける視線には、嘲笑や揶揄《やゆ》といったものはない。むしろ、得体の知れない物を恐れるかのように畏怖《いふ》し、自分には到底及ばない存在であることを羨むような、そんな感情にあふれている。

「高雅の蒼穹って……」

カウンターまで一直線に歩いていく小さな背中を追いながら、ユグルは尋ねた。

高雅の蒼穹に関する話は人々が面白がって吹聴した噂だと思っていたが、少なくとも「小さな子どものよう」「女のような美青年」という点においては的を射ている。

「あの人はマジで化け物だぜ。男か女か分かんねぇ顔してんのに、S級の魔物を一人で倒してきやがる」

「S級？」

そんな馬鹿な、とユグルは目を見開いた。

アーシブル王国では、凶暴さや知能の高さなどを踏まえて魔物を等級別に振り分けている。危険度の一番低いF級は新人冒険者でも討伐できるが、ランクが上がるにつれて魔物は脅威を増す。危険度A級でさえ、この国が抱えている魔物を専門に戦う軍勢、アーシブル王国王立討伐騎士団が念入りに計画を立て、五十人程度で討伐すると言われている。それを更に上回る脅威であるS級など、ユグルにとっては本の中の存在でしかなかった。

超大物を一人で狩ってくることは恒例になっており、それを成し遂げても平然としている様子に人々は畏《おそ》れを抱くという。

そもそも、魔の森に単独で挑むこと自体が異常としか言いようがないのである。森の入り口付近ならばともかく、奥深く潜るとなると、一流の冒険者であっても少なくとも五人でパーティーを組むのが常識だ。

「A級なんて、もうこのギルドじゃあ珍しくない。まあペガサスに似た幻獣が道をウロウロしてんのに比べりゃあ、何てことはないけどな」

「幻獣？」

ユグルはさっきから驚きっぱなしだった。ペガサスは、両翼を持つ純白の馬として物語のなかによく出てくる。

だが、ノーマンは真面目《まじめ》な顔で幻獣の名前を出す。高雅の蒼穹が幻獣ペガサスを連れているという噂は、本当だったのだ。それだけではない、人々が噂話だと嘲笑していたこと全てが事実だった。

「何だあ？　しばらく前に随分と噂になっただろう？」

「いや、ただの噂話かなと」

「まあ、話がぶっ飛びすぎて信じられないのも無理はないけどな」

ノーマンから直接聞いてもなお、ユグルは半信半疑だった。あの細腕で剣を振るうところなど、想像もできない。

「じゃあ、瀕死の傷を一瞬で癒した、っていうのは……」

「そりゃあデマだな。まあ、噂ってのは尾ひれがつくもんだ」

ユグルもそう思っていた。しかし、突拍子もなかった噂話がほとんど事実だったのを知って、ひょっとすると、と期待してしまったのだ。

「俺たちとは違う世界にいるんだと割り切ったほうがいい。あの人も、下民とは関わりたくないから、ああして一人で行動してるんだろ」

そう言って肩を竦める。

かの冒険者は避けていく人々を気にする素振りもみせず、依頼を申請するなり颯爽《さっそう》と出口に向かって歩き出した。

彼がユグルの前を通り過ぎていったとき、その表情に浮かんでいるのは完全な無だった。容姿も相まって、まるで人形が歩いていると勘違いしてしまいそうなほど、人間味が感じられない。

「違う世界、か」

ノーマンの言葉が、ユグルの頭の中を駆け巡る。彼が自分に礼を言ったときの物寂しげな表情を思い出して、胸が締め付けられるように痛んだ。

（割り切るだなんて……）

俺たちとは関わりたくないから、とノーマンは言っていたが、ユグルにはそうは思えなかった。むしろ、周囲から距離を置かれることを切なく感じているような、努めて無を保っているような、そんな気がしてならない。

開け放たれた大扉の向こうで、両翼を広げたペガサスとともに彼が飛び去るのを呆《ぼう》然《ぜん》と眺めながら、ユグルは口を引き結ぶ。

何故《なぜ》かは分からない。だが、もう一度彼に会いたかった。

§§§

《フェイ、そろそろ起きた方がいい》

精霊と同じように心に直接響くように聞こえるその声に、深く沈んでいた意識が浮上する。

少しだけ、夢を見ていた。三年前のあの日、婚約者だった第一王子ユージルと父の共謀により婚約を破棄され、ありもしない罪を負わされた。

紆《う》余《よ》曲折あって私は今、ハウゼント王国から二日ほど船に乗って海を渡った先にある大国、アーシブル王国で冒険者として生計を立てているが、この生活にもすっかり慣れてしまっていた。

今日もA級の魔物ケンタウルスを探して森の奥地まで来ていたのだが、ちょうど日当たりのいい芝生の『安全地帯』を見つけてしまった。魔の森には、魔物から逃れて精霊が集う場所がある。そこには魔物は一体たりとも近寄ることはできず、休憩地としてなくてはならない存在だ。

そこは小高い丘になっていて、横になりながらも森を一望できる。頬を撫でる風があまりにも心地よいものだから、少し横になるつもりが微睡んでいたようだ。

私が眠っていたせいで暇を持て余していた相棒のハヤテは、私の無防備なお腹を鼻先でつついた。

ハヤテは馬の外見をしているものの、幻獣であるペガサスである。その純白の毛並みは絹よりもなめらかで美しく、淡い蒼《あお》の瞳は宝石のように澄んでいた。馬との違いといえば、飛ぶときに巨大な翼を展開することと尾が長いということだろうか。

ハヤテと森の奥地で出会った二年前、ペガサスが伝説の存在であることを知らなかった私は、何の気なしに拠点であるフヨールの街へ連れて帰ってしまった。言葉を理解する私のことを面白がって、《行動を共にしよう》と言ってくれたハヤテの言葉に浮かれていたのかもしれない。

それから暫くのあいだ大騒ぎになり、王都の騎士団や貴族からの接触が絶えなくなったのは苦い思い出だ。

「ごめんよ、ハヤテ」

一応謝っておくが、私が森で眠りこけてしまうのはいつものことだ。ハヤテは馬らしく鼻を鳴らした。

私は苦笑いしながら、風で乱れたハヤテの鬣《たてがみ》を手で整えてやる。

私がこうして冒険者としてやっていけるのも、ひとえに際限なく力を貸し与えてくれる精霊と、確固たる支援をしてくれるハヤテのおかげだ。

ハウゼント王国で精霊魔法を使うことはなかったが、それほど難しいものではなかった。

ただ力を貸してくれる精霊を募り、精霊力を分け与えてもらうだけだ。精霊の手を離れた精霊力は、上手く取り込むことさえできれば、私の望みのままに精霊魔法として具現化することができる。最後の段階に慣れてしまえば、面白いほど自由自在に精霊魔法を操れるのだ。

また、翼をもつハヤテがいることで魔の森での移動が圧倒的に速くなったことは大変ありがたかった。

それに、想像もつかないほど長い時を生きているハヤテは、魔物の特性や弱点を知り尽くしている。重点的に攻撃する箇所と手段が分かっていれば、図体の大きな魔物も倒すことは不可能ではなくなった。

一時期は自分の手に負えないと思っていたこの黒い剣も、魔物と対峙《たいじ》していくうちに唯一無二の相棒へと変わっていった。

大岩でさえも軽く切断してしまうミスリルの剣は、魔物の硬い表皮を容易《たやす》く切り裂く。魔物は金属を嫌うという共通の特性も相まって、なかなかの攻撃手段として活用している。

不意に、ただならぬ気配が空気を揺らすのを感じた。そのすぐ後に、ドォーンという地鳴りが響く。

「魔物か……」

展望のいい丘の頂上まで駆け上がり、音のする方向に目を凝らすと、土煙が立ち込めている場所があった。どうやら、蛇型の魔物が暴れているようだ。長い体をうねらせて木々を薙《な》ぎ倒しながら、次第にこちらへと向かってくる。

私が探している魔物はA級ケンタウルスなのだが、こうやって目的以外の魔物と遭遇することも珍しくない。

こっちは寝起きなんだけどなぁ、と憂鬱になる気分を振り払って、戦闘態勢へ切り替えた。

「ハヤテ！」

元の場所まで駆け下りながら、同時に走り出したハヤテの背に飛び乗り、空へと飛びたつ。魔物が目視できるほどの距離で旋回しながら、縦横無尽に動き回るその姿を観察する。

それは凶悪な牙を持つ巨大な蛇だった。目算だが、奴が口を開けたなら私など丸呑みされてしまいそうだ。蛇型の魔物にしては珍しく、外皮はドラゴンのような光沢のある緑の鱗《うろこ》で覆われている。

《こいつはワームだな。ドラゴンの一種だ》

「あれが？　手も足もないじゃない。それに、図鑑の資料には蛇型って書いてあったよ」

確かA級指定欄の棚で見かけたはずだ。載っていたのは目撃情報だけで、目にもとまらぬ速さで目の前を駆け抜けていったため、身体的特徴以外何も分かっていないようだった。だが、少なくとも高ランクの魔物であることに変わりはない。

ハヤテのおかげで高ランクの魔物を相手取れるようになったとはいえ、精霊と同様の性質である『魔力』という存在が非常に厄介だった。

魔力とは、端的に言うと魔物の持っている力である。

魔物とは精霊の成れの果てであるが、精霊の力が変異した魔力が、生物に憑依《ひょうい》することによって魔物となる。魔物は、生命源である魔力を補塡するために精霊力を吸い寄せ、魔力へと変換させるのだ。これが、精霊が魔物の力に引き寄せられてしまう要因である。

魔物によっては、魔力を用いて攻撃を仕掛けてくる奴もいる。口から火を吐いたり風を巻き起こしたりするのは魔力が原動力になっており、討伐の危険性は一気に跳ね上がる。

《時を経て退化したんだ。ワームは石を吐く、気をつけろよ》

言うより早く、その分厚い尾を地面に叩きつけて威嚇《いかく》していたワームが、口を大きく上空に向けるや否や、巨大な石礫《いしつぶて》を射出した。

一直線に迫る攻撃をハヤテはゆうゆうと躱《かわ》したが、ワームは二射、三射と立て続けにぶっ放す。

想像以上に手強《てごわ》そうな相手に辟易しながら、ハヤテの解説を仰いだ。

「このままじゃあ埒《らち》が明かない！　ハヤテ、ワームの弱点は」

《火だ。鱗は硬いが、体内は熱に弱い。口の中にぶち込んでやれ》

「了解！　頼んだよ、火の精霊たち！」

《もちろん》《まかせて》《とびっきり熱くするね！》

火の精霊たちがわんさか集まってくるのを確認しながら、頭のなかで作戦を練る。

ワームは見たところ動き自体は単純だが、身体の構造的に移動が速い。

考えられるワームの攻撃手段は、しなやかな体軀《たいく》による叩きつけと口から射出される石礫の二つだが、両方とも人間という小さな対象をピンポイントで狙うのには向いていない。

このままワームの横腹に切り込んで体勢を崩し、弱った隙を狙って火球を口に放り込むのが最善だと判断する。

　ワームから少し離れた地上近くまで高度を下げたハヤテの背から飛び降りる。風の精霊魔法で一歩一歩に加速をかけ、疾走し続けるワームを追って木々の間を駆け抜けた。

　光に反射して煌めくワームの鱗を視界に捉えたとき、漆黒の鞘から剣を抜き、さらに速度を上げる。そのまま勢いを殺すことなくワームの内懐まで迫ると、剣を上段から振り下ろす。

　キィイインという鋭い音とともにワームの巨体がくの字に折れ曲がり、木々を薙ぎ倒しながら横に滑っていく。

「なっ！」

　作戦通りワームの体勢は崩れたものの、その外皮にミスリルの剣が弾《はじ》き返されてしまったことに驚愕を隠せなかった。

　全身を覆う光沢のある鱗は強度があるようには見えないのに、傷一つ付けることすらできなかった。こんなことは初めてだ。

　それでもダメージは与えられたのか、ワームは怒りの咆哮を上げながら苦しげに尾を滅茶苦茶に振り回す。この一撃でワームをもっと弱らせる腹積もりだった私は、尾の攻撃を避けながら内心で焦りを感じた。剣でサクッと斬れる相手ならともかく、こんなデカブツ相手を翻弄できるほど優れた剣技は持ち合わせていない。

だが、それは杞憂だった。

小さな目標に尾が当たらないことに痺《しび》れを切らし、ワームが次の手段に出たのだ。鋭く並ぶ牙で食い殺そうと、口を大きく開けながら上半身を捻らせる。

私にとって絶好の機会だった。ワームの動きを予測するまでもなく、その場に立っているだけでワーム自らが進んでやってきてくれるのだから。私は、餞別《せんべつ》として火球を贈るだけでいい。

迫りくるワームを正面から見据え、緩慢な動作で右手を持ち上げる。

私が望めば一瞬で灼熱《しゃくねつ》の炎を生み出すことが可能だ。だが、ワームがドラゴンの一種なら、視力ではなく熱で敵の居場所を判断する。ワームが避けられないほど接近した瞬間を見定めることが、運命を左右するだろう。

下手をすれば命を落とすかもしれない、危険な行為だとは分かっている。だが、こうやって命を懸けるときの背筋が粟立つような緊迫感と、それから解放された瞬間の何とも言えない高揚感が堪《たま》らない。

縦長の虹彩《こうさい》をしたワームと、目が合った気がした。

次の瞬間、ワームに向けられた手のひらの向こうに青白く揺らめく焔《ほのお》が生まれ、私の意思の通りにワームの体内へと吸い込まれていく。

「グォオグアアアア」

魔物が悲鳴にならない咆哮をあげ、動きを止める。ワームが慣性に従って土煙を立てながら滑っていくのを横目に、私は小さく息を吐いた。

「……終わったぁ」

いや、実はまだ終わっていない。魔物を倒した後には、もうひと手間かけなければならないのだ。

まず、ワームを討伐したことの証明として鱗を数枚剝ぎ、牙を一本切り取る。討伐を証明するために、この作業は欠かせない。

牙を切り終えたところで、ワームの体は急速に朽ちはじめた。まるで炭を燃やした後の灰のように、跡形もなく崩れ落ちていく。やがて残されるのは、宝石のような輝きをもつ紫の石で、魔物の魔力が蓄積されて結晶化したものだ。人間に心臓があるように、魔物はこの『魔結晶石』を核として魔力の循環を行っている。

初めてこれを見た時は、自分の目を疑った。こんな綺麗な結晶が魔物を動かしているなど、思いもよらなかったからだ。

魔結晶石は魔物の命が尽きてしばらくすると体内の魔力を急速に吸収し始め、結果として魔力を失った肉体は崩壊するのである。魔結晶石を取り出してしまえば、崩壊はそこで止むので、これを利用して、低ランクの魔物の中には食用として出回っているものがあると聞いたことがあった。

ただ、魔結晶石には魔物を引き寄せてしまう性質があるため、魔物を討伐した者は見つけ次第破壊することが厳命されていた。石のように硬そうな魔結晶石だが、金属に弱いという魔物の性質が相承されているため、剣さえあれば割るのは簡単である。

灰化が進んでいくワームを掻き分け、魔結晶石を探す。完全に灰になるまで待ってはいられない。大体の魔物は頭部か胸部にあるため、そこを重点的に調べる。ちょうど眼の真後ろに子どもの頭ほどの大きさの魔結晶石を見つけ、剣を突き立てる。真二つに割れた魔結晶石の色が紫から透明へと変われば、蓄積されていた魔力が解き放たれた証《あかし》だ。これも討伐証明の一つになる。

すべて袋に詰め終わったところで、私はようやく肩の力を抜いた。ワームは既に原形をとどめておらず、骨格が見え隠れしていた。

「呆気《あっけ》ないね」

あれほど激しい戦いを繰り広げたというのに、まるで何もなかったかのように魔物は消えてしまう。そこには少しの虚《むな》しさが残るだけで、戦いの最中のような高揚も、勝ったという達成感もない。なぜだろうと思いつつも、近頃は仕方のないことだと諦めていた。

「あー疲れた。ハヤテ、戻っておいでよ」

木陰にどっしりと腰を下ろして、上空で旋回していたハヤテを呼ぶ。

今回は、ミスリルの剣が通用しないという不測の事態により、精霊魔法に頼り切った戦闘になってしまった。ハヤテがわざわざ《鱗は硬い》と言ってくれたにも拘わらず、それを甘く見た私の落ち度である。

だが、冒険者を始めた頃に比べれば随分と速やかに討伐できるようになったものだ。最初は、それはもう酷い有様だった。大した運動もせず、走ることのない箱入り娘として生活していたので、まず体力がなさすぎたのが一つ。狙い通りに剣を振るう難しさに直面したのが一つだ。

そもそも、剣なんて握ったことすらなかった元御令嬢に、実戦での技量を期待する方が酷というものだ。と言い訳してみるものの、このミスリルで造られた剣の異常な軽さと切れ味のおかげで何とか使い物にはなっている。

それでも剣は苦手だし上手く扱えないので魔物と闘う時は精霊魔法に頼りがちになってしまうのだが、物理攻撃も精霊魔法と同じくらい効果的だ。集団で戦闘を行う人々は良い具合に分担しているようだが、単独行動の私はそれができない。苦手だからと言って物理的な手段を捨てるわけにはいかないのだ。

だが、自分で言うのもなんだが才能はあると思う。もともと動体視力は良い方だったが、アーシブル王国に来てからそれが顕著な成長を遂げた。次の動作を予測することも、それに最適な対応を瞬時に判断することも難しくはない。

ただ、体が小さく力がないぶん、速さで敵を翻弄するしかない私は、風の精霊魔法を駆使して軽技的な攻撃を取るのが主なのだが、これがまた間合いを図りにくい。勢い余って敵の懐中に飛び込んでしまうことも、正直に言えばある。

《てこずったようだな》

「うん、思ったよりもこいつが硬くて」

鱗を袋から取り出して、舞い降りたハヤテに見せる。半透明のそれは、私の顔程の大きさだった。

《ワームの鱗は熱を加えれば加工できる。防具でも作ったらどうだ》

「え、そうなんだ。でも、今のが気に入っているからいいよ」

いま着けている胸当は簡素な鉄製だが、動きは妨げないし使いごこちが良い。これを変える気はなかった。けれど、自慢の愛剣をも弾き返したこの鱗なら、何かの使い道があるだろう。鱗を袋に戻して背負う。そそくさと支度を進める私に、ハヤテは呆れながら声をかけた。

《もう帰るのか》

「これからもっと疲れるのが待ってるからね」

アーシブル王国では、身体的特徴や攻撃パターンなど、魔物に関する様々な情報を国が率先して収集している。

その報告義務を国直属の騎士だけではなく冒険者にも課す代わりに、各ギルドでその資料を自由に閲覧できるような仕組みが十年前に築き上げられた。そのおかげで魔物の討伐率は飛躍的に上昇し、街へあふれかえる魔物も激減した。

素晴らしい制度だとは思うが、認知されていない魔物や情報量が少ない魔物を討伐することが多い私は、報告書に記す内容が膨大な量になってしまう。これがまた面倒くさいのだ。

　空を飛翔するハヤテのおかげで森の中を走る必要のない私たちは、二時間ほどかかるはずの行程をたった十分足らずに短縮させ、街へと辿り着くことができる。真っ先に向かうのは私が所属しているギルドだった。

　三年前、ハウゼント王国からアーシブル王国に渡る船で、クラーケンという海洋性の魔物の襲撃を受け、それを命からがら撃退した。その船に乗り合わせたキリス・キャメロンという男に、冒険者にならないかと誘われたのだった。

　彼はとある冒険者ギルドのマスターであった。

　アーシブル王国のギルド制度では、王都に本部が置かれている他は条件を満たせば誰でもギルドを開設できる形となっていた。しかもその経営は自由で、本部に契約金を払いさえすれば冒険者を集めようと店を開こうと何の縛りもない。その奔放さから不正や乱逆が懸念されたが、王都のギルド本部の絶対的な管理下に置かれているためにそういった問題はないらしい。

　魔の森から最も近い街、フヨールの一角にある『蒼穹の魂』という豪華な金文字の看板が掲げられた建物の扉をくぐった。

　ギルドの拠点となっているこの建物は、吹き抜けの造りとなっていて開放的だ。左手にはギルド員や一般人も集まれるパブのようなものがあり、時間のある冒険者らが酒を飲んだり打ち合わせを行ったりしている。

人々は酒を手に笑談していたが、誰かが「見ろよ、『高雅の蒼穹』が戻ってきたぜ」と言ったのを皮切りに、一斉に静まり返った。皆が皆、今度はどんな獲物を狩ってきたのかという好奇の目を向ける。

毎度のことだが、いつまで経っても居心地の悪さは変わらない。私のことなんて気にしてほしくないのに、人々は私に注目したがる。それが煩わしくて無意識のうちにギルドから足が遠のき、魔物の討伐報告や依頼を受ける必要最小限の時以外は来ないようになってしまった。

「よぉ、フェイ。今朝A級ケンタウルスの依頼を受けてったって噂を聞いたぜ。どうだったよ」

パブの人だかりの中から、一人の冒険者が顔を出した。彼はヒース・クラウス、筋肉隆々とした体つきに相応しい大斧《おおおの》を背中に背負っていて、結構な実力者らしい。だが彼は、周囲の冒険者たちが私を敬遠するなかで、私の顔を見るたびに親しげに話しかけてくる。正直言って、馴《な》れ馴《な》れしくされるのは迷惑だった。私は、一人でいたいのに。

「……残念ですが、見つかりませんでした」

毎度そっけない返事しか返さなくても、ヒースはちっとも懲りた様子を見せない。魔物の討伐証明部位をカウンターで提出するところまで付いてきたうえ、袋から取り出した牙と鱗、割れた魔結晶石を見て声を上げた。

「おおっ、A級のワームじゃねえか！」

私とヒースとの会話に耳を澄ませていた人々は、ワームという名前に騒然とする。目撃情報だけで取りあえずA級に指定された魔物だ。有効な攻撃手段すら分からないことを踏まえると、S級に分類されていてもおかしくない。

「相変わらずスゲーなオメェはよ。流石《さすが》、高雅の蒼穹。天下無双のフェイ・コンバーテだな」

茶化すように笑ったヒースに、私は顔を顰めた。

「それ、やめてください」

「いいじゃねぇか、恰好よくてよ。俺ゃあ気に入ってるぜ」

「何で貴方が気に入るんだ」と内心で思っても口には出さず、カウンター内の職員が討伐証明部位を前にしてあたふたしているのを怪訝《けげん》に見やる。

受付に立っている彼らの仕事は、冒険者から出された証明部位を受け取り、証明部位から魔物を鑑定する資格を持った職員へ渡すこと。そして、判定したことを記録に残すための書類作りだ。だが、私を受け付けた女性は目を白黒させるばかりで、一向に取り掛かろうとしない。身元確認のためのギルドカードも、ちゃんと提示しているはずだ。

「あのっ、これ……」

口ごもる彼女に、ヒースは眉根を上げる。

「そういえば、お前さん見ない顔だな。新入りか？」

「そうよ。こちら、今日から窓口に入ってもらうことになった、ミーナちゃん。可愛《かわい》い後輩なんだから、虐《いじ》めないでよね」

「リ、リリスさんっ！」

カウンターの奥の部屋から現れた女性に、ミーナは九死に一生を得たといわんばかりの安堵を浮かべた。

リリスは、このギルドのベテラン職員で、長めの前髪から覗《のぞ》く紅蓮《ぐれん》色の瞳が特徴的だ。かつてはパーティー『スカーレット』を率いる一流の冒険者だったが、怪我《けが》が原因で一線を退いている。

「あら、慣れないうちにフェイの相手をするのは辛いわね。代わるわ」

リリスはよくカウンターに立っているが、長年の冒険者経験を活《い》かし、魔物を判定する資格も得ている。彼女に頼めば即座に討伐証明が完了するのだが、私の場合は、倒した魔物が未知の領域が広いワームであるため、王都のギルド本部での鑑定を依頼する必要がある。新人ではよく分からない手続きなどもあるだろう。

リリスが「ちょっと待っててね」と牙と鱗を奥の倉庫へと仕舞いに行ってしまうと、私たちの間に無言が続く。ヒースも用などないのだろうに、いつまでも立ち去らないし、背後の冒険者たちの纏わりつくような視線が鬱陶しい。

（リリスさん、早く戻ってこないかな）

リリスから手続きを完了した証明書と、報告書を書くための用紙を貰わないと帰れない。彼女の消えていった部屋に視線を向けていると、沈黙に堪えきれなくなったミーナが口を開いた。

「あの、フェイさんは、後ろの方とパーティーを組んでいるんですよね！　A級を二人で倒しちゃうなんて、凄いなあ」

「えっ、違う違う。俺はただの付き添いで、A級はこいつが一人でやったんだ」

首と手を同時に振るほど、ヒースは慌てて否定した。彼が私の顔色を窺っているのを気配で感じたが、初対面の人にいちいち目くじらを立てたりはしない。

「面白い冗談です……って、本当だ。フェイさん、所属パーティーの欄が空白になってる！　三年近く、ひとりで活動されてるんですか」

ギルドカードから情報を見たのか、ミーナは目を丸くした。

確かに、そこには名前や居住地、所属しているパーティーなどが書かれている。パーティーに所属していないのも事実だが、人の個人情報をぺらぺらと大きな声で読み上げる彼女に、私は呆れてものも言えなかった。

「もう誰かと組んだりはしないんですか？　このギルドの皆さん、いい人ばかりですから、きっと楽しいですよ！　フェイさんほどの実力があれば、すぐに仲間に……」

「よく回る口ですね。少し黙ったらどうですか？」

「……」

私が放った一言で、普段より声を落として話していた冒険者たちが一瞬で凍りついたのが分かった。不自然なまでの沈黙が、視線とともに痛いほど背中に突き刺さる。

何も言うつもりはなかった。だが、私に対してパーティーの話を振ってきた人はここ最近いなかったから、つい頭に血が上ってしまったのだ。

(大人げなかったな)

大きな瞳に涙を滲《にじ》ませるミーナを見て、少しだけ自己嫌悪に陥る。だが、私は彼女に言葉を掛けることなく、踵《きびす》を返した。書類は、後から取りにくればいい。

§§§

「あー、やっちゃったわね」

一拍遅れて戻ってきたリリスは、手のひらで目元を覆った。

「リリスさんっ、どうしましょう。わたし、フェイさん怒らせちゃった……」

涙目で訴えるミーナに、リリスはひらひらと手を振る。

「パーティーの話題はね、あの子にとって禁句なのよ。三年も前のことだけど、ちょっと色々あって。あの子も人を遠ざけるばかりで、誰とも関わろうとしなくなったわ。一人でもやっていける実力があるだけ、余計に拗《こじ》らせてるの」

「そうそう、今じゃあそれなりに返事してくれるけどよ、前は近付けないくらい殺気立ってたからな」

「そうなんですね」

ミーナは表情を曇らせて項垂れた。全てを理解したわけではないが、自分の発言がとても無神経なものだったと気が付いたのだ。

はあ、と深いため息を吐いたリリスが、ミーナの隣に腰掛ける。

「あの子を受け入れてくれる誰かが、現れるといいんだけどね」

ぽつりと呟やかれたその言葉は、元に戻ったギルドの喧噪の中に消えていった。

§§§

私が逃げるようにして向かったのは、ギルドマスターの書斎がある二階だった。

コンコン
「はいはい、フェイかい？　入るといいよ」

ドア越しに聞こえた間の抜けた声に、肩を竦めながら遠慮なくドアを押し開ける。

椅子を二つ並べて、その上に身体をはみ出させながら寝そべる当ギルドのマスターを目にして、深いため息を吐いた。

「はぁ……マスター、魔の森にてA級ワームに遭遇しました。すでに討伐済みですが、一応ご報告に」

当ギルドのマスターは、キリス・キャメロンという見かけによらない超凄腕の元冒険者だ。

見かけによらない、とはどういう意味か。

簡単に言えば、彼は癖のあるハニーブラウンの髪に丸メガネ、童顔タレ目、身長百七十センチで体格は至って普通。どこをどう取っても強者の風格がない。その上ありとあらゆる言動が子どもじみていて、なんとも手が焼ける。

「あれ？　フェイが受けてった依頼、ワームだったっけ？」

よっこらせ、と掛け声をかけ彼は椅子から上半身を持ち上げた。が、横たわっていた椅子はキャスター付きであったために、その体は床へと吸い寄せられる。

一瞬にして視界から消えたギルドマスターに、何度目か分からないため息を吐く。

「いててて」

キリスは、床と激突した腰を摩《さす》りながら低く呻《うめ》いた。そして、悪戯がばれてしまった子どものように、にへらと笑う。

どうして彼は、いつも笑っているのだろう。私はその振舞いに疑問を抱く。

私は、キリスの事が少しだけ苦手でもあった。その気の抜ける一笑にのらりくらりと躱されてしまい、彼の本心や裏の顔が見抜けないのだ。それでもこのギルドに入ったのは、アーシブルに来て途方に暮れていた私に、ちょうどよくギルドが衣食住を保証してくれるという誘いだったから、そこに尽きる。こんなに大きなギルドのマスターだと知ったのは、船を降りた後だったが。

「資料は後日送ります。では、私はこれで」

ただ報告に来ただけなので、もう用事はない。さっさと退出しようと踵を返すが、キリスはそれを慌てて呼び止める。

「ちょっと待って。ワームはＡ級だから、『王立討伐騎士団』にも報《しら》せないとね」

ああ、そうだった。

国は、街もしくは王都などの重要な拠点が襲撃されないように、知性や攻撃性の高い魔物や人間を襲う性質のある魔物を積極的に駆逐していた。それを行うのが国の先鋭、王立討伐騎士団である。

しかし、彼らも次々に湧いてくる魔物に対処しきれていない部分があった。そこで魔物を狩り、資金を得ることを専門としている各ギルドへ本部を通して依頼を申込み、その穴を埋めていた。依頼を受けていなくても、Ｂ級以上の魔物を討伐した場合は報告の義務がある。これがまた面倒で、討伐場所や時刻など、三枚に渡る必要事項を記入しなければならない。

「それはマスターにお任せします。ワームの資料を送った後で適当に作っておいてください」

「えー、この前も僕が作ったんだよ」

キリスはぶつくさ言いながらも、いつもこの作業を代わりにやってくれる。これから資料作成に追われる私にとって、ありがたいことだ。

書斎から退出する間際に、壁に立て掛けられた鏡に自分の姿が映った。そこにはもう、ハウゼント王国で過ごした頃の面影はない。

一番に目につくのは、耳よりも短くなった髪の毛だ。もう、以前のように豪華絢爛《けんらん》なドレスは似合わないだろう。男物の服装に身を包む私に女性らしさはなく、少年といった方がしっくりくる。いまさら女性らしい恰好をするのも面倒だし、この服装は動きやすくて気に入っていた。

しかし、誤算だったのが、自分自身が異名を付けられるまでに有名になってしまったということだった。

強くなるためには、努力と才能が必要とされる。剣を振るう速さ、俊敏性、反応速度。そして契約を行った精霊の属性とその精霊魔法の威力。すべてを兼ね備え、魔物に対する戦闘に慣れなければ生き残ってはいけない。

その点私は、剣は申し訳程度にしか扱えないが、限りない精霊たちの恩恵のおかげで、倒せる魔物のランクが上がっていくのも早かった。

それはもう、普通の人間とは比べ物にならないくらいに。気づいたときには、私は他から逸脱した存在となっていたというわけだ。

扉を押し開けて退出しようとした私を、キリスはまたもや呼び止めた。

「フェイ、もう一個だけ。実は君に指名依頼があるんだ」

指名依頼をしてくるのは大体が貴族や商人などの護衛などだったが、それらは全て断ってきた。上流階級の人間とは一切関係を持ちたくなかったからだ。

「とりあえず、誰からの依頼か聞いておきます」

「うん、王立討伐騎士団からだよ」

ため息を吐きたくなるのを堪えて、私は眉を顰めるにとどめる。

魔物を相手取るという同種の志を持つ間柄だが、あまり縁を持ちたい相手ではなかった。実力は確かにあるが、古くからアーシブル王国を支えてきた貴族どもが幅を利かせているらしい。実際に上位指揮官に就いているのは貴族ばかりで、程度が知れる。ますます関わりたくなかった。

「申し訳ありませんが、断っておいてください」

「そう言うと思ったけどさ、依頼内容だけでも聞いておいてよ。なんかね、魔物の討伐を手伝って欲しいみたいなんだ。総長から直接手紙が来たんだよ」

「私は誰とも組みません」

総長サザン・ラーシェンクは討伐騎士団最強と名高いが、彼のことも苦手だった。

その油断のなさで上手く隠してはいるが、彼は常に利用価値で物事を判断している。今回の依頼も、あわよくば私を取り込もうという魂胆が丸見えだ。

最初に会った時もそうだった。ハヤテと出会って暫くしたあと、ギルド蒼穹の魂へ足を運んだサザンは、私を王立討伐騎士団へ勧誘した。あたかも私の実力と将来性を育てたいような風を装っていたが、長い間貴族社会の荒波に揉《も》まれてきた私は、それが建前であることがよく分かっていた。彼が見ているのは私自身ではなく、ペガサスを連れた私が討伐騎士団に入団することで得られる利益だ。

私がそのことに気が付いていると分かっていても、サザンは幾度となく声をかけてくる。だから彼が苦手だった。

その世界に足を踏み入れたら最後、二度と関わりたくないと思っていた貴族社会の柵に再び囚われることとなる。それだけは御免だ。

それに、どうせまた魔物を倒しに行くのだから、この依頼を受けようと受けまいと仕事内容に変わりはない。

「いい刺激になると思うんだけどなぁ。まだ、あの時のことを引《ひ》き摺《ず》っているのかい？」

ああ、今日は皆この話題ばかり振ってくる。ミーナにあんな態度を取ってしまった手前、キリスに対しても同じように激昂《げっこう》するわけにはいかない。意識して深呼吸し、視線だけを返す。

「あの時のフェイは、毎日が楽しそうだったよ。今はちょっと、無理をしているんじゃないかな？　そろそろ前に進んでもいいと思わないかい？」

らしくなく眉根を下げるキリスから、バツが悪くなって視線を逸らした。余計なお世話だとは思うが、彼の言う通り、近頃は魔の森に籠もりっぱなしだ。

「そうかもしれませんね」

言われてみて、初めて自覚する。だが、今の私にとって、魔物と戦うことだけがすべてだった。

キリスにはただ一言そう告げて、今度こそ書斎を後にする。その後三階の資料室に足を向けた。今の段階でワームの情報がどれだけ載っているか確認するためだ。

ハヤテはワームのことをドラゴンだと言っていたが、私の記憶が正しければ蛇型の魔物に分類されていたはずだ。分類によって整頓されている本棚の中から、ワームと書かれた背表紙を探す。指で本を追っていったとき、ひとつの魔物の前で動きが止まった。無意識のうちに、それを手に取って開く。

（サルトス・サーペント）

楽しかった冒険の始まりの頃。それは、私が生まれて初めて狩った魔物だった。

§§§

「こちらはジャック・ハサン。このギルド随一の冒険者さ。きっと学ぶことも多いだろうけど、とんでもない気まぐれだから、気を付けてね」

アーシブル王国行きの船の上で出会ったキリス・キャメロンに連れて来られた所は、本当に冒険者ギルドだった。彼の周りの精霊たちが否定していないので疑ってはいなかったが、港から離れていたぶん不安はあった。

そして、紹介されたジャックという冒険者は、キリスが見繕った私の教育係らしい。よく鍛えられた体軀に重厚な上着を纏った彼は、他の冒険者と比べて一際異彩を放っていた。

眉間に深いしわを寄せて不機嫌さを隠そうともしない彼だが、申し訳ないが私は笑いを堪えるので精一杯だった。

(こいつは男か？　……いや、女の可能性もあるな。フェイ……くそっ、名前では判断できん！)

彼の契約している精霊は火属性だが、随分とお喋《しゃべ》りのようだった。彼の考えていることを余すことなく私に教えてくれるものだから、ジャックという冒険者が私の性別を判断することで頭がいっぱいだと直ぐに分かってしまう。怖い顔をしているのに内心がこれでは、笑わずにはいられない。

だが、感情の起伏を表に出さないのには慣れているので、ただ一直線にジャックのこげ茶の瞳を見据えた。

「ちっ、面倒ごとを押し付けやがって。何で俺がひよっこの世話なんか」

《ジャックめんどくさがってるー。でも楽しそう！》

彼は煩わしそうに悪態をつき、射るような眼差しを向けてくる。

睨《にら》みつけられている……ことは分かるが、精霊が彼の心の声を教えてくれるので、あまり気にならなかった。

(俺を前にしても動じないとは、けっこうやるな)

心の声を聞いてしまうのは申し訳ないが、精霊は強い思念に反応する。彼の考えの一つ一つに尋常でない意志の強さが伴っているのだろう。

精霊の言葉に嘘偽りはない。精霊が伝える言葉が、彼の本心なのだ。

和らいだ眼光に、私はとうとう笑みを浮かべた。このとき初めて、人を信用してみようと思えたのだ。

「……ジャック・ハサンだ」

「フェイ・コンバーテです。ハサンさん、どうぞよろしく」

「ジャックでいい。俺たち冒険者は、どんなときも対等の関係だ」

ぶっきらぼうに差し出された右手を握り返す。ハウゼント王国でも商人たちがよくやっていた挨拶の方法だ。節くれだった彼の右手は、働く者の手だった。

水に触ることなどほとんどなく、外に出る時には必ず手袋を付けていた私の手は、肌荒れとは無縁だった。剣を振ったことで肉刺《まめ》や剣だこができるかなと構えていたが、ミスリルの剣が軽過ぎるせいか皮膚は痛まない。

やはり怪訝に思ったのだろう、ジャックは片眉を上げた。だが、すぐに不敵な笑みに変わる。

「随分と軟弱じゃねえか？　いいぜ、二週間で一流に育ててやる」

彼は私の出自を疑うでもなく、貧弱な体軀を蔑むでもない。

彼の一言に、何もかも失って途方に暮れていた私は救われた。何も持っていなくても、これから培っていけばいいのだと、自分の存在を肯定された気がしたのだ。

面倒ごとが嫌いな彼は、他の冒険者のように訓練場で実力を測ったりしなかった。つまり、初めから魔の森での実地訓練を行った。

魔の森の移動には馬が必要不可欠だが、入り口付近ならば徒歩でもいいらしい。前を歩くジャックは、まるで自分の庭のようにすいすいと木々を避けていく。

時々ゴブリンなどの危険度の低い魔物と遭遇したが、目にも止まらぬ速さで振られた剣によって一刀のもとに斃《たお》されてしまう。緑色の体液がほとばしる様は気味が悪いが、思いのほか平気だった。

「魔物を見ても問題なさそうだな」

平静を保ったまま魔物の死骸を覗き込む私に、ジャックは満足そうに口角を上げた。

新米の冒険者の中には、魔物に対して嫌悪感を拭えない者もいるそうだ。魔物の死骸を見て吐き気を覚えることも少なくないそうだが、私は何ともなかった。

《やったね！》《すごいよジャック》

魔物を一体屠ったことで精霊の喜ぶ声が聞こえてくるのも、理由の一つだろう。

途中で魔物と出くわせば、ジャックはその攻撃の特徴や弱点を事細かに教えてくれた。

事前にキリスから渡された『低級魔物図鑑』という分厚い本には様々な魔物が載っており、そのほとんどを記憶していた私にとっては、実に興味深い時間だった。挿絵が描かれて分かりやすい本であったものの、本で見るのと実際に体験するのとでは理解度が違う。

魔物を倒した後の魔石の処理の方法や、周囲に生えている薬草や食物のことを学びながらも、彼の歩調が緩むことはなかった。

つい先日まで貴族の令嬢だった私に、現役の冒険者である彼に着いて行けるだけの体力はないはずだが、彼は私が見失わないギリギリの速さを保ってくれていた。だから私は、息が切れようとも、木の根に足を引っかけて転ぼうとも、必死に彼を追い続けた。

《フェイ頑張って！》《大きく息を吸いな！　風のが新鮮な空気を持ってきたからさ》

全身が心臓になったのではないかと思うほど鼓動は波打ち、足は痺れて感覚がなくなっていた。それでも歩き続けられたのは、ハウゼント王国にいたときとは比べ物にならない数の精霊が、私に声を掛けてくれたからだ。

アーシブル王国では初めて会う精霊がほとんどだが、私を警戒するでもなく、すんなり受け入れてくれたことが感じ取れた。返事を返す余裕はなかったが、彼らは十分な活力を与えてくれたのだ。

半日ほど経ってようやく辿り着いた安全地帯で、私は場所を選ばず倒れ込んだ。

「冒険者になろうってのが阿呆《あほう》ってほどの体力のなさだが、根性はあるな」

離れた場所に座るジャックを横目に見ながら、半日を振り返る。

魔の森の精霊たちは、とても親切だった。新鮮な空気を運んでくれただけでなく、水筒に水を入れてくれたり、湧き水や川の場所、人間たちがよく採取していく食べ物や薬草を教えてくれたりもした。尋ねれば、安全地帯まで案内してくれることだろう。

「そろそろ回復したかー」

目を瞑って体力が戻るのを待っていると、いつの間にか近づいていたジャックに上から覗き込まれる。

息は整った。試しに起き上がってみるが、残念なことに足が震えて真っ直ぐ立てなかった。

歩くどころの話ではない。体を限界まで使うとこうなるのだと私は感動に浸っていたが、ジャックはやれやれと首を振る。

「仕方ねえな。それじゃあ、精霊魔法でも拝見するか」

「精霊魔法、ですか？」

「おう、使えるだろ？　キリスが言うには、船でクラーケンを追っ払ったって話だし」

アーシブル王国に向かう船に乗っていた時、クラーケンという海洋性の魔物に襲われたのは記憶に新しい。見る見るうちに絡み取られていく船体と初めて見る魔物に、私は精霊に助けを求めた。そのおかげで、大量の水を振り撒《ま》いたことで、クラーケンは海の底へ戻っていったのだ。

　精霊魔法の使い方は分かる。精霊に力を貸して欲しいと問いかけ、その精霊力を受け取り、好きなときに思うような魔法へ具現化すればいい。

　しかし、ジャックの求めているのは攻撃手段としての精霊魔法だろう。どのようにして精霊魔法を攻撃に用いればいいのか、皆目見当がつかなかった。

「皆さんは、精霊魔法をどのように使って魔物を倒すのでしょうか」

「あ？　そんなもん、人それぞれだろ。魔物との相性もあるしな。まあ、それは追々教えるとして。じゃあ、こうしようぜ。フェイが出せる最大出力の精霊魔法を見せてくれ」

「それなら、やってみます」

　火の攻撃が一番高い威力を出せそうだという勝手な思いこみから頼んでみる。

（あの、火の精霊？　ちょっと力を貸して欲しいの。どうかしら？）

　おずおずと語りかけ、祈るように目を瞑る。ここの精霊は私に友好的ではあるが、力を分け与えてくれるかどうか、心配だった。

　だが、それも杞憂で終わる。

《まかせてー》《よろしくね、フェイ！》

　予想を上回る精霊たちが反応を示し、我先にと申し出てくれた。精霊から精霊力が分け与えられると、身体中に不思議な力が漲《みなぎ》る。

これを少しずつ放出していけば、思い描くような現象を生み出せるのだ。

私は手のひらの上に小さな炎を生み出し、段々と大きくしていく。ジャックは最大の出力と言ったが、私も限界まで精霊魔法を使い切ったことがないので、どれほどのものが生まれるかは分からない。

瞬く間に頭ほどの大きさに膨れ上がった炎だが、火の精霊が様々なアドバイスをくれるので、それを実践してみる。

《もっと力をギュっとして!》《アツアツになるよ!》

(なるほど、放出する精霊力を圧縮すると、炎の温度が高くなるのね)

赤く揺らめいていた炎の色は次第に薄くなり、やがて青みを帯びていく。火の精霊から貰った精霊力に包まれているおかげで、熱さは感じない。

だが、ふと周囲が焦げ臭い匂いに包まれていることに気付いた。

「おいおいおいおい、嘘だろ⁉」

ジャックの叫び声に、火の精霊魔法に集中していた私は目を開ける。周囲を見渡せば、私を中心にして芝生が焼け焦げ、プスプスと煙を上げていた。

焦げ臭い原因はこれか。

呆気にとられて、ふと地面を見やる私に、ジャックは声を張り上げた。

「フェイ、とんでもないその炎を何とかしろ! 森を焼き払いたいのか!」

「……え？」

何とかしろと言われても、こんな精霊魔法の使い方をしたのは初めてだったので、私にもどうすればいいか分からないのだ。行き場のなくなった精霊魔法を手に右往左往する私を見て、ジャックは額に手を当てる。

「まじかよ！」

まじ……の意味は分からないが、相当焦っているのだろう。だが、私は直ぐに正気に戻った。何のことはない、精霊の助言を経て、精霊魔法を分解すればよかったのだ。

跡形もなく消え去った青い炎と、くすぶる煙を鬱陶しそうに払いのける私を、ジャックは交互に見やってため息を吐いた。

「お前……とんでもないヤツだなぁ」

黒焦げになった芝生を踏みしめながら、私も反省する。まさか、こんな被害が出るほど高温の炎だとは思わなかったのだ。

これでも、ジャックの指示した最大出力とは程遠いし、まだまだ余裕がある。精霊力を精霊魔法に変換する過程も、以前より潤滑に行えるようになった。

だが、ジャックの言うように森を傷つけてしまったのも確かだ。森に宿る精霊たちに謝罪しながら、水の精霊の力を借りて木の葉に燃え移った火を鎮火する。

「……複数属性使えるってのは、本当みたいだな」

ボソリと呟いたジャックの一言を、私は聞き逃さなかった。何気ない言葉だが、その中には明らかな驚愕と、受け入れ難いという思いが含まれている。

私はそこで初めて、一対一という人間と精霊の関係が、アーシブル王国でもハウゼント王国でも同じであることに思い至った。

精霊が好むアーシブル王国という国は、ハウゼント王国と違って、人と精霊の垣根が低いのだと勝手に決めてかかっていたのだ。契約に縛られているのは、ここでも同じだった。人々は、契約した精霊にのみ理解を示し、それ以外の存在を感じ取ろうとしていない。

アーシブル王国に来て最初に抱いた印象は、驚くほどに精霊が人間を好いているということだった。だから、人々が複数の精霊から力を借りることなど、当たり前だと思っていたのに。

ジャックの反応からして、それは異端な考えだったようだ。火の精霊魔法で高揚していた気分が、みるみるうちに萎《しぼ》んでいく。

「ちょっ、なに落ち込んでんだよ。『精霊の寵児《ちょうじ》』ってのは、ごくまれに現れるもんだから、悪い意味で言ったわけじゃあねえよ」

「精霊の……寵児？」

聞きなれない単語に、首を傾《かし》げる。

「ああ。四大属性以外の精霊と契約するとか、強力な精霊魔法が使えるとか、そういう奴らのことを言うんだよ。実際に、今の国王は強力な闇属性の精霊と契約しているって話だ。複数属性が使えても不思議じゃあねえよ」

私の契約した精霊は寡黙なので、どの属性を持っているかすらも定かではない。精霊の声を聞くことができるという奇跡のような力を与えられた私も、『精霊の寵児』に当たるのだろうか。

だが、そういう事にしておけば、人の目を気にする事なく精霊魔法を使えるのではないだろうか……という私の期待を、ジャックはことごとく裏切ってくれた。

「悪いことは言わねえ。冒険者としてある程度の地位が確立するまでは、精霊の寵児って事は大っぴらにしない方が身のためだぜ。何せ、お前を囲いたい連中が権力に物言わせてくるからよ」

彼の言いたい事はよく分かる。どの国でも、権力者の薄汚さは変わらない。駆け出しの冒険者である今の私に、それを全て撥《は》ね除《の》ける自信はなかった。

彼の助言に従うのが最善だろうと判断し、頷いてみせた。

「精霊魔法の発動に問題はない。むしろ、熟練の冒険者より安定してんじゃねえかってくらいだ。後はまあ、剣だな。中には物理攻撃の方が効く魔物もいる。剣術を身につけておいて損はないぜ」

私は、無意識のうちに腰の剣に手をやった。つるりとした感触は、柄頭に埋め込まれている紅色の宝石だろう。まるで宝飾のような剣だが、この切れ味が尋常でないことを、私は身をもって味わっている。

この剣を抜いて、魔物に向けることができるだろうか。

だが、ジャックは私の不安をことごとく捻じ伏せてしまうような指示を出した。

「木剣で素振りから始めるのが普通なんだが、どうにも面倒くさい。フェイ、その腰の剣を抜いて、魔物を三体倒してこい」

「はい？」

私は自分の耳を疑った。初めて魔の森に入ってから、半日しか経っていない。いろいろな魔物を見たが、それらを倒したのはジャックであって私ではない。

抗議の視線を向けるが、ジャックはどこ吹く風と受け流し、緑の部分が残った芝生に横たわってしまった。

……こうなれば、やるしかない。

私は覚悟を決めて、森へと向き直った。

精霊の声に耳を澄ませば、どこにどんな魔物がいるか教えてくれる。集団で行動している魔物を相手にするのは避けたいので、危険度が低く単体でいる魔物を狙う。

「あ、精霊魔法は使うなよ。この辺は、剣で十分倒せるくらいの雑魚《ざこ》しかいねえから」

後ろでジャックが付け加えるのが聞こえたが、精霊の声に意識を寄せていた私はさらっと無視する。

目を付けたのは、ここから程よい距離にいる三体の魔物たち。E級サルトス・サーペント二体と、F級ゴブリン一体だ。

どの魔物も、首を落とすだけでいい。討伐方法は簡単だ。こっそりと忍び寄るのも手だが、私も疲れているので手っ取り早く終わらせたい。

震える足を叱咤《しった》して、精霊の導くままに森を進めば、他の魔物と遭遇することもないまま目的のサルトス・サーペントを見つけることができた。

胴体は低木の幹ほども太く、もたげた鎌首からは枝分かれした舌がチロチロと見え隠れしている。木の陰に隠れてその様子を窺っていたが、サルトス・サーペントは直ぐに私のいる方角を凝視する。

居場所がばれていることは、明らかだった。

迷っている暇などない。私は躊躇《ちゅうちょ》なく剣を抜き放ち、魔物の前へと躍り出る。

《たいへん！　そいつは毒を吐くんだ！》

私は、反射的に右へ跳躍した。その角度を利用して、せり出されたサルトス・サーペントの頭を上から切り落とす。その皮膚がどれだけ硬いかは分からないが、ミスリルの剣は吸い込まれるようにして首を切断した。頼りない剣筋だったにも拘わらず、生き物を切ったとは思えないほどあっさりした手ごたえに、この剣の実力を思い知る。

転がって行った首を目で追えば、私が初めに立っていた地面からは不気味な湯気が立ち上っていた。精霊の言う毒だろう。

精霊のおかげで事なきを得たが、一歩間違えれば私は毒に冒されていたことだろう。

胴体と首が分かれたサルトス・サーペントの死骸を見て、私は冷や汗を流した。それでも、初めて魔物を倒したにしては上出来だと、自分で自分を褒める。

しかしながら、問題はその後処理だった。

(確か、討伐証明部位を切り取った後に、胴体を縦に引き裂いて、魔石を探すのよね……)

サルトス・サーペントの討伐証明部位は腹部の皮膚なので、それを切り取ろうと手を伸ばす。

だが、そのヌルっとした感触と、魔物特有の生臭さに、私は思わず嘔吐《えず》いた。少し離れたところでは平気だったが、目の前にすると桁違いの異臭だった。

コレから皮膚を切り取って、魔石を探さなければならない。

冒険者がどれだけ厳しい仕事かを強く実感しながら、私は必死にサルトス・サーペントの死骸と戦う。

目尻に涙が浮かんだのは、鼻が曲がりそうな臭さにやられたからだ。

やっと見つけた魔石を剣で割ったとたん、灰のように散っていった魔物に驚きつつも、もう一体のサルトス・サーペントとゴブリンの位置を精霊に聞く。この二体も思ったよりも順調に倒せたが、やはり事後処理には涙を禁じ得ない。

どれくらい時間が経ったかは分からないが、二枚のサルトス・サーペントの皮とゴブリンの耳を持って安全地帯へ戻る。

「ジャック、ご指示の通り、魔物を三体倒しました」

頭の下で両手を組み、完全に寝入っていたジャックの傍らに討伐証明部位を落とす。ドサッという音に、彼は目を覚ました。

「あ、早くねえか？　まだ三十分も経ってないぜ」

そう言いつつも、自分の傍らにある魔物の残骸を見れば、納得するしかない。

「ゴブリンと……サルトス・サーペントか！　Ｅ級の魔物を狩って来るとはな」

ジャックは討伐証明部位を手に取って、その状態などを吟味していく。

「サルトス・サーペントの皮は傷跡もないし、これは十分売り物になる。残念だが、ゴブリンの耳は証明にしかならん」

冒険者は、魔物を倒すだけではなく、その魔物の素材を売ることでもお金を得ているらしい。『低級魔物図鑑』には書かれていなかったことなので、現役冒険者であるジャックから聞く情報が頼りだ。

他の魔物について尋ねるうちに日が傾き始め、フヨールへと戻ることとなった。翌日からは、馬に乗ってより奥地へと進んでいく。

「実力が予想以上に高かった」、とジャックは言い、実践で技術を培った方が良いと判断したようだった。

突然、戦いの場へ放り込まれた私はたまったものではなかったが、迷っている暇がなかったので、ある意味良かったとも言える。それからは、剣と精霊魔法を組み合わせたことで、相手にできる魔物のランクはみるみるうちに上がっていった。

初心者の冒険者が躓《つまず》くという魔の森での活動も、アーシブルの精霊たちがあまりにも友好的だったので、まったく苦にならなかった。どこに魔物がいるのか教えてくれたおかげで、索敵は完璧。精霊が導いてくれるので迷うことはなかったし、食糧の確保も簡単だった。だが、私は精霊に頼り切ることなく、自分の目で物事を見ることを忘れなかった。ジャックから享受された知識を生かすことが、楽しかったからだ。

馬の乗り方や、野営道具の組み立て方などはさっぱり分からずに、ジャックを呆れさせた。「なんでこうもアンバランスなんだよ」とため息を吐きながらも、きちんと教えてくれたのだが。

そして、最初にジャックが宣言した二週間が経つ頃には、単独でのB級討伐も成し遂げた。

A級バンシーと遭遇した時は死を覚悟したが、ジャックと共に力を合わせれば、それすらも倒せてしまった。

その二週間で分かったことがいくつかある。ジャックは腕の立つ冒険者でありながら、威圧感のある鋭い眼光に気圧《けお》される者も少なくなく、その逆立った剛毛と火の精霊魔法使いという特徴から『烈火の獅子《しし》』と呼ばれていた。

（烈火の獅子……）

本人は恥ずかしくないのかしら、とジャックを見やれば、「いつかお前にも渾名《あだな》がつけられるから、覚悟しておくんだな」と逆に脅された。

そんなはずはない。半月前まで箱入り娘だった私が、彼と肩を並べられるほどの実力者になるなど、夢のまた夢だ。

そうやって高を括《くく》る私を鼻で笑い飛ばしたジャックだが、彼は自他ともに認める凄腕の冒険者なのだ。彼を前衛にと求める者も多い。しかし、彼は特定のパーティーを組むことはなかった。基本的に単独で行動し、気が向いたら手を貸す。その気まぐれな態度も、彼だからこそ許されていた。

そんなジャックを、二週間もの間拘束してしまったことに罪悪感を覚えたが、それも次の遠征で終わる。

B級ミノタウロスの目撃情報から出された討伐依頼を正式に受け、それを達成したらジャックとの訓練期間は終了するからだ。

サルトス・サーペントから始まった冒険は、無事に幕を閉じようとしていた。はずだった――。

§§§

窓辺から鳥の鳴く声が聞こえて、はっとして私は手元の資料から顔を上げる。遠くの空は茜色《あかね》に変わりつつあった。日暮れが近付いている。

ワームについて調べるつもりが、すっかり時間を食ってしまった。サルトス・サーペントの資料を慌てて本棚へ戻す。

類に違和感を覚えて手をやれば、涙が伝っていた。彼のことを思い出すのは久しぶりだった。あの頃の記憶には蓋をして、忙しさにかまけて思い出さないようにしていたのに。ふとした瞬間に、こうやってあふれ出てくる。

当初の目的だったワームの資料は白紙に近く、情報などほとんどなかった。カウンターで書類を受け取り、あとは家に帰って報告書を書こうと一階に向かって階段を下りているときのことだ。

二階から壊れんばかりに打ち開かれたドアの音とともに、キリスが血相を変えて転がり出てくる。その顔は真っ青で、なにか尋常でない事が起こったのだと私は悟った。

どうしたんですか、と彼に尋ねようとしたとき、私の脳裡《のうり》に恐ろしいまでの思念が過った。

《助けてくれ……》《嫌だ……》

《死にたくない……》

背筋が凍りつくような感覚に、私は呆然とその場に立ち尽くした。

近傍の喧騒が遠のき、果てのない叫喚が届き続ける。それはまるで悲鳴のようで、哀《かな》しみと苦痛に満ちていた。

「……なに、これ」

《魔物》《フェイ》《でかい》
《急いで》
精霊の声が次々と浮かんでいく。無数の精霊が私を呼んでいるのが分かった。
縫い付けられたように動かない体に鞭打って、階段を下りることを諦めた私は二階の踊り場から飛び降りると、ギルドを飛び出す。
「ハヤテ！」
状況を察したハヤテは既に助走を始め、私も駆け出しながら彼の背に飛び乗った。その両翼を力強くはためかせて大空へと飛翔する。
空には道も障害物もないので、最短経路で目的地に向かうことが可能だ。しかしながら、精霊たちが示す方向は魔の森とは真逆であった。それはつまり、人里に魔物が襲来したことを意味している。
《確か……あっちには王都があったはず》
最悪の可能性として、アーシブル王国の王都アーバンも視野に入れる。私は焦りを募らせるが、ハヤテは冷静に状況を判断した。
《ラセーヌだとは考えられんか》
『ラセーヌの森』は、魔の森からアーシブル王国の中央にある王都に向かって細く伸びる森だ。魔の森と地続きであるが魔物はおらず、自然の恵みを人々に分け与える存在だ。季節が巡れば樹々はその実を落とし、また流れ出る水は人々を潤す。その下流で、王都が栄えているのである。

王都へと続く流域には数々の街が栄え、人が集まることで農業や商業が大きく発展している。アーシブル王国の中枢を担っていると言っても過言ではない。

ハヤテの言うように、魔物が出現した地がラセーヌの森であるなら良いのだが。

『蒼穹の魂』の拠点があるのは北東部に位置するマイヤーズ領のなかでも魔の森に近い場所だ。ラセーヌまでは南西に向かって百キロ近く、ハヤテが最速で翔《か》けても直ぐには辿り着けない。

耳元で風が唸《うな》りを上げて過ぎ去っていく。耳鳴りが警鐘のように響き、歯が浮いたように感じられる。振り落とされないようハヤテの鬣にしがみ付きながら、頭の中では疑問が渦巻く。

そして、先ほどのあの声。思い出すだけでも胸が苦しくなる。

私の元へ届くのは精霊の声がほとんどだが、時より人の声もあった。哀しみや喜びだったり、時には怨念だったりと様々だが、それが強い思念であればあるほど拾いやすい。

あの声の持ち主が街の人々でないことを、心の底から願った。力ない人々が魔物という暴力に蹂躙《じゅうりん》されるのは見たくない。

「私の本分は魔物を倒すこと、人を助けることじゃない」

必死にそう唱えて、心を落ち着かせる。まだ着かないのか、いつもは駆られることのない焦燥感に苛まれる。ギリギリと奥歯を噛みしめた。

「だから……嫌なんだ」

命の重み。人と関わると、否《いや》でも応でも受け入れなければならない現実がある。

昔の記憶が蘇ったせいか、思考を埋め尽くすのは過去のことだった。

あれ以後のことはあまり覚えていない。楽しかった出来事は簡単に思い出すのに、最期に一緒に行った討伐の途中で記憶が途切れてしまう。

ただ漠然と、ジャックはもういないという事実だけが、残されていた。

ズキ、と頭に鈍い痛みが走り、私の思考は強制的に止められた。体が考えることを拒否しているのだ。

《フェイ、近いぞ……》

ハヤテの声に、私は現実へと引き戻される。今、私が解決するべき問題は魔物を倒すことだ。どうやら魔物は人里を襲ったわけではなく、森の中腹に溜まっているようだ。

一先《ひとま》ず安堵するも精霊が私を呼ぶ声が勢いを増しており、魔物が強力な魔力を持っていることはまず間違いない。

心配なのは、討伐に出ているだろう王立討伐騎士団だった。これほどの魔力を持つ魔物に対して、彼らが持ち堪えてくれていればいいが。

私は剣を握りしめ、ただひたすらに急いだ。

§§§

アーシブル王国には国を守り維持していくための四つの柱が存在する。

主に地域の巡回や警備を行う『守護騎士団』。

強力な精霊と契約を交わした者が集う『エレメンタル・オーダー』。

女性のみで構成されている『聖愛騎士団』。

そして、剣や精霊魔法の才能がある者が魔物を専門として戦う『王立討伐騎士団』。

その背後に魔の森が存在するために魔物が絶えることなく現れ、人々の脅威となっているアーシブル王国では、王立討伐騎士団はなくてはならないものである。そのため、他の三つの団と比べて国から割り当てられる予算も桁違いだが、同時に生死に関わる危険性は格段に高かった。

それでも魔物に立ち向かい、晴れ晴れとした姿で帰還する彼らに国民は、羨望の眼差しを向けた。いわば国の英雄であった。

王立討伐騎士団は、魔の森に近い二つの街、西のフェレスと東のオルデュールとに拠点を築き、十二団あるうちの五団がそれぞれに駐在している。残りの二団は、王城から目と鼻の距離にある王立討伐騎士団の総司令部で待機となっていた。王都にいる間は滅多に任務がない。騎士らはその時間を鍛錬に費やすことで、数か月毎に回ってくる討伐任務に備えている。

そんな彼らのもとに火急の知らせが舞い込んだのは、一日の訓練を終えた夕刻前のことだった。

「王都より北、ラセーヌの森中腹部にて一体のドラゴンの飛来を確認！　現在動きは止まっていますが、いつ攻撃を始めるか分かりません！」

「なにっ！」

執務室にて各隊長から一日の報告を受けている最中に転がり込んできた伝令に、第三団団長トラヴィス・メイラーは狼狽《ろうばい》の声を上げた。

第四団団長オーランド・マケットも、狼狽はしなかったものの驚きに目を見開く。

魔の森と隣り合わせにある以上、魔物が人里を襲うのは想定内のことで、そのために王立討伐騎士団が存在する。

ラセーヌの森の中腹部ならば街からは距離があるものの、本来は魔物が出現しないはずの地だ。それがA級ドラゴンともなれば、いつ街へ襲来するか分からない。その「街」の中には、アーシブル王国の王都アーバンも含まれている。

魔物が動き出さないうちに、迅速に討伐しなければならない。事態は一刻を争う。

「私が出よう」

真っ先に手を挙げたのはトラヴィス・メイラーだった。その統率力の高さで第三団を率い、数々の実績を上げてきた信頼できる騎士団長の提案だが、異を唱える者もいた。

王都に残っているもう一方の団長オーランド・マケットは、表情を固くしてトラヴィスを諫《いさ》めた。

「お待ち下さい。閣下のお力は存じておりますが、ここは慎重を期すべきかと。偵察隊を送り、状況を見てから……」

「時間の無駄だ。ドラゴンなど容易く捩《ね》じ伏せてくれる」

「では、せめてフェレスにおられる総長の裁可を……」

「彼奴《きゃつ》の判断など要らぬわ！　リチャード、部隊編成をしておけ。百もいれば足りるだろう」

オーランドの言葉全てを撥ね除け、トラヴィスは鼻息荒く部屋を出ていった。部隊編成を命じられた副団長リチャード・スミスもそれに続いた。誰も彼らを止めることはできなかった。

王立討伐騎士団では、貴族階級で序列が決まるような風潮が根深く、功績だけでのし上がってきた者に対しての風当たりは強い。総長サザン・ラーシェンクは、より強固な組織を創り上げるために出自や身分は関係ないと訴え、完全実力主義の勢力を作り上げている最中だった。

しかし、まだまだ階級主義の考え方は抜けきらず、現公爵であるトラヴィス・メイラーがその最たる例だった。

トラヴィスの意見に対して真っ向から反対できる者など、ほとんどいないのが現状だ。

隊列を組んだ銀の鎧《よろい》が傾き始めた日差しに反射するのを眺めていたオーランドは、苦虫を噛み潰したように顔を歪めた。無表情を保ったままの副団長レーン・ビルソンに視線を投げかける。

「……嫌な予感がするな。レーン、五十人ほど待機させておけ」

「よろしいのですか」

「構わんさ。何もなかったときはそれでいい。サザン総長に泣きつくとしよう」

「承知いたしました」

レーンが立ち去る足音を聞きながら、オーランドは自分の不甲斐なさを悔いた。

危険度A級以下に指定されているドラゴン型の魔物に対して、討伐騎士百人の部隊編成をしたトラヴィスの判断は正しいはずだが、何故だか引っかかりを覚えた。だが今の自分には、根拠のない不安で意見を押し通すほどの力がない。

(何も起こってくれるなよ)

オーランドは、胸の中で強く願った。

しかしながら、彼の予感は的中することとなる。人々が遭遇したのは、彼らの知っているドラゴンとは大きさも狂暴性も全く違う、未知なる魔物だった。

彼らが習得していたドラゴンに対する知識は、もはや意味を成さなかった。

§§§

山岳の中央にある視界の開けた場所に、その怪異は待ち受けていた。ドラゴンに似た魔物だが、その体軀はドラゴンの三倍を優に越している。鋭い歯の生え揃った口から零れ出る。吐息には毒が含まれているのだろうか、周囲の草木は枯れ果てていた。

百人の騎士らは離れたところに馬を置き、三手に散開して物陰に潜みつつ様子を窺っていた。だが、目を瞑ったままピクリとも動かないにも拘わらず、魔物が纏う禍々《まがまが》しい気配に、慣れているはずの彼らも恐怖を抱かずにはいられなかった。

王立討伐騎士団では主にB級以上の魔物を計画的に討伐しているが、魔物がそれぞれ持つ攻撃の特性や弱点など、それらを踏まえたうえで戦略を組む。作戦時に別の魔物の襲撃を受けることは頻繁にあるが、それが未知の魔物でなければ討伐に踏み切るのが普通だ。

未知の場合は、全速力で逃げる。

「……サンダース隊長。あれは本当に、ドラゴンですか」

精霊魔法による後方支援を任されたサンダース隊三十人は、魔物に気付かれないように山中を登り、見晴らしのいい場所へ移動した。高台に移動したにも拘わらず、見上げるほど巨大な魔物を前にして、騎士の一人は思わず声をかけた。

「作戦中だ、私語は慎め」

三十人の指揮を任されている隊長ライオネル・サンダースは騎士を諫めたが、彼も同じことを考えていた。

あれは、ただのドラゴンではない。このまま対ドラゴンの作戦を決行して良いのか。長年魔物と闘ってきた騎士としての勘が、警鐘を鳴らしていた。

攻撃のタイミングを見計らっていた前衛の幾人かもライオネルと同様のことを考えていたが、指揮官としてトラヴィスがいる以上、進言することができない。

トラヴィスは、自分自身が鍛え上げた精霊魔法部隊と、対ドラゴンのために鍛えられた剣に絶対の自信を持っていたからだ。

精霊魔法によってその巨軀を消耗させたところを一気に叩けば、どれだけ巨大だろうと敵ではない。精霊魔法が扱いづらくなる可能性も耳にしていたが、討伐騎士団屈指の精霊魔法の使い手が集まった二部隊に任せているのだからと、安心しきっていた。

精霊魔法による一斉攻撃を仕掛けた後、接近部隊が弱った魔物に攻め込む作戦だ。トラヴィスは山岳の高台へと移動した部隊が落ち着いたのを確認すると、右手を振って合図を送った。戦いの火蓋が切られた瞬間だった。

「総員、狙え！」

ライオネルの指示で一斉に立ち上がった騎士らは、それぞれ精霊魔法を生成しはじめる……はずだった。

「っ、隊長！　精霊魔法が発動しません！」

「一体何がっ」

「くそっ、何度やっても無理だ」

精霊魔法が生成できないという不測の事態に、騎士らはすっかり動揺して声を張り上げた。張り上げてしまった。

それまで静寂を貫いていた魔物が、ゆっくりと、その爛々《らんらん》と光る眼を露《あらわ》にした。とうとう動き出したのだ。

「狼狽えるな、もう一度やれ！」

狼狽えるなと指示を出しつつ、動揺を露にする副隊長ユルゲン・フィッツに対して、ライオネルは舌打ちを漏らす。緊急事態において指揮官が動揺していては、下の者たちは混乱に陥る。彼は努めて平静を保ち、顔を青くする騎士らに呼び掛けた。

「落ち着け。精霊魔法が効かないんだ、一旦撤退して作戦を練り直す必要がある。これ以上魔物を刺激せず、撤退のあい……ず……を」

ライオネルは、言葉を失った。

精霊魔法が発動されない異常事態には気付いているはずだ。それにも拘わらず、地上から送られている合図は、「突撃せよ」である。

このまま特攻しようというのだ。

「くそがあっっっ！」

力の限り木を殴りつける。平静など保っていられなかった。

そうだ、トラヴィスは、こういう男だった。

いったん退却し、王都に待機している第四団と合流して再編成を行うことが最善策だと分かっているはずだ。だが、トラヴィスは、名誉を損なうことを何よりも恐れている。

王都目前まで攻めてきた敵を前に撤退すれば、王立討伐騎士として何よりの恥だ。尻尾《しっぽ》を巻いて逃げた腰抜けだと後ろ指をさされるのだ。ならばいっそのこと、無謀と分かっていても今の軍勢で魔物を食い止め、次に託そうではないか。

ライオネルには、彼の考えが手に取るように分かった。

(お前の名誉のために、こいつらに死ねって言うのか。ふざけんじゃねえ！　何か方法があるはずだ、何か……)

いつも冷静な隊長が怒り狂っているのを目の当たりにした騎士らは、驚きが勝って混乱など吹き飛んでしまった。彼が何に対して怒っているのか、彼らには分かっていた。無謀な指示のせいで、自分たちが死の危険に晒されていること。どうにかして死なせない方法を探そうと、必死に思考を巡らせていること。

騎士らは穏やかな笑みを浮かべ、小さく首を振った。

「サンダース隊長、いいんです。俺たちはこんな事態も覚悟して、討伐騎士になったんだ」

「隊長が気に病むことじゃあないですよ」

「俺たち、剣の腕も達人級なんです。知ってるでしょ、隊長？」

「……お前たち」

ライオネルは唇を噛んだ。何もできない自分が悔しい。悟りきったように安らかな笑みを浮かべる彼らを、死地へ追いやらなければならない自分が、なにより恨めしい。

「ユルゲン副隊長も、いいっすよね？」

ユルゲンも騎士から確認を取られて、目を白黒させながらも「ひょっ」と返事にならない返事を返す。

この瞬間、三十人の騎士たちは覚悟を決めた。

鷹を飛ばし、王都の第四団とフェレスにいるサザン総長に増援を要請した。早くて三時間はかかることだろう。それまで持ち堪えられる可能性は……。

そこまで考えて、ライオネルは思考するのを止めた。これからの自分に、考えるという行為は必要ないからだ。

先ほど部下に向けられた笑みをそのまま返し、剣を掲げた。

「奴を、倒すぞ」

「うおおおおおおおお！」

彼らの雄叫《おたけ》びが山岳にこだまする。地上にいた騎士らもそれに続いた。

精霊魔法が使えない以上、彼らにできることは武器による攻撃のみである。武器を抜きつつ四方に散開して魔物へと迫った彼らは、かの魔物がいかに凶悪かを思い知ることとなる。

対ドラゴン用の剣が、段違いに硬い鱗に阻まれてしまうのだ。足部も胴体も、ドラゴンの弱点であるはずの翼さえも通用しない。物理攻撃ですら、一つの傷も負わせることができなかった。傷どころか、魔物は命を懸けた騎士らを嘲るかのように、一歩も動くことさえしなかった。

第三団最大のミスは、未知の魔物に対しての調査を怠ったことである。ただのドラゴンと変わらないと高を括ったせいで、魔物の秘める凶悪性に気付くことができなかった。ドラゴンではないこの魔物は、弱点となる部分も有効な攻撃手段も不明なままである。

正体不明の魔物はその尾を鞭のようにしならせ、纏わりつく騎士たちを一掃した。更に見えない風の刃で接近していた前衛を弾き飛ばしていく。

受け身を取る間もなく、身につけていた鎧は防御の意味をなさないままその衝撃を伝えた。

この状態ですでに、部隊の壊滅は必然的だった。

立ち上がることすらままならなくなった彼らにはもう、なす術《すべ》がない。

特攻役として真っ先に魔物へ斬りかかっていった一人の青年は、感覚のなくなった脚を片手で押さえながら、地面に倒れ伏す仲間の元へと這い寄る。だが、もうすでに事切れていた。

（なんで、なんでこんなことに……）

魔物を相手にして戦うということは、時に命に関わる場合もある。実際に任務中に大怪我を負ったり腕を失くしたり、殉職した者だっている。それが自分たちに降り掛かるかもしれないことは十分に理解していた。

だが、こんな死に方はないだろう……。

反撃する間もなく虫けらのように捻り潰され、捨て身で打ち掛かっても傷一つ負わせられない。

対ドラゴン用に鍛えられた剣は、その規格外の外皮を前にして歯も立たず、突きを入れてやっとダメージを与えても、刃は煙を上げて溶けてしまったのだ。

第三団から編成された百人は壊滅状態にあった。ピクリとも動かない者もいれば、呻き声を上げながら跪いて苦しむ者もいる。

これだけ奮闘したにも拘わらず、魔物は一歩も動いていない。再び両眼を閉じて、沈黙を守り続けている。

その隙に、青年は方々に這いずり回りながら、息のある仲間に止血をしようと試みる。ビリリリ、と青年が布を引き裂いた瞬間、硬い瞼に覆われていた魔物の目が再び見開かれた。

爛々と輝く獰猛《どうもう》な瞳がさまよい、布切れを手に持つ青年へと向いた。

「うあぁぁぁぁぁ！！！」

血に濡れた大地に、叫び声が響き渡った。青年に向かって、魔物が一歩を踏み出したのだ。ズゥンと腹に響く地鳴りの後に、魔物は空に向かって低い咆哮を上げた。

恐怖が限界を超えた青年は意識を失いかける。

だがその瞬間、地を抉るような轟音《ごうおん》と共に魔物の巨体が後方へと吹っ飛んだ。

「ギィアアァァア」

一拍遅れて、魔物が怒りに満ちた唸りを上げる。

そんな、馬鹿な。この怪物が吹っ飛ぶなど、あり得ない。

我に返った青年は、その起因を突き止めようと首を廻《めぐ》らした。あの魔物が吹っ飛んだことで、直線に抉れた地面の軌跡を辿る。

立ち込める土けむりの中に、一つのシルエットが見えた気がした。しかし、それはまたたく間に掻き消え、再び魔物の叫びと爆発音に似た轟音とが一帯を圧する。

一体何が起こっているんだ。

激しく吹き荒れる風のせいで視野は悪くなる一方で、その場に蹲る青年は、ただ困惑するしかなかった。

§§§

《フェイ》

ハヤテの呼びかけに、背に埋《うず》めていた顔を上げた。

点ほどの大きさだった対象は、距離が縮まるにつれ明瞭な形となっていく。ラセーヌという森の山岳部、少し視界の開けた平地に魔物は佇んでいた。

全身を覆う鱗に至大な翼、長い首と鋭い牙、そして地を踏みしめる爪。姿形はドラゴンと似ているといえば似ているが、微妙に違った。しかしその大きさは予想を遥かに超えて、両翼を広げれば五十メートルはくだらないだろう規模だ。自分の存在を知らしめるかの様に天へ向かって咆哮している。

その瞬間、漂ってくる禍々しい邪悪な魔力に、背筋に戦慄が走る。

「……なっ！」

これはまさか、魔物から発せられたものなのか。桁外れなそれに、心臓が飛び出るかと思うほどに早鐘を打つ。私に付いていた精霊たちも蹴散らすように逃げ出してしまい、私とハヤテは仕方なしに高度を上げた。

《クエレブレではないか。久しいな》

「ドラゴンじゃないの？」

《ドラゴンだが、正確には亜種だな。説明は後だ。今は大人しいが、こいつは早めに

片を付けた方がいい》

ハヤテが急いで挙げた、この魔物の特徴はこうだった。

図体はでかいが攻撃手段には乏しく、強い酸性の体液と吐息、しなやかな尾、申し訳程度の鎌鼬《かまいたち》だけだ。だが、その巨体を守るために防御は鉄壁で、先ほどのワームには劣るものの強固な表皮に全身が覆われている。

物理攻撃は通じないも同然かと思いきや、口の真下の咽喉元だけは弱いという。強力な魔力のせいで精霊魔法を操るのも難しくなるが、私には大した問題ではない。

《鱗は硬いが、体内は熱に弱い。口の中にぶち込んでやれ》

「ちょっと待って、それさっきも聞いた気がするんだけど」

ワームの時もハヤテは同じことを言った。つまり、同じ方法で倒せということか。ワームでただでさえ疲れたと言うのに、嫌がらせのように似通った性質の魔物へ、理不尽な苛立《いらだ》ちを向ける。

しかしながら、ドラゴンであるクエレブレが翼を持っていることが問題だった。街から離れているが、飛翔すれば大した距離ではない。実際に空にいるとよく分かる。反撃する余地を与えず討伐しなければ、激昂した魔物が飛び去ってしまう可能性もある。迅速に、正確な弱点を突かなければならない。

なかなかに厳しい戦いになりそうだ。討伐騎士団は何をしているのだ、と精霊に聞くと、食い止めようとした百人の討伐騎士が一瞬で壊滅してしまったらしい。

（これはまずい）

少しだけ高度を下げて目を凝らせば、魔物の周囲には銀に輝く多くの鎧が倒れ伏していた。間違いない、討伐騎士たちだ。

困ったことになった。

一歩間違えれば暴れ出した魔物が地面の騎士たちを踏み潰しかねない。魔物を倒す前に彼らから引き離さないと。

そんな器用なことが、私にできるだろうか。いや、やるしかない。私は瞼を固く瞑って覚悟を決めた。

「ハヤテ、迂回《うかい》して」

《正面から攻めるのは危険だ》

そんなのは、分かっている。重要なのは、相手が存在に気付いていない死角からの最初の一撃である。それを正面から行うなど、愚行だ。ハヤテはそう言うのだ。

だが、背後から攻撃すれば騎士たちを危険に晒しかねない。周囲の様子からして、魔物は進行を始めていない。彼らが食い止めていたのだろう。その犠牲を無駄にしたくはなかった。

「もっと高く、やつの視界に入らないほど高く飛べばいい！　お願い、ハヤテ！」

《……何があっても知らんからな》

高度を上げれば上げるだけ、そこから飛び降りた私の着地の危険性が高まることを、ハヤテは案じているのだ。大丈夫、そんな思いを込めて、ハヤテの鬣をそっと撫でた。

ハヤテは体を傾けて大きく迂回するとともに、上空へと舞い昇る。

やるなら、一撃だ。

戦闘が長引けば、こちらが絶対的に不利になる。最も恐れる事態、街への攻撃を始めるかもしれない。あの巨体で空に飛び立たれては、ハヤテがいようとも討伐は難しいだろう。

そう考えると緊張で体が震えた。街に住まう何千何万もの命が自分の肩にかかっているのだ。

（大丈夫、私ならできる）

これまで数多の魔物を倒してきた私なら。心の中で何度も呟いて、早鐘を打つ心臓を鎮める。

そして、タイミングを見計らって、より高く舞い上がったハヤテの背から飛び降りた。風の精霊の精霊魔法で落下に加速をかけながら、空中で剣を抜き放つ。剣を下段に構え、体を捻って回転を掛けつつ長く伸びた喉元に斬りつける。

のしかかる重い手応えに、剣の柄から手を離してしまいそうになるのを歯を食いしばって耐える。そのままの勢いにのせて、斬撃を下に振り抜いた。

「ギィアアアァア」

肉を抉る鈍い手応えは、ヤツの首を確実に斬り裂いた。

風の精霊の加重も受けた強力な一撃は多大なダメージを与え、傷口から体液を吹き出しながら、その巨体は遥か後方へと吹っ飛ぶ。

魔物の喉元から噴き出した黒い体液から、白い湯気が立ち上った。

(っ、強い酸性の体液!)

これほど強力だとは思っていなかった。それは少し触れただけで、周囲の木々も岩も、全てを溶かしてしまったのだ。

風の精霊魔法で辛うじて着地できたものの、その衝撃で痺れて感覚のなくなった体では飛沫《ひまつ》を避けることができなかった。咄嗟に風の精霊魔法を発動して頭から降りかかるのは防いだが、地面の跳ね返りまで考える余裕はなかった。たとえ少量でも、それは確実に触れた肌から身体を溶かしていく。

ジュワァッ
「つぁ!」

身体に襲いかかる激痛に、声にならない悲鳴をあげた。歯を食いしばって耐える。

大丈夫、致命的なものではない。

立ち上る煙に視界が覆われるなか、魔物は怒りの咆哮を上げた。斬撃の軌道がそれたのか、やはり外皮が硬すぎたのか、あれだけの威力をもってしても死に至らしめることはできなかったようだ。

「チッ」

本当はこの一撃で片を付けたかった。我知らず舌打ちを漏らす。

たった一撃しか入れていないが、倒れ伏す騎士らからは遠ざけることができた。少し手が痺れてはいるけれど、これなら仕掛けてもいいかもしれない。

この煙が蔓延《まんえん》しているうちに接近しよう。魔物に威嚇攻撃を仕掛けながら、強く地面を蹴った。だが怒りに我を失った魔物も、ただ黙ってはいない。反撃とばかりに両翼を広げ、そこから鋭い刃のような風が生み出される。

（これが鎌鼬……）

巨大な翼を広げた反動で巻き起こった風に煽られたものの、鎌鼬自体はたいしたものではなかった。駆ける速度を緩めることなく体を反らし、鎌鼬を避けていく。その間も、私はクエレブレの獰猛な瞳から目を離さない。

ふと、奴の縦に長い虹彩がスッと細められた気がした。何か嫌な予感が過った私は、反射的に横に飛ぶ。

避けたはずの鎌鼬が、背後から襲いかかってきたのだ。

（こいつ、自在に操れるのか！）

この寸秒の戸惑いが決定的な油断を生んだ。横に飛んだ私は、わずかに体勢を崩してしまう。

魔物は、その一瞬の隙を逃さなかった。体格にそぐわない俊敏さで尾を振りかぶり、目にもとまらぬ速さで突き当てる。それを紙一重で躱したものの、同時に編み出された烈風の凶刃が左腕を掠め、灼熱にも似た痛みが走った。

その上、その衝撃で剣を取り落とし、たたらを踏んだ。魔物は勝ち誇ったように目を細める。そして牙から涎《よだれ》を滴らせながらその首をもたげた。

焦りと激痛とに歯を食いしばりながら、心を無にする。

火が必要だ。この魔物を焼き殺せるだけの、灼熱の炎が。生み出した炎はみるみるうちに圧縮され、パチパチと火花を散らしながら一瞬で青白い塊となった。

「これでっ……終わりだ！」

私が抵抗できないと高を括った魔物の、無防備に開かれた口の隙間へと焔を投げ入れる。口内で爆発を起こした火の玉は、魔物の咽頭を焼きながら下っていった。

体内から燃やし尽くされる痛みに、魔物は絶叫し、林立した木々を薙ぎ倒しながら悶《もだ》える。

「ギアガオオオォォォ」

荒れ果てた大地に魔物の断末魔が響く。身体を震わせながら白眼を剝いて倒れ伏したのを確認して、静かに息を吐き出した。

「やった……っ！」

肩の力を抜いてやっと一息吐き、近傍が視界に入ったとき、反射的に自分の口元を手で覆った。周囲の木はへし折れ地面は抉れ、黒い血溜まりからは煙が上がっている。

そして、倒れたまま動かない人影が映った。空にいたときは粒ほどの大きさだった存在が、確かな命となって目の前に迫っていた。

　魔物と打ち据えたのだろう、もはや人の原形を留めない、無残な遺体もあった。地面に染み渡った鮮血が不気味に光っている。切り裂かれた紅い旗が方々に散らばり、血塗れを更に確とさせていた。

「こんな……」

　目の前に広がる悲惨さに頭の中が真っ白になる。自分がもっと早く気づいていたなら、もっと早く駆けつけられたなら、彼らは生きていたかもしれない。そう思わずにはいられなかった。

「ううっ」

　倒れ伏す騎士の中から、呻き声とともに身じろぎする音が聞こえてきたとき、私は俯いていた顔を弾かれたように上げた。まだ生きている人がいるのだ。

「……助けないと」

　光の精霊に呼びかければ、力を貸してくれるだろう。生きてさえいれば、彼らの命を救うことができるのだ。

　カツカツと蹄《ひづめ》の音を響かせてハヤテが私の元へと歩み寄る。

《良いのか？　ここで光の癒しを使えば、噂では済まなくなるぞ》

　ハヤテの言及に一瞬踏みとどまるが、私は静かに首を振った。

「いい。今はそんなことを言ってる場合じゃないから」

光の精霊とはハウゼント王国で一旦別れたが、アーシブルに来てからも何度か会っている。私が怪我をした時も、真っ先に駆け付けてくれるのは光の精霊だった。光の精霊魔法で傷を癒すと、怪我の具合によっては眠気に襲われるという副作用があり、眠ってしまった彼らを森の外まで送り届ける羽目になった。だが、その冒険者たちが一連の出来事を吹聴してまわったのだ。

『高雅の蒼穹』という名前が広まってきたところで、彼らは私の顔を知っていた。だから噂は瞬く間に拡大し、「傷を癒せ、病を癒せ」という人々が押し寄せたのだ。噂が落ち着くまで、私は魔の森に籠らざるを得なかった。

その時は噂の出所が記憶の曖昧な冒険者だったため、ひと月ほどで収束した。だが、今回はそうはいかない。ハヤテはそう忠告しているのだ。

それでも、私の決断は変わらない。

「お願い、光の精霊。私に力を貸して」

《はいはい！　出番がくるのを待ってたよ》

返事は一瞬のうちにやってきた。光の精霊は、すぐ傍《そば》にいてくれたのだ。

一部の精霊には、応援の部隊が到着するかを確認しに行ってもらう。また残りの精霊らには、一人一人の傷の具合を確認してもらい、助かる見込みのある人の場所へ呼んでもらう。

最初に診《み》た騎士の傷は酷いもので、鎧の隙間から脇腹に太い枝が刺さり、深く抉れている。

「っ！」

騎士は、苦しさに跪きながら小さく唸る。息はあるが、意識が朦朧《もうろう》としているのは確かだった。

見るに耐えない創傷に目を逸らしかけたが、ぐっと歯を食いしばって堪えた。事態は一刻を争う。無駄なことをしている余裕はない。

光の精霊魔法は傷を治すことはできるが、先ほどの突き刺さった枝などに干渉することができない。

まず私が、枝を一瞬で灰と化し、障害のなくなった傷を修復する。すると、抉れた皮膚がみるみるうちに塞がり、また砕けた骨が元どおりに接合していった。鎧は着たままでも、異物が体内に刺さっていない限り癒すことができる。

ただ吹き飛ばされただけの騎士もいれば、体を切り裂かれ、手足を失った騎士もいる。あの鎌鼬の攻撃を喰らってしまったのだろう。

光の精霊の力は傷を塞ぐに留まらず、失われた器官をも修復した。損なわれた手足や、打ち付けられた衝撃で破裂した臓器はたちまち元に戻った。

《フェイ、こっちこっち！》《生きてるよー》

精霊が私を呼ぶ声を辿って、倒れ伏す人々を巡る。精霊は、より命の尽きかけている人間から選んで声を掛けてくれた。時が経つにつれ、重傷の騎士たちは減っていく。

「よしっ、と」

どれだけ時間が経ったのだろう。最後の一人を診終わり、額に浮かんだ汗を袖口で拭う。身体中から錆びた鉄のような、鼻を付く臭いがした。

光の精霊魔法の治療による副作用で大怪我を負っていた彼らがすぐに目覚めることはなかった。

そして、生きている人の治療を終えた私の前には、無残な姿となって事切れた騎士たちがいた。眠った状態のまま無造作に放置してある生存者とは違い、戦いで荒れ果てた土地のすぐ傍にある芝生の広場に運んでいた。

整然と並ぶ彼らは、もう二度と動くことはない。

死んだ人間は、光の精霊魔法を以てしても蘇らせることはできないのだ。死というのは、精霊が唯一操ることのできない絶対の自然摂理だからだ。

私にしてあげられることは、もう何もない。途方もない脱力感に力なく腕を垂らし、茜色に染まった空を見上げる。

(死にたくない)

私に届いた、恐怖に引きつった彼らの声が頭から離れない。どれだけ勇敢な騎士でも、命は一つしかない。

(だから、嫌なんだ)

もう一度心の中でそう呟く。

ジャックと二人で出掛けた最後の依頼から、彼は帰ってこなかった。その日に何があったのか思い出すことはできない。

でも、ジャックはもういない。死んでしまったのだ。ジャックの死が私の所為《せい》だということは、何となく分かっていた。けれど、ひたすら魔物を狩ることで、閉ざされた記憶の蓋に触れてしまわないようにしてきた。

だが彼らの死に直面したことで、それは揺らぎつつある。命が失われる苦しみ、何もできない無力さ。じわじわと胸が締め付けられていく。

こうなることは、最初から分かっていた。しかし、人々の叫びを聞いたあの時、私は反射的にギルドを飛び出した。精霊に呼ばれたからではない。騎士たちの声を聞いて、彼らを助けたいと願ったからだ。追及されると分かっていて彼らを癒したのも、彼らに生きてほしかったから。

「光の精霊、もう少しだけ力を貸して」

《好きなだけ使っていいけど、もう生きてる人間は治したよ？》

「うん、分かってる」

苦痛に苛まれることのない彼らは、ただ静かに横たわっているだけである。でも、こんな無残な姿では死ぬに死ねない。たとえ綺麗な姿に戻っても彼らが息を吹き返すことはないが、せめて人間として眠らせてあげたかった。

恐怖に染まった彼らの顔を手のひらで覆い、そっと瞼を下ろす。

……どうか、安らかに。

《なぜそこまでする》

空中で旋回を続けるハヤテから問いかけられる。しばらく考えたものの、いい言葉が思い浮かばなかった私は曖昧《あいまい》に微笑んだ。

「なんでだろうね。ただ、何となくかな」

私はずっと分からない。儚《はかな》く散っていく命をどうやって見送ればいいのか。どうやって死を受けいれたらいいのか。死んだ人の弔い方を、私はずっと探している。

ツキリ、また頭に走った痛みが思考を妨げた。

《じゃあ、僕は行くね！》

陽気に去った光の精霊を見送った後、多数の馬が地を蹴る音が耳に入る。遅すぎる増援が辿り着いたのだった。

§§§

「これは!!」

応援に駆けつけた第四団の討伐騎士たちは、その激しい戦闘の爪跡を目にして愕然《がくぜん》としている。

木々は爛《ただ》れ、大地は深く抉れている。騎士たちは地面に倒れており、ピクリとも動かなかった。所々に浮かぶ血痕の周りには、騎士の一部だったものが転がっている。この惨劇を前にして、誰もが悲痛な表情を浮かべた。立っている者は一人もいない。第三団は全滅したのだと、誰もが絶望感に包まれた。

そして、倒れ伏す騎士たちの奥に聳える巨大な山に目を向けたとき、崩れ落ちていくそれが魔物の死骸だと気づいた。

これがただのドラゴンでなかったことは一目瞭然だった。

「ひとまず遺体を回収させます。よろしいですか」

後ろから馬を進めてきた副団長のレーンはオーランドの認可を取ると、それぞれの部隊に指示を出して準備を進めさせた。全滅した可能性も考慮して、近場の街に輸送のための荷馬車を待機させてある。それが到着するまでに遺体の確認をしなければならない。

「デイヴィット隊は医療班として遺体の身元確認を、残りは引き返して輸送の準備を整えてください。解散！」

魔物の死骸に近づきながら、オーランドは物思いに耽《ふけ》った。

問題はこの魔物を誰が、どうやって討伐したかということである。魔物の外傷を確認することはできないが、焦げ臭さが辺りに漂っていることから、決定打になったのは強力な火の精霊魔法だろう。

周囲の様子から、その討伐に至る道筋を頭の中で思い描いた。深く抉れた地面を辿った先には魔物が横たわっている。何らかの方法で衝撃を与え、吹っ飛ばしたのだ。

(はっ、できるはずがないだろう)

見たままの分析を一蹴した。あまりにも魔物が大きかった所為で気づくのが遅れたが、倒れている騎士から魔物までの距離は百メートルを優に超えている。討伐騎士団最強と謳《うた》われる総長サザン・ラーシェンクならば万に一つ有り得るかもしれないが、フェレスにいる彼がどれだけ早馬を駆けても半日はかかる。物理的に不可能だ。

第三団の百人の討伐騎士が一人残らず死した状況下で彼らが魔物を討伐したとは思えないが、事実魔物は死んでいるのだ。精鋭揃いの百人でも太刀打《たちう》ちできなかった魔物相手に、こうも一方的な戦いを見せることのできる人物。

考えれば考えるほど真実から遠ざかっていく気がして、眩暈を感じたオーランドは額を押さえる。朽ちていく魔物を睨んだところで何も分からない。さらに言えば、この魔物の正体すらも不明なのだ。

眉間に深く皺《しわ》を刻んだオーランドの隣に立ったレーンは、薙ぎ倒された木々の奥から現れた少年に目を向けた。騎士たちが忙しなく動き回っているのを暫く見ていた少年は、静かに瞼を伏せて魔物へと歩み寄っていった。

「団長、あの少年は?」

オーランドはチラリと視線を上げたが、すぐに興味を失う。

「大方、街から様子見にでも来たんだろう。魔物の傍は危ないから、摘《つま》みだしておいてくれ」

「はっ」

　レーンは難しい顔をして腕を組むオーランドを後目《しりめ》に、同じく魔物を見据えている少年のもとへ向かう。

　魔物の崩壊は激しさを増し、骨格が露になりはじめた。オーランドの言う通り、あんなに傍にいては危険だ。

「君、これ以上魔物には近付かないほうが良い。少し話が聞きたいんだ、こっちに来ないか……」

　背後から掛けられた声に、少年は半歩だけ下がって振り返る。美しい容姿に反して、彼は傷だらけだった。その白い頬は煤《すす》に汚れ、左腕の切り傷からは血が滲んでいる。それにも拘わらず、彼の眼差しは穏やかだった。

　それが死闘を生き延びた騎士と重なって見えたレーンは、自分でも理解できない言葉が口を突いて出た。

「この魔物は、君が倒したのか？　……いや、まさかそんな」

　馬鹿げたことを口にしたと自嘲する彼を、少年は肯定も否定もしなかった。興味なさげに視線を逸らし、少しの溜めもなく軽々と跳躍する。倒れている魔物の頭上へ危なげなく飛び乗ると、腰に佩いた剣を抜き放った。その振動によって、残っていた灰が一気に落ちる。すると魔物の頭蓋骨のちょうど真後ろの部分に露になったのは、両手で抱えきれないほど巨大な魔結晶石だった。

少年が魔結晶石へ剣を突き立てると、いとも簡単にひび割れ、濃い紫から透明へと変わっていった。

オーランドたちは、自分らが魔結晶石の存在を失念していたことに今になって気付いた。魔物を倒した後の鉄則である、魔結晶石の破壊。これを怠れば、街へ大量の魔物が引き寄せられる引き金となってしまう。

安堵の息を吐いた騎士らは今や、魔物の上に佇む少年に釘付《くぎ》けになっていた。魔結晶石の破壊責任は、通常その魔物を討伐した者が負う。これでは、まるで彼が魔物を倒したようではないか。

「この魔物の名前はクエレブレ」

少年の澄んだ声が、その場を支配する。倒れている者の元で作業する騎士まで距離があるはずが、彼らもまたその手を止め、魔物の死骸の上に現れた少年を驚愕の眼差しで見つめた。

「私が倒しました」

風など吹いていないのに、彼のプラチナブロンドの髪が靡《なび》いた。騎士らを見下ろし、その唖然《あぜん》とした様子に苦々しい笑みを浮かべる。そして音もなく魔物から飛び降りた少年は空を見上げた。

次の瞬間、上空から舞い降りたのは純白の獣だった。その巨大な両翼を小さく羽ばたかせ、地面へと足をつける。

その伝説の獣は、架空の世界にしか存在しないはずだった。ほんの、二年前までは。

「ペガサス……」

ぽつりと、誰かがその名前を呟いた。

約二年前、幻獣ペガサスの出現は国中を大いに騒がせた。真実性の薄い与太話かとも思われたが、王立討伐騎士団がただの噂話で済ませるわけにはいかず、総長サザン・ラーシェンクが自らその地へ足を運んだ。

暫く後、討伐騎士らに公表されたのは、幻獣の存在が真実であること。また、幻獣と共に行動する一人の冒険者がA級を単独で討伐したという驚愕の事実だった。

二日に一度はA級を狩ってくる、S級までもを一人で倒したなど、かの冒険者に関する情報は耳を疑うものばかりだった。地方では根も葉もない噂話だと笑い種にされていたようだが、王都では違う。

討伐騎士の間では、『高雅の蒼穹』と呼ばれるようになった彼がペガサスを連れていることも、討伐した魔物のことも、余すことなく共有される。それらが全て事実であることを知っているだけに、高雅の蒼穹に対する畏敬の念は日に日に深まっていった。

一つだけ分からないのは、高雅の蒼穹がどんな人物かという点だった。それこそ様々な憶測が飛び交い、皆それぞれ想像を膨らませていた。

いまペガサスが傍に寄り添った、身長も体格もきゃしゃな少年の姿など、誰も想像すらしていない。だが、この少年が高雅の蒼穹であることは、もはや疑いようがなかった。むしろ、そう考えることで全ての辻褄《つじつま》が合う。

オーランドは、「摘みだせ」と命じた少年の正体に気付き、表面的な見方しかできなかった自分を恥じた。精霊魔法がものをいう世界で、背格好だけが強さを表す訳ではないと分かっていたはずだ。それなのに、こんな子どもにできるわけがないと、考えるより先に先入観で判断してしまった。

一言謝罪をと前に踏み出したオーランドをよそに、少年は剣を鞘に戻してペガサスの背に跨《また》がろうとする。既に、彼らに対する関心を失っていた。

「待ってくれ、フェイ!」

よく通る声が、立ち去ろうとする少年を呼び止めた。面倒そうにペガサスから手を離した少年は、声のする方を向く。その視線の先には、王立討伐騎士団総長サザン・ラーシェンクがいた。

§§§

《あ、サザンがくるよー》《ほんとだー》

《はやいねー》

　鈍い反応しか見せない騎士らは放っておいて、ハヤテと共にフヨールに戻ろうと思った矢先、精霊たちはその名前を告げた。アーシブル王国に来てから知ったことだが、この国では精霊名を自分の名前としているようで、私としては分かりやすい。精霊は、人間を精霊名によってしか判断しないからだ。

　王立討伐騎士団の総長であるサザン・ラーシェンクが近づいてくることを伝えられた私は、彼を待つか悩んだが、地面を蹴る馬蹄《ばてい》の音が聞こえてきたのは直ぐのことだった。

「待ってくれ、フェイ！」

　いま彼と会うのは面倒だと思いつつも、彼に向き合う。相当な勢いで馬を駆けてきたのか、息を切らす彼は珍しく髪を振り乱していた。

　後ろから続く者は誰もおらず、一人で来たのか、それとも彼についてこられなかったのか。定かではないが、行動的なサザンの性格からして制止する周囲の声を振り払って一人で来たのだろう。

　サザンが息を整え、こちらに向かって歩いてくるのを待つが、内心では大きく溜息を吐いていた。

　動き回っている騎士たちの様子を見たところ、地面に倒れている騎士たちを最初は遺体だと思っていたようだ。だが、いくら状況が悲惨だとはいえ、彼らは眠っているだけなので直ぐに気が付くだろう。クエレブレの魔結晶石を割った私とハヤテ、そしてサザンの登場で彼らは手を止めているが、もう時間の問題だ。そうなれば、私が追及の対象になるのは避けられない。光の精霊が……などと口が裂けても言えないので、一刻も早く立ち去りたいのだ。

「やあ、久しぶりだな」

片手を上げて颯爽と近づいてくる目の前の男は、比較的大柄な身を鎧で覆っているが、動作に一切の隙がない。底知れない実力を持つ彼が、私は相変わらず苦手だった。貴族らの影響力が大きい討伐騎士団を改革し、実力主義を遂行していることだけは評価に値すると思う。そして、もし私がサザンに与《くみ》すれば、彼の思惑を大きく推し進める契機になるだろうことも理解している。だからこそ、彼には会いたくなかった。

「総長！」

私が顔を顰めている間に、後から駆け付けた騎士団を指揮していた男がサザンに駆け寄った。左胸に手を置き簡単な礼を取ると、驚きに目を丸くして尋ねる。

「総長自らおいでくださるとは！　他の者たちは……」

「緊急の連絡を聞いてな。五十人の騎士とともに出立したはずだが、途中で見失った」

見失ったのではなく、置いてきた、の間違いだろう。

「左様でございますか」

度肝を抜かれたまま、頭を下げた彼はそう答えるしかなかった。

「我々第四団は、第三団からの緊急要請を受け、王都から出撃しました。ただ今、遺体の身元確認を進めております」

「ギルドに要請はしたのか」

「はっ。しかし、討伐確認とともに取り下げました」

彼らはしばらく事務的な会話をすると、男だけがその場を去っていった。

「フェイ、この魔物は君が倒したのか」

骨格までが崩れ始めた魔物を見上げて、サザンが目を細める。指揮官である彼を放っておいても良いのかと目で合図するが、サザンはどこ吹く風で口角を上げるだけだった。

彼の興味は、既に私と魔物に向いているのだ。

さっきも騎士らに宣言したのだから嘘を言っても仕方がない。私は肩を竦めて、無言の肯定を表した。

「流石は高雅の蒼穹だ。倒れた騎士たちに被害を与えないよう配慮までしている。これほどの魔物相手に、そうそうできることではないな」

満足げに状況を分析するサザンに、私は言いようのない不満に駆られた。ますます彼のことが分からなくなる。討伐団の利益のためなら手段を選ばない彼の手腕は知っているが、この惨劇を目の当たりにして、どうして平然としていられるのだろうか。

「そういうのは、やめてください。むしろ私は……間に合わなかったんです」

視線を落とす私に、サザンはなおも小さく笑うだけだった。

「討伐騎士に叙任された以上、死は覚悟の上だ。魔物の侵攻を食い止めるために亡くなったなら、騎士として相応しい最期だろう」

「……そんな」

サザンとは二年以上の付き合いになるが、知らなかった彼の人間性を目の当たりにして私は絶句した。部下が大勢命を失ったというのに、彼の目には哀しみの一つも浮かんでいない。彼がこんな無慈悲な人間だとは思ってもいなかった。

強く握りしめた拳《こぶし》がきりりと音を立てる。

「私には、分かりません。たくさんの命が失われてしまった」

喉の奥から絞り出した声は低く震えていた。人の死を彼のように受け止めることは、私にはできない。

ふっ、という息の抜ける声が頭上で聞こえた。私は訝しげにサザンを見上げる。

「彼らの死を無意味なものにしないこと。生き残った者の義務だ。俺たちがそれを放棄して目を逸らせば、彼らは浮かばれない」

サザンの言葉を何度も脳内で繰り返した。繰り返すほどに、私の中の何かが呼びかけてくる。私は、大切な人の死から目を逸らし続けている張本人なのだ。

沈黙を貫く私をサザンは一瞥《いちべつ》すると、崩れていく魔物を眺めながら静かに話し出す。

「俺は魔物の脅威からこの国を守りたい。そのために討伐騎士団は最も合理的な手段のはずだったが、あそこは俺が思っていたよりも腐っていた。フェイ、俺は守りたいもののためなら、血も涙もない悪と蔑まれてもいい」

私は、ハッとしてサザンを見やった。彼は胸の内を平然と吐露しているわけでも割り切っているわけでもない。忸怩《じくじ》たる思いに苛まれながらも、それを受け入れる覚悟を決めているだけなのだ。

――全ては、大切なものを守るために。

胸が締め付けられる思いだった。一瞬でも彼のことを無慈悲だと詰《なじ》った自分が情けない。

「あえて言おう。第三団団長は貴族派のなかでも筆頭的存在だった。彼が大失態を犯してくれたおかげで……」

「やめてください。貴族の力関係など聞きたくもない」

サザンの続けようとした言葉を遮った。

彼は、無情に振舞うことで驚異的なカリスマ性を引き出している。彼自身もそれが自分の本質なのだと思っているのだろう。

だが、私は自分のために耳を塞いだ。彼の心の奥底にあるかもしれない良心を勝手に見出《みいだ》した私のエゴに過ぎない。

それでも、サザンは寂しげに微笑んだ。

「優しいな、君は」

居たたまれなくなった私は、これを機に帰ろうと決める。

「後日、ギルドの方から報告書を提出します」

これほどの死人が出た以上、魔物を討伐できてよかったでは済まないだろう。クエレブレについて教えてもらおうと思いつつ、ハヤテの背に手をかけた。

「そうだ。送った指名依頼は考えてもらえたかな」

またもや私を引き止める声に、そんな物もあったなと思いつつもう一度サザンと向き合った。

「その件はお断りしました。いまの王立討伐騎士団に、加勢するだけの価値はないですから」

入団どころか共に活動するのすらお断りだと、要は言っているのだ。遠慮のない私の言葉にサザンは自嘲の笑みを浮かべる。

「フェイの言う通りだが、今回はそうじゃない。討伐騎士団所属でも、公式には存在しない第十三団があってな。彼らのS級討伐作戦を手伝ってもらいたい」

……公式には存在しない第十三団？

アーシブル王国の歴史と共に歩んできた王立討伐騎士団に、そんな不確かなものがあるのは驚きだが、サザンが嘘を吐くとも思えない。

興味はあるが、その騎士たちと共に行動すると思うと体が竦んだ。やはり、私は一人で行動する方が性に合っている。

しかし、私が断るより先にサザンは思いもよらない行動に出た。その右手を胸に添え、深々と頭を下げたのだ。

「何を！」

「君が貴族を嫌っていることも、人に与したくないことも、重々承知している。だが、どうか力を貸してくれないか」

勧誘されるのはいつもの事だが、彼がここまで食いつくのは初めてだった。サザンらしくない行動に戸惑いを隠せない。

「……何か事情でも？」

話を聞く姿勢を見せた私に驚きつつも、サザンは続けた。

「あっ、ああ。第十三団は、現国王ギルバート陛下が王太子の頃に所属していたことで、いろいろと特例が認められている。だが、陛下が即位と同時に団を抜け、残っているのは五人しかいない」

その数字に、私は小さく目を剝く。ドラゴンの討伐に百人以上人員を割いている王立討伐騎士団において、たった五人だけでS級に挑まなければならないなど、理不尽にも程がある。

私の場合は、的確な指示を出してくれるハヤテと、限界のない力を与えてくれる精霊がいるからこそ為し得ている事であって、本来S級は未知の領域にある魔物だ。突くべき弱点も分からない状態では、倒しようがない。

「彼らは才能豊かで実績も残しているが、国王からの影響が強いことで貴族派から煙たがられている。絶対不可能なS級討伐任務を押し付け、玉砕したらそれでいい。失敗したまま生還したなら、その責任を取らせる。どういう形にせよ第十三団を潰す腹積もりであることは間違いない。頼む、彼らには居場所が必要なんだ」

王立討伐騎士団の勢力図は知らないが、貴族が幅を利かせていることと、実力主義を訴えるサザンが貴族の影響力を抑えたいということ。そして、いまのサザンの話から、国王も干渉している。恐らくサザンは、国王派だ。昔の悪い癖が出た私は、知りたくもなかった国の情勢を読み取っていた。最悪なのは、総長であるサザンがその横暴を止められないことだ。私が思っていたよりも貴族派の握っている実権は大きいらしい。だが、ギルバート国王は権力に溺れるような愚か者ではないし、サザンは国民を守ろうと奮闘している。

(それでも、関わりたくない)

私は、反射的にそう思った。三年前のあの件から、私は王侯貴族とその権力の象徴たる王族がますます嫌いになったし、一介の冒険者になれば縁がなくなるだろうと考えていた。だが、私はいつまで経っても貴族という存在から逃れられないでいる。前と違うのは、冒険者という自由な立場にあるということ。それが、私に思考するだけの余裕を与えた。

私が冒険者になって半年ほど経ったころ、サザンに命を助けてもらったことがある。

その借りを返すと思って、彼の話を頭ごなしに否定するのをやめ、肯定的に考えてみる。

　私はこの三年間、何も考えないようにして、ただひたすら一人で魔物を狩る日々を過ごしてきた。誰かと行動を共にすると、無意識のうちに恐怖が浮かんでくるからだ。一人でいれば、誰も失わないで済む。そうやって、辛うじて心の均衡を保ってきた。

　もしサザンの申し出を受けるなら、この均衡を崩すことになってしまう。その先に待ち受けているものが、私は怖くて仕方がなかった。

「……考えておきます」

　疲労で鈍った頭では思考がまとまらない。私は答えるのを先送りにして、ハヤテに飛び乗った。

「フェイ！　ひとつだけ言わせてくれ。君は過去にとらわれているんだ。このまま何もしなければ、気付かないうちに破滅の路《みち》を歩んでしまうことになる。いま俺が何を言っているのか分からないかもしれないが、よく考えてほしい。本当の君は、何を望んでいるのか」

　サザンの言葉を背中で受け止める。

　何か返事をしなければと思うが、それすらも億劫《おっくう》に感じてしまう。早くフヨールの街に帰りたい。頭の中はそれで一杯だった。

　真剣な眼差しを向けるサザンを後目に、私はハヤテと共にこの地を飛び去った。

§§§

暗闇が完全に空を覆い尽くしたころ、下方に淡い光の集まりを見つける。ハヤテは次第に高度を下げ、地上へと降り立った。

一刻も早く体を休めたかったが、ドラゴン出現の報告を翌朝に繰り越すのは憚《はばか》られたので、仕方なくギルドに寄ることにした。

カランカランとドアに括られたベルが軽快な音を立てる。建物の左手にあるパブで普段と同じく酒を片手に談笑しあう冒険者たちが、恒例のように一斉にこちらを向いた。しかしその視線は普段とは違って、最初から驚愕に満ちている。中にはグラスが手から滑り落ちる者までいた。

彼らのいつもとは違う反応に、私は眉を顰める。

「フェイ！」

あんぐりと口を開けて放心状態にある人々の山を掻き分け、キリスが私の前へと躍り出た。いつもは二階にいるというのに、今日は珍しく一階で酒を飲んでいたのか。

「何かあったんですか」

「何かあったかって？　そうだよフェイ、君は自分がどんな恰好をしているか気付いてるのかい！　急いで応急処置を……」

彼に言われて初めて、自分が凄まじい恰好をしていることに気がついた。白かったシャツは血糊で赤黒く染まっている。衣服も血や土に塗れてボロボロだ。クエレブレの鎌鼬を食らった左袖はだいぶほつれてしまったが、傷自体はなくなっていた。きっと光の精霊がついでに治してくれたのだろう。

救急箱を取りに行こうとするキリスをなだめて、肩を竦めてみせる。

「怪我はしていませんから」

「なんだ、心臓が止まるかと思った……」

クエレブレの件はまだ王立討伐騎士団にも報告していない事なので、安堵したように胸を撫でおろす彼を書斎へ誘う。

月明かりが照らす室内で、私はできるだけ小声でキリスに告げた。

「ドラゴンが出現しました。ラセーヌの森です」

「へっ」

素っ頓狂な声を上げたキリスを無視して話を続ける。

「王立討伐騎士団が対応に当たったのですが、二十人以上の方がお亡くなりに」

「ああ、緊急の要請が届いた途端、フェイが飛び出したんだ。僕たちが駆けつけるには時間がかかりすぎる、って悩んでたんだけどね。直ぐに撤回されたってことは、そのドラゴンをフェイが倒したの？」

途端に、キリスの声が真剣味を帯びる。肯定した私に、彼は難しい顔をして椅子の背に凭れかかった。

「ドラゴンの種類は？」

「クエレブレです」

「クエレブレ……聞いたことがないな」

顎に手を当てて記憶を辿るキャメロンだが、首を横に振る。

実のところ私もよく分かっていない。後でハヤテに説明してもらおうと思っていたからだ。答えようがない私は、追及される前に退散することにした。

「明日朝一番で資料を送るので、優先的にお願いします」

彼が黙って頷いたのを確認して、私は扉を開けようとした。だが、窓辺にいたはずのキリスはいつの間にか背後にいて、自分の羽織っていた上着を私の肩にかけた。

「その恰好で歩いていたら、きっと街の衛兵が飛んでくるよ。今日は帰ってゆっくり休んだ方がいい」

「……ありがとう、ございます」

最後まで注目を集めながらギルドを出た私は、ハヤテと歩いて帰路に着いた。クエレブレについて、ハヤテに訊《き》く時間が欲しかったからだ。

「それで、クエレブレの正体は何だったの？　ドラゴンにしては、ちょっと大きい気がするんだけど」

A級指定のドラゴンよりも三倍近く巨大なだけではなく、その魔力の強さも皮膚の硬さも比べ物にならない。

《最初はドラゴンと変わりないが、一定の期間が過ぎた個体は急速に巨大化する特性がある。大抵はそうなる前に死ぬが、あれは淘汰《とうた》から逃れたのだろう》

「そうか、ドラゴンのうちに討伐されてるから、みんな特異種がいることに気付かないんだね」

　道理でキリスも知らない訳だ。

　だがハヤテが名前を知っているなら、人々がクエレブレを認識していた頃もあるのではないだろうか。ハヤテは人間のように物に名前を付けたりしないから。

《巨大化したクエレブレは三百年前に国をひとつ滅ぼしている。早々に片付けられたのは僥倖《ぎょうこう》だったな》

「……そうなんだ」

　今現在アーシブル王国は大陸を統一する大国だが、数百年前までは森沿いに位置する小国に過ぎなかった。幾つもの国が勢力争いに敗れ消えていくなかで、二大勢力だったうちの一つの大国が魔物に襲われ、一夜で滅びたことで全てが変わった。

　滅んだ王国と隣接していたアーシブル王国は飛ぶ鳥を落とす勢いでその領土を奪い、僅かな期間で大国へと成り上がったのだ。こうして、今の基盤が築かれたのだという。

　ハヤテが言うクエレブレが滅ぼした国というのは、時期から考えるとおそらくその国のことだろう。クエレブレが危険な魔物であったことに今更ながら身震いした。

しかしながら、国を滅ぼすほどの魔物にしては随分とあっさり倒せてしまった気がする。多少は手古摺《てこず》ったし焦りもしたが、A級やS級の中にはもっと厄介な魔物だっている。クエレブレは、図体が大きかっただけだ。

《あれは成長の過程にあった。森から出てきたはいいが、途中で体が重くなり飛べなくなったんだろう。間抜けだな》

「討伐騎士団も、なんであの程度の魔物に全滅しちゃったのかな」

今さらながら疑問である。もし彼らにとってクエレブレが未知の魔物だとしても、一度撤退して練り直せばいい。クエレブレの様子からして、逃げる事は難しくなかっただろうに、彼らはそうしなかった。

「指揮官が愚かだったんだろうね」

よくある話だ。仮令《たとえ》どれだけ優秀な人間が集まっても、愚鈍な指揮官のもとでは存分に力を発揮できない。そればかりか、間違った判断に従わざるを得なくなり、組織が崩壊することだってある。王立討伐騎士団に根深くはびこる貴族優位の体制が、あの惨劇を生み出したのだろう。私はやり切れない気持ちになった。

《それもあるだろうが、あのクエレブレが相手では、人間は我々の力を振るうことができなかったはずだ》

「精霊魔法が使えなかったってこと？　確かにクエレブレの魔力は強かったけど、精霊魔法が発動しないほどじゃないよ」

《お前は、人間とは異なる形で用いているからな》

「えっ」

精霊との契約の関係で使える属性が一つしかないことは知っていたが、精霊魔法の使い方なんて一緒だと思っていた。精霊から力を借りて発動する、この簡単なやり方に違いがあることが驚きだ。

《人間は力を受けると同時に具現化させている。それでは精霊の力を通過させているに過ぎない。お前のように、借り受けるという発想がないのだろう》

「そっか。他の人たちは、精霊魔法を使うときに精霊力を貰うんだね」

それならば、精霊は常に契約した人間の側《そば》にいなければならなくなる。だが、強い魔力の近くには精霊が近寄りたがらない。魔力に引き寄せられてしまうからだ。

その一方で、私は精霊力を一旦体内に保有させ、使いたいときに精霊魔法へと変える。ハヤテの言葉を借りるなら、まさに「借り受ける」といった状態だ。そうすれば、精霊が近付くのを忌避する魔物の前でも精霊魔法が使えるのだ。

「人間はずっと同じ方法を使っているの？」

《ああ》

思えば、これまで見た資料の中にも『精霊魔法の不発』といった事例がいくつかあった。きっとこのことだったのだろう。

「このままなら、人間はいつか魔物に負けそうだね」

無意識に出た呟きだが、自分でも的を射ていると思った。

実際に、魔物の襲来によって人間は国を失っている。その災禍が再び起こったとき、人々は抗うことができないかもしれない。

（でも、魔物を前にして精霊魔法が使えなくなったら、怖いだろうな……）

どこか他人事《ひとごと》のように浮かんだ考えだが、私はふと足を止めた。私は魔力を前にしても精霊魔法が使えるのだから、縁のない話のはずだ。

けれど、早鐘を打ちはじめた心臓が必死に何かを訴えている。

遠ざかっていく精霊たちの声。必死に呼びかけても、返ってくるのは無情な静寂だけで。誰もいない暗闇に、ひとり取り残される恐怖に支配された、あの瞬間。

――五対の瞳孔が、私を絶望の底へと突き落とした……。

《フェイ、どうした》

地面に縫い付けられたように立ち止まった私を、数歩先にいるハヤテが呼んだ。その声で、私はハッと我に返る。「何でもないよ」と曖昧に微笑んで、ハヤテの背を追いかけた。これ以上思い出すのは、耐えられそうになかった。

私はフヨールの端にある、小さな家を一軒借りて生活している。町の北部、つまり魔の森が最も近い場所だけあって家賃が安いうえに、隣接する家が少ないので庭もかなり広い。

垣根で囲われた庭はハヤテの住み処《すか》になっていて、自然の森を好む幻獣が過ごしやすいように小さな湖と豊かな緑を用意した。澄んだ湖の周りには色とりどりの花が咲き誇り、まるで世の中の喧騒から隔絶した楽園のような空間が広がっている。

「ねえハヤテ。私、どうすればいいのかな」

芝生の上に横たわったハヤテとともに、私も地面に腰を下ろした。柔らかなハヤテの背に顔を埋めながら、ぽつりと独り言ちる。思考が纏まらないほど疲れているのに、サザンの言葉が頭から離れないのだ。

「過去にとらわれている、か」

この三年間、私は頑《かたく》なに一人でいることを望んだ。どれだけ心を砕いてくれる相手も、拒絶してきたという自覚はある。

それをサザンは、破滅の路と表現した。一人でいることの何が悪い。少し前の私なら、そう憤っていたことだろう。

だが、私は今日、人々の叫び声を聞いて真っ先にギルドを飛び出した。捨て置くこともできたのに、私は騎士たちを助ける選択をした。これまでの私の信条と掛け離れた行動だったが、ほとんど無我夢中のうちに成したことだ。

《人間とは面倒なものだな。物事ひとつひとつに感情が付き纏う》

「……うん」

ハヤテのような幻獣や精霊にとって、情動は縁のないものだ。彼らは万物の象徴であるという理のもと、常に正しい選択をする。ハヤテが私の手助けをしてくれているのも、それが最善だからなのだろう。

私には、何が正しいのか分からない。

《思うままに生きればいい。人間と精霊は違うのだからな、何も最善を選ぶ必要はないだろう》

ハヤテの助言に、私はハッとして顔を上げる。

人間とは私欲に塗れた存在だと思っていた私は、頼れるのは自分と精霊だけで、それ以外は全て信用してはならない。そうやって生きてきた。だが精霊と過ごす時間が長かった私は、時おり精霊と似通った判断を求めてしまい、人としての在り方を忘れてしまうことがある。ハヤテはそれを気づかせてくれたのだ。

「思うままに……そうだね」

私はずっと、ひとりで生きることに拘《こだわ》ってきた。人の死に直面するのが怖かったからだ。けれど今日、亡くなった大勢の騎士を前にしたとき、サザンの死に対する向き合い方を聞いたとき、心の奥底に閉ざされた現実と一瞬だけ向き合った。

「私ね、幸せだったときの事しか覚えていない。ジャックが死んでしまった原因は私にあるはずなのに、ずっと逃げていたんだ」

私は、ジャックに対して何ができるだろう。一つだけ分かるのは、このままの生活を続けていてはいけないということだ。

夜が明けて、ハヤテとともに魔の森で魔物を狩る。ギルドへ行って、あの煩わしい視線を受けながら、時々話しかけてくるヒースやリリスと言葉を交わして、また家に戻る。

　それでは何も変わらない。ふと、キリスが「いい刺激になると思うんだけどなぁ」と言っていたことを思い出す。王立討伐騎士団第十三団と共にＳ級の魔物を討伐する任務。

　私に関わって欲しくない。大切に思う人を失いたくない。臆病な自分を支配する弱音は、今でも私の胸に潜んでいる。けれど、この依頼を受けることはきっと、私にとって意味のあることだ。

「決めた。サザンの話を受けよう」

　私の中で止まっていた時間が、動き出そうとしていた。

§§§

　ペガサスに跨ろうとした高雅の蒼穹はしぶしぶサザンへ向き合うと、しばらくの間話し込んだ。その様子を少し離れた場所で見ていたオーランドは、隣に立つレーンへ話しかけた。

「あの少年が高雅の蒼穹だったとはな」

「全くです。人は見かけによらないとは言いますが……」

オーランドは、骨すらも灰となってしまった魔物に視線をやる。到着した際に見た魔物の巨軀を思い出しながら、ひとつの疑問をふと口にした。

「レーン、もし我々が出撃していたとして、この魔物を討つことはできたと思うか」

第三団に降り注いだ厄災は他人事ではない。特性も弱点も不明な魔物と遭遇する確率は、決して低くはないのだ。

レーンは、苦い顔をしながら低く唸った。

「正直を申しあげますと、不可能でしょう。対ドラゴンの装備を整えていた第三団の現状を踏まえると、あれは我々の考えているドラゴンとは何か違うようです」

問題はそれだった。どんなに優れた騎士や冒険者でも、危険度の高い魔物を所見で倒すことなどできない。解くべき弱点も取るべき対策も分からないまま、出鱈目に仕掛けて勝てるほど魔物は甘くないのだ。

「高雅の蒼穹、フェイ・コンバーテ……噂通りの逸材だな」

高雅の蒼穹が討伐騎士団に挙げてくる討伐報告の中には、名前以外の一切が謎に包まれた魔物もあった。当初はその信憑性《しんぴょうせい》が疑われたが、彼から提供された情報によって討伐が容易になった例は数多く存在する。

彼の戦闘記録を参考にした第一団が、そのすばやさから傷を与えるのすら難しいと言われていたA級マンティコアを討伐した快挙は記憶に新しい。

カチャカチャと鎧の擦れる音が背後から近づいてくる。それに気が付いた二人が振り返ると、一人の騎士が慌てた様子で駆け寄ってきた。

「団長、副団長、ご報告いたします！」

その騎士はレーンに命じられて遺体の身元確認を進めていた医療班の隊長ゴードン・デイヴィットだった。二人は報告に耳を傾けつつ、倒れている騎士の元へと目を向ける。この場から離れているので詳しい状況は分からないが、どうやら興奮した様子で駆けまわっているようだった。

「何があった」

問いかけるオーランドに、ゴードンは困惑した顔で答える。

「最初は死んだものと思って作業にあたっていたのですが、生存を確認できた者が次々と見つかりまして……」

「そうか！　それはよかった！」

あの状況で生き延びていた者がいたという朗報に喜びを露にしたオーランドだが、歯切れの悪いゴードンをレーンは怪訝に思う。

「何か問題でも？」

「それが、全体を把握したところ、あの場にいた八十名全員の生存が確認されました」

彼の報告に驚愕した二人は、思わず足を止めた。だが、その報告は続いた。

「死者ゼロ名、重傷者ゼロ名、軽傷者……ゼロ名です。誰も、掠《かす》り傷ひとつ負っていません。一体何が起こったのか……」

オーランドとレーンは背筋に冷たい汗が伝っていくのを感じた。二人は、ほぼ同時に高雅の蒼穹へと視線を送る。この推測に彼らは確信を抱いていた。しかしながら、サザン総長と話し込んでいるところを割っている訳にもいかず、状況把握に徹することにした。渡された生存者のリストに目を通しながら、オーランドは疑問を口にする。

「部隊編成は百人のはずだ。残りの二十人は何処に行ったんだ」

あの場に倒れていたのが八十人なら、数が合わない。当然の疑問だったが、ゴードンは困ったように首を振った。行方不明ということだ。そのとき、またもや彼らの元に慌てた様子の騎士が駆け寄った。

「あちらで第三団団長トラヴィス・メイラーはじめ、隊長サディア・コークス、副隊長ユルゲン・フィッツ、副隊長マティアス・アンソン、以下十六名、計二十名の遺体を発見しました！」

その騎士は敬礼するのも忘れ、薙ぎ倒された木々の向こうを指さした。

「トラヴィス……しくじったか」

トラヴィス・メイラーを始め、リストに名前が載っていなかった者たちが、報告に挙げられていた。隊長と副隊長の実力を持つ討伐騎士の名前もあり、優秀な指揮官を失ってしまったことに、オーランドは遣る瀬《やせ》ない思いを抱いた。

「そういえば……あちらは高雅の蒼穹が現れた方角では？」

レーンの言葉に顔を見合わせた二人は、弾かれたように走り出した。荒れ果てた戦場の傍らにある芝生の広場に辿《たど》り着いた彼らは、柔らかな芝生の上に並べられている二十人の騎士を前にして呆然と目を見開いた。

彼らもまた、ゴードンの報告にあったように、傷一つないまま静かに横たわっていた。鎧は無残に破壊され、血糊のような跡がべったりと残っているというのに、彼らはあまりにも綺麗だった。ただ眠っているだけなのではないかと、レーンは騎士の息を確認したが、首を横に振る。息絶えているのは間違いなかった。

「治療が間に合わなかったのでしょうか」

治療も虚しく亡くなった。レーンの言う通り、それが妥当な線だとオーランドも思った。しかしながら、長い経験のなかで幾度となく仲間の死を目にしてきた彼らは、何か違和感を覚える。それが何なのか、ゴードンがぽつりと溢《こぼ》した言葉によって、彼らは気付かされた。

「穏やかな顔ですね。眠っているみたいだ」

任務中に命を落とした者が、安らかに眠っているはずがない。苦痛に悶《もだ》え目を見開いている姿は頭から離れないものだった。それが、目の前の騎士たちは違う。どこまでも穏やかだった。

仲間の死は、いつになっても受け入れ難いものだ。しかしながら、何の恐れも不安もなく眠っている仲間に、その死を尊いものとして見送ることができそうだった。それが、高雅の蒼穹が望んでいた事なのだと悟った彼らは、心からの感謝の意を抱いた。

オーランドらが魔物の死骸の前に戻ったとき、高雅の蒼穹は立ち去った後だった。

オーランドは、ひとり佇むサザンに見たもの全てを報告した。

「……そうか」

高雅の蒼穹がすべての生存者を癒したと聞いても、サザンは表情を変えなかった。

完全に崩れ落ちた魔物を眺めながら少しの間思案すると、颯爽と馬に跨《また》がる。

「先に王都へ戻る。現場が片付き次第、帰還してくれ。それと、高雅の蒼穹に関することは一切他言無用だ。部下にも伝えておけ。いいな」

「はっ」

小さくなっていくサザンの後ろ姿を見送りながら、レーンは呟く。

「高雅の蒼穹の力は、我々の予想の範疇《はんちゅう》を超えている。総長はそう仰っていましたが、その意味が分かったように思います」

「そうだな」

相槌を打ったオーランドもまた、レーンと同じ思いだった。

トラヴィス・メイラー及び二十人の騎士が亡くなったことを、サザンは謁見室にて国王と十三人の大臣以下、国政を担う者たちへ報告を入れた。この場で重要なのは、公爵であったトラヴィス・メイラーの死という報せだった。

貴族界で幅を利かせていた公爵の死という事実に、一同の反応は二つに分かれる。彼に依存していた一部の貴族は動揺を露にし、反対に目障りだと思っていた者は次の一手を考え始めていた。

ただ淡々と状況を説明しその場を去ったサザンは、王城へ駆けつけたオーランドを誘った。城の中心から離れ、サザンは入り組んだ通路を迷うことなく進んでいく。王城に慣れたオーランドですら足を踏み入れたことのない場所だが、黙って後を追った。

サザンが歩みを止めたのは、日の光の届かない地下室の一角だった。古びた木のドアを押し開けると、空気の対流で壁に掛けられた蠟燭の灯《あか》りが揺らめく。

一瞬だけそちらに気を取られていたオーランドは、室内で待っていた人物に気付くのが遅れてしまった。サザンが跪く気配に、その先にいるのが誰なのか気付いた彼は、冷や汗を流しながら慌ててサザンの後に続く。

「っ、国王陛下！」

頭を低くする二人に苦笑しながら腰掛けていた椅子から立ち上がったのは、アーシブル王国の若き国王ギルバート・ラージェルクであった。

二十一歳という若さで王位についてから早五年、これまで好き勝手に振舞っていた貴族を優れた手腕で黙らせ、メイラー公爵を始めとする諸侯に奪われていた王権を取り戻しつつあった。魔の森に対抗する王立討伐団の腐敗に難色を示し、サザンの掲げる実力主義に協力の姿勢を見せてもいる。かつてない賢王と謳われ、各騎士団にも彼を支持している者は多い。

「そう畏《かしこ》まらなくていい。ここは公式の場ではないのだからな」

「はっ」

気さくに席を勧めるギルバートに恐縮しつつも、オーランドはサザンに倣《なら》って座った。

オーランドが謁見の度に思うことだったが、彼の持つ存在感と威圧感は先王と比べ物にならないほど卓越している。彼を前にすると、拝跪《はいき》せずにはいられない衝動に駆られるのだ。

「マケット団長、気分は悪くないか」

ギルバートからふいに投げて寄越された質問に、オーランドはその意図を考えたが、すぐさま首を振った。

「お気遣い感謝申し上げます。何ともございません」

ギルバートが強力な闇の精霊と契約しており、その力が常にあふれ出ているというのは国に仕える者なら誰でも知っていることだ。

彼のその力のせいで、人と触れ合うことはおろか居合わせるだけで影響を受ける者もいるという。彼はそれを危惧したのだろう。

オーランドはこうして個人的に会うのは初めてだったが、黒に染まった瞳からは何の感情も読み取れない。黒髪に黒い上着、全てが黒で統一されている彼は、ふと目を離した瞬間に、闇に紛れて消えて行ってしまいそうな危うさがあった。

「そうか、では本題に移ろう。何があったのか、真実を教えてくれ」

公の場において、この事件の詳細は伏せて報告されていた。自分がこの場に呼ばれたのは、実際に起こったことを包み隠さず伝えるためだとオーランドは悟る。オーランドがラセーヌの森を出立するころには、意識を取り戻した騎士がおり、ある程度の状況は把握できていた。

「はっ。本日の昼過ぎ、ラセーヌの森中腹にドラゴン出現の連絡を受け、第三団メイラーが百名の騎士を率いて出陣しました。しかしながら、ドラゴンとは比較にならない巨大な魔物と発覚、交戦となったものの全滅いたしました」

そこまで話した後で、オーランドは高雅の蒼穹について口止めされていたことを思い出した。

隣に腰掛けるサザンへ視線を投げかけるが、腕を組んだまま反応を見せない。国王はその対象にならないのだと判断し、オーランドは続けた。

「高雅の蒼穹の助太刀にて、魔物は討伐されております。我々第四団が戦地へ到着したときには魔物は既に死んだ後でしたので、彼がどのようにして戦ったのかは定かではありません」

「高雅の蒼穹……」

ギルバートは、低くその名前を呟いた。彼の実績は、サザンによって余すことなく伝えられている。しかしながら、オーランドの報告はそれで終わらなかった。

「我々は、全員死亡したものと思い事後処理を進めましたが、実際に死亡したのは二十名のみ。欠損どころか、傷一つない完全な状態で安置されておりました。生き残った者にも、負傷者はおりません」

ありのままを伝えているだけなのだが、オーランドは現実味の薄い自身の説明に辟易とした。馬鹿なことを申すな、と一蹴されてもおかしくないと覚悟すらした。

だが、ギルバートは真剣な面持ちでオーランドの話に相槌《あいづち》を打つと、サザンに意見を求めた。

「サザン、高雅の蒼穹がそれをやったと思うか」

「……おそらくは」

「行動を共にしているという幻獣の可能性はないのか」

「ゼロではありませんが、彼は幻獣のことを『人間の営みには興味がない』と定義しています。その幻獣が、わざわざ死んだ人間にまで温情を施すとは考えにくいかと」

ふう、とギルバートは深く息を吐きながら、椅子の背に凭れかかった。話を聞くほど、高雅の蒼穹の人間離れした能力が明るみにでてくる。幻獣を引き連れS級を単独で討伐し、今度は癒しの力まで示した。彼は一体どれだけの潜在能力を持っているのだろうか。

「全く、空恐ろしいな。面倒な貴族に取り込まれなければいいんだが」

ギルバートは率直な意見を口にした。

どの貴族にとっても、高雅の蒼穹を懐柔させることは絶大な一手となることだろう。それだけは何としても避けたかった。

「彼は王侯貴族との関わりを何より嫌っています。その可能性は低いでしょうが、我々の陣営に引き入れるのも難しいかと思われます」

サザンの返答に安堵するも腹の中を先に否定されてしまい、ギルバートは肩を竦めた。

「敵対してくれなければいいさ。今は、こちらも手一杯だからな」

全てを話し終えたオーランドは、現場に戻るためにその場を後にした。

「コリンズが動き出すか」

サザンは神妙な面持ちで頷いた。

大国を飲み込むようにして興ったアーシブル王国は、早い段階でその治世を安定させる必要があった。そこで、当時の国王フラセル一世が執《と》ったのは、国土を貴族に分割し、彼らと共に行政を決める議会制であった。だが、時代が進むにつれて国王は彼らを抑制しきれなくなってしまう。行政権のみを議会に委ねていたはずが、気がつけば軍事権や徴税権、司法権までも掌握されていたのである。

ギルバートが即位したあとに行ったのは、貴族から司法権を引き離すことだった。

しかしながら、国王のもとに軍事権がないのは何より危険な問題だった。軍事力と呼べる勢力は守護騎士団、聖愛騎士団、エレメンタル・オーダー、王立討伐騎士団のみだったが、それらが貴族に掌握されていたのだ。

ギルバートは即位前から死に物狂いで暗躍し、守護騎士団、聖愛騎士団、エレメンタル・オーダーを国王直属として定め、軍事力の一部を取り戻した。だが、王立討伐騎士団だけは未《いま》だに貴族勢力が根深く、全権を掌握するには至らなかった。

王立討伐騎士団で幅を利かせていたトラヴィス・メイラーが死んだいま、蔓延る貴族派の勢力を一掃する好機である。だが、彼の後釜を狙う貴族は数多く存在する。

その最たる者が、ウィルノ・コリンズ。コリンズ侯爵家当主にして王立討伐騎士団第七団団長の任を担っている。直情型のトラヴィスとは違い、ウィルノは虎視眈々《たんたん》と謀略を張り巡らせる策士だ。サザンとギルバートが目を掛ける第十三団を潰すために、無理な討伐作戦を押し付けたのもこの男である。

「これまではトラヴィスの陰に潜んでいましたが、間違いなく表舞台へ出てきます。狙いは……」

「王立討伐騎士団総長だろうな」

「はい。しかしながら、どうやって総長の座に収まる腹積もりなのかは分かりません。取り返しがつかなくなる前に、我々が先手を打つのが最善かと思われます」

その提案に、ギルバートはしばらくの間考え込んだ。サザンはあと一押しするように言葉を続ける。

「ウィルノがハウゼント王国へ魔物を密輸しているのは紛れもない事実です。あとは、彼の関与を証明するだけでいい」

「だが、密売が自身の弱みになることは、ウィルノも分かっているだろう。そう易々《やすやす》と尻尾を出すとは思えん」

侯爵家という大きな後ろ盾を有するウィルノは一筋縄ではいかないだろう。

「近々、ウィルノがハウゼント王国へ渡るという情報を摑みました。取引を行う算段であることは間違いない。アーシブル王国へ戻ってきた瞬間に船ごと捕らえれば、証拠を隠滅する暇もないでしょう」

ギルバートは肘掛けに頰杖をつきながら、思索に耽る。サザンの提案は優れているが、狡猾《こうかつ》なウィルノに先手を打たれれば一巻の終わりである。

彼の意表を突くような方法でなければ、すべてを白日の下に晒すことは難しいだろう。

「まあ待ちなよ、サザン。そう焦ることはないって」

ギギギーという古びた扉が開く音とともに、気の抜けたような声が薄暗い室内へ響いた。

向けられた視線を気にするでもなく、飄々《ひょうひょう》と扉を潜ったのはヴィンセント・パリッシュ侯爵だった。国王の右腕として頭角を現してきている。

その後ろからは守護騎士団の第二団長クライス・マゼラントが続き、後ろ手に扉を閉めた。サザンとこの二人は幼馴染みで、国を動かす立場となったギルバートを支えるべく、力を尽くす間柄となっていた。

「俺に妙案があるんだ。決断するのは、それを聞いてからでも遅くはないと思うよ」

「……大丈夫なのか？」

やけに自信にあふれるヴィンセントの様子に、不安を抱いたギルバートはクライスに疑いの視線を投げかける。クライスは呆れたような笑みを浮かべながらも、ヴィンセントに話を促した。

「まあ、聞いてやれよ。こいつの妙案はいつも信用ならないが、今回ばかりは俺も納得している」

ヴィンセントは、ギルバートとサザンが頷いたのを確認して、意気揚々とその作戦を語り出した……。

三章　決断の時

The princess who was loved by the spirits.

私は翌日、朝一番でクエレブレの報告書をキリスの元まで届けた。まだワームの分が残っていると思うと頭が痛い。

軽い本一冊分ほどの厚さになったクエレブレ関係の資料を机に載せ、私はそれとなしに切り出した。

「昨日あった王立討伐騎士団からの依頼、受諾することにしました」

「うん、分かったよ……え？」

何も考えず返事をしたのか、彼は数秒の間を置いて目を見開いた。

信じられないものを見るような視線を送るキリスに向き合って、私はもう一度言った。

「だから、王立討伐騎士団からの依頼を受けます」

「いや、ずっと断ってきたのに、突然どうしたのさ」

キリスが戸惑うのも無理はない。今までずっと拒み続けてきたというのに、一晩で考えを変えてしまったのだから。

「何かのきっかけになればいいと思って。深入りするつもりはありませんが」

「そっか。それがフェイのやりたい事なら、いいじゃないか」

いつもの薄っぺらな素振りは何処へやら、キリスは真剣な面持ちで首を縦に振った。

私のやりたい事、本当の私が望む事……彼も、サザンと同じような事を言う。

「マスター、待ちなさいよ！」

バタンと大きな音を立て、突然書斎の扉が開かれる。現れたのは、リリスだった。

切れ長の目をめいっぱい見開いて、つかつかと私の元へと詰め寄る。

「フェイ、大丈夫なの？　王立討伐騎士団は、鼻持ちならない奴ばっかりよ。対人スキルの低いフェイが飛び込んだら、あっという間に餌食にされちゃうわ」

「えっと」

「マスターも、あいつらにフェイを取られちゃっても知らないからね！」

「それは困るなあ。フェイ、どんなに絆《ほだ》されてもさ、絶対に帰ってくるんだよ？」

身を乗り出すリリスに、キリスも真剣になって便乗した。

二人が、私のことを心から案じてくれていることは感じて取れる。けれど、どう返せばいいか分からない私は、ただ黙って頷くしかなかった。

キリスを通じて承諾の連絡を送り、私はいったん家に戻って支度を始めた。野営のための道具は揃っているはずだが、もう長い間使っていなかったので物置に片付けてある。

三年前にトルン・コンバーテの洞穴で手に入れた黒いマントも、久しぶりに引っ張り出した。日帰りの討伐では邪魔だったが、野営をする今回は必要だろう。

それらを袋にまとめ、王都へ向かう準備を終えた頃には日が暮れかけていた。

「いま出れば、夜には王都に着くんだけどなぁ。サザンの返事、待ったほうが良いと思う？」

庭にいるハヤテに相談するが、ハヤテは興味がなさそうに鼻を鳴らすばかりだった。

こっちは真剣に悩んでいるのに、と少しむくれつつも部屋の中をウロウロと歩き回る。

朝方に連絡したのだから、既にサザンの手元に届いているはずだ。何か間違いがない限り。

アーシブル王国では、急ぎの連絡を取るときには二つの方法がある。

一つは、鷹や鳩といった鳥を手段にすること。彼らは自分の帰る場所を覚えているので何処にいても連絡が飛ばせるが、目的地は一か所しか指定できない。

もう一つは、風の精霊魔法で飛ばすこと。届ける地点の方角と距離が正確に分かっている場合にのみ使える方法だ。建物との間で用いられることが多く、ギルドもこれによって連絡を取り合っている。

私がキリスに頼んだのも、王都のギルド本部に送ってもらったからだ。ギルド本部で受け取った連絡を、人の手で直接サザンの元へ届けてもらう。より確実性の高い方法だが、予想外の出来事は起こるものだ。

（やっぱり直接会って話した方が確実かな。空から忍び込めば誰も気づかないだろうし、サザンの居場所は精霊に聞けばすぐに分かるし……）

部屋の中を行ったり来たりしながら、王立討伐騎士団の拠点に侵入する手口を大真面目に考えていると、精霊は驚きの人物の来訪を告げた。

《サザンだ》《サザンが来るよ》

私は自分の耳を疑ったが、精霊たちは確かにサザンの名前を呼んだ。連絡を入れてから半日ほどしか経っていないのに、まさか王都からここまで来たのだろうか。

（サザンの契約してた精霊って、確か土だったよね）

昨日の事件の報告に、王都に滞在していたのはまず間違いない。何かの精霊魔法で、この驚異的な移動を可能にしているのだろう。

こちらに向かっているというので家の外に出たが、待つまでもなく、馬に乗った彼はすぐに姿を現した。

「いらっしゃい」

家の門の前に立っていた私に、サザンは愕然と目を見張る。

「フェイ、俺が来るとよく分かったな」

「ああ、そんな気がしたもので」

直接話をしたいと切望していた矢先に彼のことを聞いてしまったものだから、何も考えずに飛び出してしまった。何の知らせも出さずに来たサザンからすれば、私が待ち構えていれば驚くだろう。

ただの勘を装って誤魔化せば、サザンはそれ以上追及してこなかった。

「依頼を受けると連絡を貰った。本当にいいのか」

直前になって覆すほどやわな意志ではないが、王立討伐騎士団という組織を否定し続けてきたのだから、彼が用心深くなるのも無理はないかもしれない。

「いくつか条件が。第十三団の騎士以外には私のことを明かさないこと。私のことを必要以上に詮索しないこと。もう一つ、どういう形でS級を討伐するにせよ、討伐権は譲ります。報告などはそちらでなさってください」

「すべて承諾しよう」

私の提示した条件をサザンが受け入れたのを確認して、私は右手を差し出した。

「全力で任務に尽くします」

サザンはその手を握り返したが、ハッとしたように目を見開く。何を驚くことがあるのかと怪訝そうに窺えば、慌てて首を振った。

「いや、フェイに詫《わ》びなければならないことがあってな。俺はこれから、任務でハウゼント王国へ向かわなければならない。済まないが、王都でもてなしてやることができん」

「ハウゼント王国……」

ガツン、と鈍器で頭を殴られたかのように、私は呆然とその場に立ち尽くした。

アーシブル王国に着いて暫くしたころ、新国王と王妃が即位したという噂を耳にしたきり、もう随分とその名前を聞いていない。だが、王立討伐騎士団の団長であるサザンがわざわざ向かうということは、それが魔物に関係する任務であることを示唆している。

ハウゼント王国には魔物はいない。だがハウゼント王国にいたとき、私は一度だけ魔物に会ったことがある。

そう、契約の儀式だ。あの黒く醜い生き物は確かに魔物だった。その魔物はいったい何処から入手していたのか、ぼんやりとした疑問でしかなかったが、ハウゼント王国にいないなら他の国から連れてくるしかない。それが、アーシブル王国だった……。

一度結論に辿り着いてしまうと、そうとしか考えられなくなる。

「そう、なんですね。私のことは気にしないでください」

不自然にならないように、何とか返事をした。それでも、頭の中は纏まらない思考が渦巻いている。

アーシブル王国という国が、魔物の流出を容認するはずがない。つまり、密かに取引をしている人物がいるという事だ。しかもその人物は、容易に裁くことができない身分の高い人間、おそらく上位の貴族だ。サザンは、その尻尾を掴むためにハウゼント王国へ赴くのだろう。

その任務が危険なものであることは、もはや疑いようがない。彼と特別に親しいわけではないが、案じずにはいられなかった。

「どうか、ご無事で」

「大げさだな。ただ即位三周年の祝賀会に、来賓として行くだけさ。まあ、先方からの指名だがな」

……それは、どういう意味だろう。

サザンに尋ねる前に、急いでいるのか彼は忙しなく馬に飛び乗った。

「王都の拠点には、見習い騎士が頻繁に出入りしている。フェイもそれを装ってくれ。俺から紹介状を出すから、誰か騎士に見せれば副総長ラサムの所まで連れていくだろう。あいつに話は通してあるからな」

言うより早く、彼は手綱を引いた。その瞬間に巻き起こった砂煙に姿が掻き消され、彼はハヤテに勝るとも劣らない速さで駆けて行った。

「あれ、ただの馬だよね？」

私の呟きだけが、寂しく取り残された。

§§§

王立討伐騎士団の総司令部は、王都アーバンにある。本部となる建物を中心に、四つの訓練場と巨大な資料館が独立しているほか、各団の詰所としての館が十二棟、規則正しく並んでいる。その一角には、他と比べて小規模な建物があり、そこは第十三団が詰所として活用していた。

彼らには、それほど大きな建物は必要なかった。なぜなら、第十三団に所属しているのは、たったの五人しかいないのだから。

第十三団は、現国王ギルバートが王太子だった頃に所属していた特別な団だ。強力な闇の精霊魔法を操るギルバートは、他の討伐騎士と足並みを揃えることができなかったが、第十三団に配属となった騎士たちは皆、彼に準ずる実力を備えていた。そのため、ごく少数での構成となったが、他の団に引けを取らない成果を挙げてきた。

ギルバートが即位したことで解散かと思われたが、残されたメンバーの強い要望で存続されたのだった。

第十三団に、団長や隊長などの指揮官はいない。五人全員の立場は平等で、お互いに助け合って任務をこなしていたが、そんな討伐騎士団として異例なやり方を気に食わない騎士も少なからずいた。

指揮官がいない代わりに、まとめ役となる者はいる。ニケル・カーマー、水の精霊魔法の使い手で、落ち着きはらった態度を崩さないストイックな青年だ。灰色がかった茶色の髪は短く整えられ、黒縁のメガネの奥にある淡青の瞳は時に鋭い光を放ち、団員の過ぎた行為を諫める。

「なあ、ニケル。今回の作戦を、本当に俺たちだけでやるのか？」

室内を忙しなく動き回りながら、レナード・ジンクスは向かいに姿勢良く座りながら冊子を手にするニケルへ声をかける。ニケルは視線だけをレナードへ寄越すが、直ぐに手元へ戻した。

「残念ながら本当のことです。上からの命令なのですから、仕方がありません」

と、あまり両者とも乗り気ではない雰囲気だった。というのも、彼らの言う今回の作戦は、誰の目から見ても陰謀に塗れたものだったからだ。

彼らは、魔の森の奥地で確認されたというS級の魔物ヒュドラの偵察および討伐を命じられていた。しかし、本来ならS級の討伐作戦は、念入りに計画を練ったうえで、討伐騎士団の威信をかけて行うものだ。たったの五人で行けなどと、いくら個々の能力が群を抜いているとはいえ、正気の沙汰ではない。

「上の、っていうのはよ、ウィルノ・コリンズの野郎か」

「ええ。あの方は、ギルバート陛下に近しい我々を潰しておきたいのでしょうね」

ニケルの断言に、レナードは衝動的に髪を掻きむしった。無造作に撥ねていた赤髪が、さらに無残なことになる。

「くそっ、あいつは、S級を倒すことなんざ端《はな》から期待しちゃいない。無惨に負けるか逃げ帰るかしたところを、俺たちは……おい、何でそんな平然としてんだよ、ニケル！」

大声で詰め寄るレナードを鬱陶しそうにしながら、ニケルはもう一度手元から目を離した。

「総長殿から聞いていないのですか？　高雅の蒼穹が加勢してくださるそうですよ」

「なっ、高雅の蒼穹だって⁉」

鼻息を荒くしていたレナードは血相を変えた。その異名はもはや、アーシブル王国の誰もが知る存在であった。特に、王立討伐騎士団には彼の功績が余すことなく伝わってくる。王立討伐騎士団の第三団から編成された百人の部隊を壊滅させた怪物を、たった一人で倒したという逸話は記憶に新しい。

一人の冒険者について談じていた二人の間に、隣の部屋から第十三団の数少ない前衛方であるセオ・マイヤーズが、そのダークブラウンの髪から汗を滴らせながら音もなく現れた。どうやら向かいの訓練場に行っていたようだ。

「サザン総長も凄い置き土産《みやげ》を残していったね」

セオの言葉に賛同の意を示しながらも、レナードは呆れた様子で口をはさんだ。三度の飯より戦闘と公言するほど、セオの戦いに対する執着心は並大抵ではない。

「オメェはどうせ、手合わせしてみたいとか考えてるんだろう、セオ」

「ああ、よく分かっているじゃないか。互いの全力の剣技をぶつけ合ったら、楽しいだろうな」

ゾッとするような危険な笑みを浮かべたセオは、またかという顔をしたレナードを後目に更衣室へと向かった。

彼の日ごろの戦闘意欲は誰もが認めるほどだが、その一方で魔の森での任務になれば、その才腕を発揮しきれていない。風の精霊魔法を我がものとする彼の実力を高く評価している彼らは、その差を案じつつも、対処しかねていた。

「全く、セオは相変わらずだな。訓練にも熱心に取り組んでるしよ、何処からそんな活力が湧いてくるんだ？」

「あなたが不精すぎるんですよ。彼ほどとは言いませんが、もう少しやる気を出したらどうです？」

揚げ足を取られ頰を膨らませるレナードだったが、やはりあの高雅の蒼穹に会えることが嬉《うれ》しいのか、上機嫌に鼻歌を歌いながら部屋を歩き回る。

「そういえばノエルとルークのやつは何処いった？」

「ルークはきっとまた街に出ているんでしょう。ノエルは先ほどからそこにいますよ」

ニケルの視線を辿ったレナードは、椅子の上に膝を立てて丸くなっているノエル・ブラウンの姿を見つけた。キャメルの髪とソファーの色が保護色になって、興奮冷めやらぬレナードの注意から逸れていたのだ。

彼は戦闘時の司令塔であり、なくてはならない存在である。だが、後天性の発音障害を持ち、口頭で話すことはない。

「うわっ、気づかなかったぜ。悪いな、ノエル」

「……」

ノエルはレナードを暫く見つめていたが、フイとそっぽを向く。

「そうむくれるなって。でもよ、よく高雅の蒼穹が応じたな？　噂じゃあ、総長を振りまくってたって聞くぜ」

「さあ、どういう風の吹き回しでしょうかね。まあ、サザン総長が頭を下げたという噂もありますし、我々のために奮闘してくださったのでしょう」

その異質さから孤立しがちな第十三団を、サザン総長は度々気にかけていた。

だが、国王からの覚えもめでたい彼らを、騎士らは心の奥底で妬《ねた》んでいるのだった。

そしてそれは、彼らに対する態度として時に現れてしまうのだ。

「高雅の蒼穹のことは他言無用、かつ彼のことは詮索するなと厳命されていますので、くれぐれも他の騎士に言いふらさないように」

浮かれるレナードやノエルに念を押したニケルは、やれやれと首を振った。

何か面倒があったとき、その尻拭いをするのはいつも彼だ。これから巻き起こるかもしれない嵐の如くを予感して、密かにため息を吐いたのだった。

§§§

しばらくして、サザンからの紹介状が届いた。アーシブル王国の王都にある王立討伐騎士団の総司令部に行けばいいらしく、昼前には王都から少し離れた街道へと舞い降りた。

ハヤテの背中に跨ったまま、そびえ立つその白い壁を眺めた。

アーシブル王国の王都アーバンは、魔の森から離れた場所に位置するものの、対魔物の最終要塞としてその周囲は高い外壁で覆われている。小高い丘の上に鎮座する王城は、遠方からもその姿を見ることができた。

「ハヤテは、一旦フヨールに戻って。王都に幻獣が現れたら、大騒ぎになっちゃうからね」

ハヤテは、私を乗せていなければ二倍以上の速さで空を翔けることができる。王都との往復にもそう時間はかからないはずだ。

人目につかない場所から飛び去るハヤテを見送った後、私は歩いて外壁へと向かう。近づくにつれ増えていく商人や冒険者、大きな荷物を積んだ馬車などを見て、私は思わず呟いた。

「ここが王都……」

門では、商人などで積み荷の検査を受けなければならない人と、私のようにほとんど手ぶらな人とに列が分かれていた。前者はかなり混み合っていて、なかなか前に進まないが、後者は次々と進んでいく。

「荷物はそれだけですか？」

門守《かどもり》に肩に背負った袋を指差されたので、頷いた。ちなみに中には、野営道具一式が詰まっている。その後、王都に来た目的と身分を証明できるものはあるかと訊かれたので、ギルドカードを提示しながら、「自分は冒険者で、依頼できた」と答えた。一連の流れが面倒だが、これを怠ると盗賊や犯罪者を入れてしまう可能性があるのだろう。多少は抑止力になる。

「ギルドカードを確認しましたので、徴収金は免除となります。どうぞ、通ってください」

免除なんだ、と少し感心しながら門をくぐる。

魔物の脅威に晒されているアーシブル王国では、魔物を討つ役職、王立討伐騎士団や冒険者が優遇される傾向がある。他にも、宿代が安くなったりもするそうだ。

さて、王都アーバンに来たわけだが、まず初めに目に入ったのは、アーシブル王国の王城であった。その存在感は圧倒的だ。

そしてアーシブル王国を守護する四つの組織、王立討伐騎士団、聖愛騎士団、守護騎士団、エレメンタル・オーダーの所在を表す塔がそれぞれ、王城を囲むようにして位置しているのも見えた。それぞれの場所に、その騎士団を示す旗が掲げられている。

他の三つがどれをさしているのかは分からないが、うちの一つには見覚えがあった。血に染まったような赤の生地に、交わった二つの剣。王立討伐騎士団のものに間違いない。きっと、あの塔が立っているところが王立討伐騎士団の総司令部だ。

だが日はまだ高い。このまま総司令部まで直行するのも勿体ないし、折角なので街を見物することにした。

アーバンの地理については全く無知なので、取《と》り敢《あ》えず歩くことにする。建物や道の整備はされていて、町並みの景観は綺麗だった。道端には花が植えられているし、ところどころに噴水があったりもする。そして、ものの数分で大きな市場に出くわした。

「お客さん！　ちょっと見ていってごらんよ、この新鮮な果物！」

「そこの美少年！　特別に安くするよ！」

右を見ても左を向いても、天幕を張ったような移動式の店が立ち並んでいて、通り過ぎるだけであちこちから声がかかる。この市では食べ物を主として、装飾品や商人が持ち込んだ輸入品、剣や盾などの武器も売っているようだった。しかしその規模の大きいことといったら、フヨールの街なんて比べ物にならないほどだ。

ついつい色々なものに目移りして買いそうになるが、今から大荷物を抱えてどうすると、すんでのところで堪える。

さんざん見物を楽しんだ後で、王立討伐騎士団の旗が掲げられた塔を目指して歩いた。

城の直ぐ側にある総司令部の建物は、その周囲は高い壁で囲われている。正門は鉄格子で頑丈な作りになっていて、周辺には何十人もの兵が配置されていた。絶対的な警備態勢が窺える。

私はそこで、正門の警備をしている男に紹介状を差し出した。

サザンは見習い騎士である体を装えばいいと言っていたが、私は何の変装もしていない。いつも通り、胸当だけの軽装備だ。サザンから特に何も言われなかったし、紹介状を出してしまったのでもう遅い。

なるようになるさ、と気を楽に待っていると、彼らの反応は至って普通だった。

「見ねえ顔だが、新入りか？」

「はい、ここに来るのは初めてなんです」

紹介状を見ただけで、私が見習い騎士として来たことが分かったのだろう。封を開けて中身を読んだ警備の男は、「ひょー」と感嘆の声を上げた。

「フェリクス・コルダー……推薦状はサザン総長じゃねえか！　お前さん、見掛けによらず光るもの持ってんだな」

（いや、誰よそれ）

聞き覚えのない名前に応答が遅れかけるが、サザンが適当に偽名をつけたのだと瞬時に悟り、心の中で突っ込みを入れた。

高い金属音を立てて開いた門は、この大きな鉄格子の正門ではなく、少し離れたところに備わっている小さな通路用のものだった。

男が、たまたま通りかかった見習い騎士に私の案内を頼むと、彼は快く承諾してくれた。気さくな彼は、道すがら何かと話しかけてくれたが、同年代にどう接すればいいか戸惑う私では、大した会話にならなかった。総長室へ到着したことにこっそり安堵しつつ、総長室の重厚な扉を叩く。

「フェリクス・コルダーです」

「ああ、どうぞ入ってください」

両開きの扉を押し開けた先に佇んでいたのは灰色の髪の男で、眼光は刃物のように鋭く、身のこなしに隙がない。身に付けているのは、鎧ではなく王立討伐騎士団の濃紺の制服だが、まるで戦場に赴くかのような殺気が窺えた。

(彼が副総長のララサム・コロハンス……サザンの右腕か)

サザンは知略に長けているが、そのサザンが「あいつは策略家だ」と評価しているほどララサムは優れた人物だ。こうして彼を前にすると、なるほど、全てを見透かされるような疑心にとらわれる。

ハウゼント王国にいたころ、ララサムのような貴族を相手にしてきた私にとっては痛痒《つうよう》を感じないが、私を見極めようとしていることは明らかだった。

「改めまして、フェイ・コンバーテです。ララサム・コロハンス殿とお見受けいたしますが」

ピクリとも表情を動かさない彼に視線を留めたまま、サザンがつけた偽名ではなく本名を名乗る。

ララサムは僅かに目を見張ると、自然な動作で顎に手をやった。

「ええ、如何にも。王立討伐騎士団副総長ララサム・コロハンスは私です。しかし……高雅の蒼穹というからには、隆々とした巨漢を想像していたわけではありませんが、まさか貴殿のように小柄な方だとは、正直なところ驚きましたよ」

（いえいえ、瞬きすらしない無表情のままでは驚いているように見えないですよ）

その言葉を胸の内に留め、促されるままにソファーへ腰かけた。

ララサムは机の引き出しを開けて、ひとつの冊子を手渡した。

「先日のクエレブレ討伐に関する資料が纏まりましたので、ご覧ください」

本ほどの厚さだと思っていたら、本当に本になっている。

ページを捲ると、キリス作のクエレブレの姿が描かれていて、その次には攻撃や特徴などについて事細かに記されている。私とキリスが苦労して書き上げたものに、幾つか追記されている項目もあった。

「コンバーテ殿から頂いた報告をもとに、生還した騎士からの聴取を加えてあります。相違ありませんか」

ふと目に入った文字に、ページを捲る手を止めた。

「精霊魔法が行使できず」

「団長は突撃の判断を下す」

ハヤテの言う通り、彼らは精霊魔法が使えない状況に陥っていたのだ。それにも拘わらず、あの場の指揮官は打って出ることを命じた。その結果が、全滅という惨劇なのだ。

私は、手元の資料を強く握りしめた。

「常に魔物の脅威に晒されているアーシブル王国で、王立討伐騎士団は絶対の存在でなければならないのです。しかしながら、今の我々にはその力がない。精霊魔法が全く使えなくなったのは初めてとはいえ、阻害されることは珍しくありません。その場合には、速やかな撤退が義務付けられているはずなのですが、それすら守っていられないのですよ」

苦々しく吐き出された言葉からは、この王立討伐騎士団という組織に対する歯痒さが現れていた。彼もまた、サザンと同じように歪んだ体制を憂いているのだ。そして、形勢を覆す何かを、彼らは探している。

その役割を、ララサムは私に望んでいるのだろうが、私はこれ以上深入りをしたくなかった。

「総長は、貴方の核心に触れることは禁忌だと考えているようですが、あえて伺わせていただきたい。なぜあの状況下で貴方は精霊魔法が使えたのか、どうやって騎士を癒したのか。……貴方は一体、何者なのか」

「……」

その問いに、私は答えなかった。精霊との対話を打ち明けることなどできないし、それなくして私の力については一切語れないからだ。

「ララサム副総長。私は、S級討伐作戦の応援に来ているのです。これ以上の詮索は無用に願いたい」

しつこく追及してくる人間を往《い》なすのには慣れている。私が下の立場なら上手く話しを逸らし、上の立場なら強引に拒否してしまえばいい。

私と討伐騎士団はこれきりの関係なので、下手に出る必要もないと判断した。

「……分かりました。どうぞ、ご無礼をお許しください」

すごすごと引き下がったララサムは、何事もなかったかのように向かいのソファーに腰掛けた。

「それでは、任務の話に移りましょう。サザンから聞き及んでいるかもしれませんが、先日S級ヒュドラの出現が確認されました」

「っ！　ヒュドラ……」

ヒュドラと聞いて、体中の血が凍り付いたように感じる。

ヒュドラの名前を、私は知っている。あの日、虚ろな顔をして一人でギルドに戻った私に、キリスたちはジャックが死んだことを察した。そして、私がぽつぽつと語った断片的な記憶から、その魔物は「ヒュドラ」という名前だと推測したらしい。けれど、それ以降の私は耳を塞いだ。耳だけではなく、心も記憶も何もかも閉ざし、全てを拒絶してしまった。

けれど、今になって閉ざされていた心の扉から記憶が零れてくる。

鎌首をもたげる五本の頭、煙の立ち上る地面、迫りくるヒュドラ。断片的な映像が掠めていく。必死に呼びかけても返事はなく、恐怖に支配された体は言うことをきかなくなった。私を呼ぶジャックの声だけが、頭に浮かぶ。

（あの後、私はどうした？　ジャックは、どうなった？）

首を傾げるララサムが視界に映って、はっと我にかえった。

「クエレブレの事件で後回しになってしまったので、どうなるかは分かりませんが。それでも巣窟が確認されている以上は、討伐隊を送らないわけにはいかないと、総会で判断が下されました。コンバーテ殿には、第十三団と組んで、その魔物を討伐してもらいたい」

「……分かりました」

頭に走る鈍い痛みをやり過ごしながら、私は承諾した。

（大丈夫、私には精霊たちが付いているから……）

「貴殿の活躍を期待しています」

ララサムが差し出した右手を、テーブル越しに握り返す。貴族たちの手入れされた滑らかなそれとは違い、節くれだった大きな手だ。

だが、手を握っただけのことなのに、彼はハッとしたように目を見開いた。これまで一番表情が動いたなと思いつつ、「どうかしましたか」と尋ねようとしたとき、コンコンと扉が叩かれた。

「第四団所属、イズミ・シューティンであります。ララサム副総長はおいででしょうか！」

「どうぞ。ちょうどいい、彼に第十三団の詰所まで案内してもらいましょう」

入室したイズミという騎士は、ララサムよりも飾り気の少ないシンプルな制服に身を包んでいる。用事のついでに道案内を頼むと、彼は承諾してくれた。

詰所までの道すがら、彼はついでにと幾つかの所要施設について説明してくれた。

「ここは、王立討伐騎士団の資料室です。魔物だけではなく、生息する植物や地理などに関する情報が全てここに集結しています。歴代の討伐騎士や冒険者から寄せられたものが集約していますので、その情報量は膨大ですよ」

私が提出した報告書は、ここへ辿り着くのか。

他にも、対魔物を想定して作られた剣や防具などを保管する倉庫など、一般公開していいのか不安になる場所までも見せてもらった。

「これで大体見終わったかなあ」

前を歩くイズミは、考え事をするように腕を組みながら宙へ視線を彷徨わせる。

「そうだ！」

突然声をあげた彼は、勢いよく振り返った。

「訓練場を見学しましょう」

イズミは有無を言わせず、私を訓練場へと誘った。

訓練の様子を披露することは、騎士団の実力を誇示することに繋がる。王都の総司令部では、本業である討伐作戦は実施しないため、国民への特別演習なども定期的に行っているようだ。進路を左に変えて、長い通路を進んでいく。いくつものドアが連なった廊下を抜けると、視界が開けた。

「わぁ」

訓練場というと、ギルドにあるような観客席付きの闘技場を想像していたが、ここは比べ物にならないほど広大な敷地を有している。驚愕に目を瞬かせる私に、イズミは得意げに口角を上げた。

「我々騎士たちは、剣技と精霊魔法を組み合わせることで、多様な魔物と渡り合っているんですよ。同規模のものがもう一つ隣接していて、あと三つの訓練場はここより小さいですが、観客用のバルコニーが設けられています」

「なるほど」

用途が違うというわけか。

場内をぐるりと見回すと、どうやら精霊魔法の稽古をしている者が多い。私とは発動の過程が違うという彼らの精霊魔法を観察するいい機会だと、精霊たちの声に一段と耳を澄ませた。だが、その様子はあまり芳しくない。

（精霊たちが、あまり乗り気ではないみたい）

私が力を貸してほしいと頼めば、精霊たちは我先にと集まってくる。だが、ここでは差があるようだ。喜んで与える精霊もいれば、渋る精霊までもいる。何よりも、反応を示している精霊の数が圧倒的に少ないのだ。その原因は、すぐに思い至った。

契約という縛りのせいだ。

アーシブル王国に来たばかりの頃は、ハウゼント王国と比べて精霊は人間を好いているように思えた。だが、アーシブル王国で精霊と対話するうちに気が付いたのだが、精霊は、基本的に人間と関わることを望んでいない。

人間に力を与えているのも、それが魔物を排除するのに最良だからだ。だが、精霊は契約という方法でしか人間との繋がりを持っておらず、契約を行うというのは、四六時中その人間の傍にいる必要があることを意味している。

不思議なことに、理性を持たないはずの精霊にもそれぞれ個性がある。光の精霊が顕著な例だが、明確な自我を持つ精霊やそうでない精霊がいるのだ。それはつまり、喜んで人間に協力する精霊と、仕方なしに力を与えている精霊とに分かれているということである。

慕うことができる私とは違って、人々は契約に縛られる。精鋭と呼ばれる彼らでさえ、精霊の反応にこれほどの差があるのだ。

それに加えて、彼らはなぜか、追い詰められたような緊張感に満ちている。その揺らぎが、精霊にも伝わっているのではないだろうか。

「どうです？　騎士らの精霊魔法は圧巻でしょう」

「ええ、確かに。でも……」

やはり、精霊の反応に差がある。言葉を濁らせた私に、イズミは訝しげに眉を上げた。肯定的な返事をしなかったせいだろうが、そこには苛立ちが見え隠れしていた。

「やはり、分かりますか。総長の力が増した近頃では、我々の団の中にさえ、成り上がりの下賤《げせん》な者が混じっているのです。国民を守ってきたのは、あんな道理の分からぬ奴らではなく、我々貴族だというのに！」

彼は貴族派の人間なのだろうと悟る。彼の誠実な態度の陰にある傲慢さに、私の気分は冷え切っていった。彼もまた、私の嫌いな貴族なのだ。

「君も、付く相手は選んだほうが良いと思いますよ。そうすれば、ある程度の地位なら手にすることができる……」

「シューティン、そこまでにしておけ」

長々としたイズミの話を、訓練場から出てきた一人の騎士が遮った。いつ終わるのだろうと話を聞き流していた私は、その騎士の急な登場に戸惑ってしまう。

「ベン、何の用だ」

冷ややかな声音で牽制《けんせい》するイズミに、ベンと呼ばれた騎士は我関せずといったように手のひらを振る。

「見習い騎士に八つ当たりするんじゃねえよ、って文句言いに来た。昨日のことは、俺たち騎士全員の実力不足が原因だ。出自は関係ないだろう」

「くっ……」

相手に物を言わせない威圧感がベンから発せられ、イズミは忌ま忌まし気に顔を歪めた。ベンはきっと、サザンを支持する騎士なのだろう。彼は、イズミのように人を見下しはしないし、精霊にも好かれている。

「悪かったな。ほら、行けよ」

ベンが私に向かって申し訳なさそうに視線を落とすと、イズミは怒りで顔を赤くしながらも、勢いよくその場を立ち去った。

「ここが、第十三団の詰所です」

先ほどとは打って変わって機嫌の悪くなったイズミと無言で歩きながら、観客席付きの訓練場を通り過ぎると、倉庫のような建物が立ち並ぶ場所へと到着した。その建物の中の最奥、焦げ茶色の重厚な扉に足を向ける。

「お手数をおかけしました」

到着したことに、ほっと息をつく。イズミは好青年ではあるが、私が苦手とする貴族だ。私とはどうあっても相容《あいい》れないし、もう二度と会うことはないだろう。

彼に軽く会釈をして、私は重々しい木の扉を開け放つ。

「失礼します……」

金の模様が施された深緑のカーペットに大理石のテーブル、座り心地の良さそうなソファーが二対、整頓された本棚、白いグランドピアノ。おまけに天井にはシャンデリアがぶら下がっている。

開いた口が塞がらないとは、まさにこのことだろう。この洗練された装飾といい上等な調度品の数々といい、騎士の詰所というよりは貴族邸の応接室のようだ。

「ここは相変わらずですね。彼らには不相応だというのに」

「まぁ良いじゃねぇか」

突然奥の扉から現れた男に、彼の言葉は遮られた。

「あんまり堅苦しいとできることもできないぜ。第四団のイズミ・シューティンさんよ」

「なっ、レナード・ジンクス。貴様どこから……」

「あんまり俺たちを見くびらない方がいいぜ」

レナード・ジンクスと呼ばれた彼は、癖の強い赤髪を靡かせながら、軽い身のこなしで近付き、イズミの耳元でそう囁《ささや》いた。イズミは怒りに顔を染めてレナード・ジンクスを睨み付け、「調子に乗るのも大概にしろ」と捨《す》て台詞《ぜりふ》を吐きながら鼻息荒くその場を去ってしまった。

「あーあ、血気盛んな奴は怖いねぇ」

荒々しく閉められた扉に、おどけたように肩を竦めるレナードの後方から影が忍び寄る。

パコッ！

軽快な音とともに、丸められた雑誌がレナードの頭に命中した。犯人は鬼のような形相で腕を組んでいる、メガネをかけた男だ。

「貴方という人は。あれほど他の騎士と衝突するなと言っているのに、何度説明すれば分かるんですか」

「くっそ、ニケルめ。別に俺が仕掛けたわけじゃねえ。あいつが勝手に入ってくるから用件聞いただけだっつーの」

たかが雑誌で、と思うほどにレナードは涙目になりながら頭を抱えて蹲った。そうして初めてニケルの視界に私が映る。目が合った瞬間に私は直感した。

誰かに似ていると思えば、副総長のララサム・コロハンスだ。メガネの奥に隠された眼光は、ララサムに勝るとも劣らない鋭利さを秘めている。だが、全てを見透かしてやろうというララサムと違って、彼には少し迷いがあるように見えた。

「それで、この少年は何者ですか」

表情を変えないまま、ニケルはレナードへと疑念をぶつける。いい加減痛みも治まったのかレナードは、さりげなくニケルと距離を取りながら首を傾げた。

「知らねぇよ、シューティンの奴が置いてったんじゃねぇの。騎士見習いだろ、こいつ」

「……そうですか。総会からの呼び出しがかかりました。僕たちの任務が、正式に定められるでしょう。ノエル、レナード、後はよろしくお願いします」

「気負うなよニケル。俺たちには高雅の蒼穹が付いてんだからな」

レナードの言葉にニケルは僅かに瞳を細めて、静かに部屋を出て行った。

呆気に取られたまま、言葉を発することなく佇んでいた私は、内心では落胆の念に苛まれていた。

誰も私が高雅の蒼穹と呼ばれているなどと思いもしない。見習い騎士の振りをしろというサザンの策は、実に的確だったというわけだ。何も口にしていないのに、皆私を見習い騎士だと疑わない。

「覇気が足りないのかな……」

私の寂しい独り言は、雅《みやび》やかなこの空間に吸い込まれていった。

ノエルという騎士が後を任されたと言っても、実際に彼はただじっとソファーの上に座って顔を膝の間に埋めたままである。そして、長い沈黙の末とうとう痺れを切らしたレナードは、未だに退出しようとせず扉に張り付くように立っている私へ質問を投げかけた。

「お前、シューティンに付いている騎士見習いなんだろ？　俺たちに何か用でもあるのか」

突然現れて、しかも何も言わずに佇むだけの私は不自然だろう。取り敢えず名乗ろうと口を開いた時だった。

《フェイ危ない！》《頭よけて！》《セオが来るよ！》

精霊たちの声が、私の脳内に警鐘を鳴らした。とっさに顔を左に背ける。

ボスっと鈍い音を立てて、先ほどまで顔があった先の扉に刺さった……刃渡り十センチほどのナイフに、私は瞠目《どうもく》した。

セオって、一体何が。

考えるより先に、身体は動かなければならなかった。奇襲の相手は、部屋の対角線から目にも留まらぬ速さで迫ってきたのだ。咄嗟に剣を抜き放ち、何とかそれを受け止めたものの、これほどの剣技の持ち主相手に二撃三撃と応戦する自信はなかった。

だが、予想外のことが起こる。

シュッという小さな摩擦音とともに、振り下ろされた襲撃犯の剣が折れてしまったのだ。正確には、切れてしまったと表現した方が正しい。

切れでしまった剣を目の前に啞然と掲げながら、男は動きを止めた。この男、濃紺の制服を身に付けている正真正銘の討伐騎士だ。

「っおい、何やってんだよ、セオ！」

状況を飲み込めずにいたレナードがようやく反応を示す。ノエルも顔を上げて様子を窺っていた。彼が第十三団の騎士であることはまず間違いない。

「これ、ヒヒイロカネだよ。その剣、いったい何でできているんだ？」

背中に冷たい汗を流す私とは裏腹に、セオは飄々としていた。使い物にならない剣を迷いなく放り捨て、後ろ腰に備えていた二振りの短剣を取り出す。

　しかしながら、私は剣を構えることができなかった。剣を人に向けるという行為は、三年前のあのトラウマを蘇らせるものなのだ。だが、セオは私に考える暇を与えてはくれなかった。

「まあいい。剣で応戦させなければいい話だから」

　刹那《せつな》の速さで間合いを詰め、横薙ぎの一撃を紙一重で躱したところに、次は突きの連撃。そこから息をつく間もなく、急所を狙った攻撃が次々と繰り出される。

　彼は、私を仕留めるつもりでいる。命のやりとりをしているという事実に、背筋が粟立った。

　だが、洗練された短剣捌《さば》きに私は避けるので精一杯だ。剣で応戦させない。その言葉の通り、余裕などなかった。

「避けてばかりいないでさ、もう少し楽しませてよ」

　一旦攻撃をやめたセオは、不服そうにひらひらと短剣を振る。挑発しているのかもしれないが、私は構わず剣を鞘に収めた。これ以上、剣を持っていられなかった。

「なあセオ、一旦落ち着けって。ノエルからも言ってやれよ」

　レナードも焦ったように声を荒らげる。だが、セオはそれを右から左に受け流し、不敵な笑みを浮かべた。

「ちょっと黙ってろよ、レナード。いま俺が相手しているのは、高雅の蒼穹なんだからさ」

「……なっ！」

レナードは間抜けなほど、口をあんぐりと開けた。セオを止める役目など、頭から消えてなくなってしまったようだ。

私は、セオがレナードに気を取られている一瞬の隙をついて、彼を見極めようと試みた。

神経を研ぎ澄ませて、単調で、流れるような精霊の声を一言一句も漏らさずに聞き取る。魔物についてはハヤテが詳しく解説してくれることが多い。だが情報収集においては、ひたすらに掻き集めるしかない。そしてその中から必要な情報を見出すのだ。

精霊の言うところでは、セオが契約している精霊は風属性で、風の精霊魔法によって一つ一つの動作に加速を生み出しているようだ。当然風の精霊魔法は持続性が高いので負担は少ないが、非常に高度な技である。その制御の精密さに感嘆せざるを得ない。

私も同じような方法を使うが、精々突進の加速と跳躍、斬撃の一瞬に使うくらいで、彼ほど順応しては扱えない。制御が難しすぎるからだ。きっと、今までの攻撃は様子見だろう。あの人は、もっと速い。

それに加えて、彼には予備動作がない。だから、その攻撃を予測することができないのだ。

万事休すかと思ったが、ひとつだけ活路があった。

精霊魔法を使うとき、彼らは精霊から受けた力を直接具現化させる。つまり、セオが加速する直前に、彼と契約している精霊に反応があるはずなのだ。

セオは、レナードとやり取りしている間も私から視線を外さない。私も、目を離した一瞬の隙を突かれることを恐れて、彼を見据え続けていた。だが、私はそっと瞼を閉じて、すべての視界を遮る。

私は人と戦うことはしたくないし、そもそも彼と対決する意味がない。私に残された選択肢は、逃げるのみだ。

精霊の一瞬の揺らめきを感じ取って、後ろに大きく跳躍する。目を開けると、私が先ほどいた場所にセオが短剣を突き立てていた。

先ほどまでのギリギリの躱し方ではなく、明らかに先を読んだ私の動きに、セオは爛々と瞳を輝かせた。素早いことで有名なA級マンティコアから逃げるときのように、私は室内のテーブルや壁を足掛かりにして縦横無尽に駆け回る。

セオは攻撃ごとに勢いを増しているが、私も足を止めることをしない。決着の付かない攻防がいつまで続くか、おそらく私の持久力が切れる方が早いだろう。

「もうやめませんか。私に戦う理由はありません」

一番良い解決策は、彼がこの理由のわからない攻撃をやめてくれることだ。彼だって、心から楽しんでいる訳ではなさそうだし。

セオに呼びかけてみたが、彼が攻撃の手を弱めることはなかった。

むしろ、そちらに気を取られてしまったことで、後退するうちに足を踏み外してしまう。

（っ！）

その不意を突いて、セオは目にもとまらぬ速さで短剣を振り下ろした。咄嗟に剣の鞘で受け止めるが、もう一方の短剣が振りかざされる。

これは、間に合わない。

怪我を覚悟して、私は全力で身体を右に逸らそうとした。

しかし、事態は思わぬ方向へ動く。何の前触れもなくセオがよろめいたのだ。私の首元を目掛けていた短剣が、コロリと床へ音を立てて落ちる。

（だめだよ、セオ）

「……ノエル」

セオが苦々しげに吐き捨てる。今まで部屋の隅で蹲っていたノエルがセオに何かをしたことは分かるが、それよりも、私は自分の耳を疑った。ノエルは口を開いていない。だが、まるで腹話術のように、その声は私の耳に届いて聞こえたのだ。

ノエルの契約している精霊の属性もセオと同じく風、だが、その精霊魔法の使い方が実に興味深い。

（精霊魔法で空気を震わせているのか……）

人間は、声帯を震わせることによって発声している。その過程を、彼は精霊魔法で代替しているのだ。また、その力は的を絞ることができる。彼の精霊力を制御する能力の高さは、セオに引けを取らない。

私がノエルについて分析している間、セオとノエルは睨み合っていたが、セオの方が折れて剣を収めた。

「分かったよ、今日のところは引こう。でも、今度は俺をがっかりさせないでくれよ、高雅の蒼穹」

セオが小さく吐いたため息には、明らかな失望の色があった。私に対人戦の技術を求められても困る。彼は次を望んでいるようだが、私にその気はさらさらなかった。

「ご期待に沿えなかったようですが、もう二度とあなたと剣を交えるつもりはありません。私が戦うのは、魔物だけでいい」

「それは……」

セオの瞳が、一瞬だけ揺らいだ。

私は、ようやく落ち着いて彼と真正面から向き合うことができた。

冒険者の中には、呼吸をするように戦っていなければならないような戦闘狂がわんさかいるので、彼のことも「血の気が多いな」くらいにしか思わない。だが、何故だろう。彼には迷いと葛藤が渦巻いているように見える。

私と剣を交えることで、何かを見出すことを望んでいたような……。

「これは一体何事ですか！」

そのとき、勢いよく扉が開かれた。

§§§

時間は少し遡り、王都の総司令部で開かれる総会に呼ばれたニケルは、いたたまれない思いをしていた。そこには、フェレスとオルデュールに滞在している団を含めた団長及び副団長、各部隊の隊長が集う。その場では、重要な報告や今後の方針が決定されるのだった。

今回は総長サザンがハウゼント王国へ赴いているということで、重要な決議は先送りにされたが、第十三団のS級討伐任務の決行は正式に認められることになった。

たった五人で挑むという無謀さに反対意見も消えなかったが、それを黙らせたのは第七団団長ウィルノ・コリンズだった。

彼の言い分はこうだった。

「討伐団の一団をもってすればS級を討伐するなど容易いこと。第十三団も団を名乗る以上は、それ相応の働きをしろ」

これが無茶苦茶な詭弁《きべん》であることは誰の目にも明らかだったが、ウィルノに真っ向から逆らうことができる者などいなかった。

矢面に立たされたニケルは、ただひたすらに耐えた。何を言われても心を乱すことなく、正面に掲げられた王立討伐騎士団の旗を見据え続ける。高雅の蒼穹の力添えがあることだけが、彼の拠り所であった。

副総長ララサムを除いて、この場にいる騎士は高雅の蒼穹が協力者であることを知らない。理不尽を迫られているにも拘わらず動じる様子を見せないニケルを、既に諦めの境地に至ったのかと彼らは哀れんだ。

総会が終了するのと同時に、ニケルは会議室を飛び出す。

「カーマー、少しいいですか」

対角上に席があったはずのララサムが、真っ先に部屋を出たニケルを廊下の先で待ち構えていた。ニケルは、わずかに目を見張ったのをメガネの位置を直すことで誤魔化した。

「ララサム副総長、何か」

「先ほど高雅の蒼穹が到着しました。詰所へ案内させたはずですが」

ニケルは記憶を辿るが、それらしき冒険者とは会っていない。

「どうやらすれ違ってしまったようです。急ぎ、詰所に戻ります」

実のところ、ニケルは本当に高雅の蒼穹が討伐騎士団に協力の姿勢を見せたのか半信半疑だった。だが、かの高明な冒険者は現れた。これで、仲間を追い詰めずに済みそうなことに、ニケルは安堵の息を漏らす。

逸《はや》る気持ちを表には出さず、だが足早に通り過ぎようとしたニケルを、ララサムは呼び止めた。

「高雅の蒼穹という人間を見かけで判断しない方が賢明でしょう。あの人の才覚は、そんな事では測れない」

「それは……」

見掛けで判断してはならない。その真意を尋ねようとしたニケルだが、ララサムは既に背を向けていた。

(自分で考えろ、ということか……)

ニケルには、一つだけ心当たりがあった。先ほど、イズミ・シューティンに連れられて来た一人の少年がいた。てっきりイズミ付きの見習い騎士だと思ってレナードとノエルに任せてしまったが、そもそもイズミは何の用事で第十三団に来たのだ。

(やはりあの少年が、高雅の蒼穹)

自分はとんでもない勘違いをしていたのだと、ニケルは焦燥に駆られながら足を速めた。

§§§

「これは一体何事ですか」

扉を開け放つ音の後に、冷ややかな声が部屋を支配した。薄青の瞳が、ぐるりと室内を見渡す。

ひっくり返ったソファーと真っ二つに割れたテーブル。次に部屋中に撒き散らされた書類、倒れた本棚、粉々に破れ砕けたドア。唯一、グランドピアノだけが難を逃れている。

「……室内でこんなに暴れるなんて、一体何を考えているんです？」

にこりと口角を上げるニケルのメガネの奥は、凍てつくようだった。瞳の色が氷のような青であるために、なおさらである。

私にも向けられたそれに、先ほどとは違う意味で冷たい汗が流れ落ちる。

「ニケル、来るのが遅いぜ。ノエルが止めなきゃどうなっていたことか」

「なぜこんな事になっているんですか。もっと早くに彼らを止めてください」

凄みのある声に、レナードは矛先が自分に向かわないうちにすごすごと引き下がった。

「まあ良いでしょう。それよりも、僕はニケル・カーマーといいます。高雅の蒼穹殿とお見受けしますが、先ほどは大変な失礼を、申し訳ありませんでした」

扉の傍に佇んでいたニケルは前へと歩み寄り、深く頭を下げた。

私は、彼の行動に慌てて首を振る。

「気にしないでください。ギルド蒼穹の魂から来ました、冒険者のフェイ・コンバーテです。少しの間ですが、お世話になりますね」

ニケル、レナード、ノエルは大きく頷いた。しかし、セオだけは取り付く島もなく部屋を後にしてしまう。

「何だよあいつ……」

レナードが困ったように呟いた。癖なのか、ニケルもメガネに手をやる。

(セオがごめんなさい、コンバーテさん。怪我はしていませんか?)

ノエルが謝ることではないのに、彼は申し訳なさそうに眉をハの字に歪めた。私はその気遣いだけで十分だった。

「怪我はしていませんから、大丈夫です」

本心では、確実な急所を狙った攻撃に冷や汗を流したけれど。結局のところセオの真意は分からないままだが、もう一戦するのは嫌なので諦めてくれることを心から願う。

「それと、私のことはフェイ、と呼んでください。しばらく一緒に行動するのに、コンバーテさんでは距離が遠すぎます」

名前で呼び合うことは対等な関係を示すのだとジャックに教わった。もともと、彼らに深入りするつもりは全くなかったが、この衝撃的な出会いでそんな消極的な思考が吹っ飛んでしまった。

何より、私を高雅の蒼穹と知ってもなお態度を変えない彼らが新鮮で、対等な関係を築きたいと思うほどには、彼らの存在を受け入れていたのだ。

「分かりました。ではフェイ、この赤毛はレナード・ジンクス。見た目の通り火の精霊魔法の使い手です。隣はノエル・ブラウン、特殊な風の精霊魔法で我々の司令塔を務めてくれています」

（目に見えないくらい細かな風をね、飛ばすんだ。何か物にあたると掻き消えるから、それで大体の位置情報を摑むんだよ）

どうやって音を生んでいるのかノエルは説明してくれたが、面白い精霊魔法だ。

この部屋にいる精霊たちは、イズミが見せてくれた訓練場のときと違って、とても調子がいい。彼らは精霊に好かれているし、先ほどのセオの優れた剣術といい、彼らが結構な能力を秘めていることは間違いない。

「そういえば、ルークの奴は？　また街かよ」

ふと、レナードが室内を見回した。

確かに、五人と聞いていたがあと一人足りない。

「困りましたね、総会が終わるまでには戻るように言ったのですが。まあいいでしょう。もうひとり、ルーク・ウルーエルという自由人がいます。すぐふらりと消えてしまうので、手を焼いているんですよ」

ニケルは困ったと言いながら、ルークという騎士の不在を気にしていないようだ。

彼がいないのは、もはや恒例のことらしい。第十三団は、随分と個性的な騎士が揃っている。

「それでは、本題に移りましょうか。既に知らされていたことですが、S級ヒュドラ討伐の指令が正式に下りました。三日以内に出立しろとの命令です」

ニケルの報告を皮きりに、彼らの表情は一瞬で引き締まった。その瞳には、強い決意の色が浮かんでいる。

ああ、彼らは本気なのだ。

第十三団は、彼らを疎ましく思う貴族派から潰されそうになっているときいた。彼らはたった五人だとしても、S級ヒュドラに挑むだろう。それしか、第十三団が生き延びる道はないから。

才能豊かな彼らだが、私にはどこか陰があるように感じられる。それは、かつて貴族に見たものとよく似ていた。

貴族というのは優雅に見えて、小さな世界で数少ない椅子を必死に取り合っているだけの滑稽な存在だ。その椅子を獲得できるのは、大抵が生まれた順番が早い男子である。それにあぶれてしまえば、残された道は自立か服従の二つしかない。

跡を継いだ兄弟と上手く関係を築いている者もいたが、立場を脅かす存在として疎まれている者もいた。親からは、長子に何かあった時のための予備としてしか扱われない。そんな環境で育った者たちは、皆どこか同じような雰囲気を纏っているものだ。

サザンは、彼らには居場所が必要なのだと言っていた。何か事情があって、たった五人しか残らずとも、この第十三団にいるのだろう。

彼らは、自分たちの居場所を守るために、命を掛ける覚悟をしている。どんな形であれ、それは何物にも屈しない力強さと尊さがある。それは、私にはないものだった。

そんな彼らと接していると、先ほどヒュドラの名前を聞いて動揺してしまった私も、今は落ち着いて話を聞くことができそうだった。

「ヒュドラか……。情報はどれだけ挙がってんだ？」

「頭部は五つに分かれており、全長は二十から三十メートル。第八十三安全地帯から北東十キロの地点で確認された、とだけ」

「第八十三か……遠いな」

テーブルが壊れてしまったので、ニケルは書斎机の上に地図を広げた。その場所を指差したニケルに、レナードは難しい顔で唸る。

魔の森に点在している安全地帯は、森で活動する騎士や冒険者たちの活動拠点となっており、発見された順番に番号が振られている。それらを飛び石伝いに活用し、深層へと潜っていくのだ。

日中は、魔物の跋扈《ばっこ》する森の中を全速力で駆け抜け、安全地帯を目指す。

魔物の勢いが増す夜間は、安全地帯で露営をしつつ、周囲の状況を探る。

ただそれだけのことだが、彼らの表情は暗かった。

「このルートなら中継する安全地帯は六つで済みますが……数日前にA級ラミアーの

目撃情報があった場所を通らなければなりませんね」

（ちょっと大回りになるけど、第八と第二十九、第七十四って進むのは？）

「それだと、湖を横切ることになるだろ。この時期だと、湖にはケルピーが出る。遭遇したら厄介だぜ」

真剣な彼らの議論を、私は黙って見守る。私もジャックといた頃は、よくこうやって地図を囲んで、どのルートを通るか話し合ったものだ。

私はこの作業が嫌いだった。なにせ、森に入ってしまえば精霊たちが進むべき道を教えてくれるのだから。

だが、そうすることが何故必要なのか、ジャックは私に一から説明してくれた。

四方を木々に覆われた魔の森では、自分の位置を把握しつつ、魔物の襲撃に警戒するのは非常に難しい。一歩間違えれば、広大な魔の森で居場所が分からなくなる可能性もあるし、予期せぬ高ランクの魔物と遭遇してしまうこともある。事前に目的地を決め情報を集めることは、仕事の成功不成功の前に、自分の命を守るために必要なのだ、と。

だがハヤテと出会ってからは、こうやってルートを設定することもなくなった。精霊に導かれるまま進み、地上ではなく空を移動する。前は数日かけて辿り着いていた場所へ、半日で行けるようになってしまったことが大きい。

だから、彼らの姿がとても新鮮に感じられた。

「フェイはどう思われますか？」

　私が黙ったままであることに気付いたニケルは、突然話を振ってきた。だが、安全地帯伝いに移動する経験が数か月しかない私に意見を求められても、正直何の役にも立たないと思う。

　困ったな、と地図を見やったとき、驚きで目を見張った。

（これ、安全地帯が少なすぎない？）

　地図には、魔の森の大まかな地形と安全地帯が書かれているのだが、ぱっと見たところ私が知っているよりも安全地帯の数が圧倒的に少ない。

　安全地帯は比較的小規模なものが多いが、ここに書かれているのは面積の広いものばかりだ。これではルートに困るのも頷ける。

「安全地帯は、これだけですか？」

　私の質問に、彼らは不思議そうな顔をする。私は思わず書斎机に置かれていたペンを手にして、地図の前に立った。

「直接書き込んでも？」

　一応確認を取り、彼らが話し合っていた安全地帯の周辺に、私が知っている安全地帯を加えていく。

　第八十三安全地帯は私の拠点であるフヨールから五領ほど東、クービック領から北にいったところにある。普段はあまり行かないが、それでも大小を問わず三十以上もの安全地帯が新たに浮かび上がった。

一息に書き終えた私は、ペンを元の場所に戻す。

「私が足を運んだことがある安全地帯です。この辺りのことはあまり詳しくないので、本当はもっとあるはずですが……」

大部隊で駐留ならともかく、この人数なら小さな安全地帯でも不便ないはずだ。

そう思って彼らを窺ったが、何故だかあまり反応は芳しくない。

「これほど安全地帯があるとは、信じ難いですね。それに、これほど狭い土地では魔物の襲来に耐えきれないでしょう」

耐えきれないだなんて、とんでもない。安全地帯の頑丈さは、土地の面積ではなく、集まる精霊の数によって決まるのに。

彼らが渋る理由は、安全地帯に関する正しい情報を知らないからだと気付いた私は、面倒だが、一から説明することにした。

「皆さんは、どうして安全地帯に魔物が侵入できないかご存じですか」

「そりゃあ、安全地帯ってのはそういうもんだ」

「何か理由があるのですか」

(どういうこと、フェイ)

レナードはおざなりに答えたが、ニケルとノエルはこの話題に食いついた。

さて、どこまで話そうか。細かい部分は話し始めると長いので、掻い摘むことにした。

「安全地帯というのは、精霊の溜まり場です。魔物は、元を辿れば精霊の力が負の方向へ捻じ曲げられてしまった所為で生まれるもの。その力が拮抗《きっこう》しなかった場合、魔物の力が大きければ精霊はそれに引き寄せられ、反対に精霊の力が大きければ魔物は退けられる。だから、精霊は一か所に集まるんです」

自我の強い精霊ほど持っている精霊力は大きくなるようで、魔物に引き寄せられて吸収されるのは、だいたい自我の芽生えていない精霊だ。

「は？」

ニケルたちは、揃いも揃って口をあんぐりと開ける。そんなに面食らうことかなあ、と首を傾げながらも私は話を続けた。

「ですから、広さは関係ありません。集まった精霊の力の大きさが、安全地帯の強固さに繋がっているのです。とすると、精霊の集う場所は森中の至る所にある、ということです」

私が話し終えると、ニケルは青褪めた顔を片手で覆った。ノエルとレナードも、ふらりとソファーへ凭れかかる。

「もしそれが本当なら、と言いたいところですが……高雅の蒼穹である貴方の言葉なら、疑うべくもありませんね。フェイ、これは精霊の生起にまつわる重要な情報ですよ。エレメンタル・オーダーも総力を挙げて取り組んでいる課題を、こうもあっさりと解いてしまうとは……」

「え？」

拍子抜けした顔をするのは、今度は私の番だった。

精霊という存在を政治利用しているだけのハウゼント王国ならともかく、アーシブル王国の人々は、精霊と魔物の因果関係くらいは知っているものと思っていた。だが、彼らの反応からして違ったようだ。

私がアーシブルで一緒に行動したのはジャックだけ。私は精霊魔法には困っていなかったので、教わったのは冒険者としての知識に関するものが多かった。だから、思えば人々が精霊に対してどれだけの理解があるかなんて、全く知らないも同然だった。

（これは……やらかしたかな）

もしそうなら、今の話は彼らにとって衝撃だっただろう。長い間、様々な学者たちが悩んできた難問に対して、私はいきなり答えを放り込んでしまったようなものだ。

彼らに話してしまったのは迂闊《うかつ》だった。もう二度と軽々しく精霊に関する情報を流すものかと心に刻みながら、どうか追及しないでくれと内心で冷や汗を流す。

彼らの目は、この情報をどうやって得たのか知りたくて仕方がないと物語っていた。だが、私のことを詮索するなという条件を守っているのか、問い質《ただ》すようなことはしなかった。

居心地の悪い沈黙が続く。どうにか話題を逸らそうと思考を巡らせていると、周囲の精霊たちが、この場にいる誰でもない名前を呼んでいることに気が付いた。

《リアム》《リアムだ》

この部屋に向かってきているというリアムという人物は、第十三団の騎士ではないはずだ。残りの一人の名前はルークのはずだから。

バン、と低く乾いた音を立てて、扉が開く。その先にいたのは、黒髪に明るい紫の瞳をした青年だった。リアムというのは、彼で間違いない。

ニケルたちも、一斉に入口の方を向く。

先ほどのレナードの反応からして、彼らと他の騎士はあまり仲が良くなさそうだった。この騎士にもどう対応するのか、一触即発にならないことを祈りながら、私は黙って事を見守ることにした。

だが私の予想とは裏腹に、レナードは気だるそうにソファーの背に身を預けて、視線を投げかけた。

「おいルークてめぇ、作戦会議だって言っただろ。ばっくれてんなよ」

（ルーク？）

私は混乱していた。精霊は確かに彼のことを『リアム』と呼んでいるのに、第十三団の彼らは違う。

ニケルがついでにと紹介していた、ルーク・ウルーエル、それが目の前の青年なのだ。

精霊名は、生まれてすぐに精霊から贈られるという。何かしらの事情があって、その瞬間に立ち会った者がいなかったのだろうか。

事情を察した私は混乱から抜け出し、ルークと向き合った。

「ちゃんと戻ってきたんだからさ、そう怒らないでよ」

ルークは穏やかな笑みを浮かべながら、乱闘の爪痕の残る室内を見回していく。遅れたことを歯牙にもかけない様子にニケルは呆れていたが、諦めてため息を吐いた。

「本題に入る前でしたから、よしとしましょう。ルーク、こちらはフェイ・コンバーテ。今作戦に協力してくださる冒険者です」

ルークは、彷徨わせていた視線を私に留めた。だが、彼の薄紫の瞳は何も映していない。体の表面をなぞっていく怖いほどの無関心に、私は小さく身震いした。

それでも私が目を逸らせなかったのは、彼の瞳の奥に、渇望と虚無という相反する存在を垣間見たからだ。

無力感という絶望の波を漂いながら、彼は必死に手を伸ばして何かを求めようとしている。しかし、纏わり付く重りは決して彼を離さない。

諦観を装ってはいるが、目は心の奥底の感情を顕著に表すものだ。彼は心のどこかで、今も強く欲している。

ルークと私が見つめ合う時間は、ほんの一瞬だった。ルークの瞳が僅かに揺らめいて、私から視線を外す。

「それで、勝算はあるの」

　壁に備えられた戸棚からポットと人数分のティーカップを取り出しながら、ルークは議題の核心に切り込んだ。

　ニケルが出した水の玉をレナードが温めて、差し出されたポットに注がれるのを私はぼんやりと眺めていた。器用な連携だ。彼らの精霊魔法の操作力がどれほどのものなのか、これだけで窺い知ることができる。

　ニケルは、地図の傍にドサっと資料を積み重ねた。

「確認されたヒュドラは、頭部が五つに分かれているそうです。全長は二十メートルから三十メートル。五つに分かれた頭部または尾が攻撃手段ですか……」

「なら、頭と尾をぶった斬ればいいのか？」

　さもあっさりと言うレナードに、ニケルはやれやれ、と肩を竦めた。私は、安全地帯の件から話が逸れたことにほっとする。

「全長が二十メートルを超える魔物の首が、そう簡単に切れるはずがないでしょう。ですが、枝分かれした頭部に弱点があると考えるのが妥当ですね。先人たちも、それを狙ったようです」

　ニケルたちは、過去の対ヒュドラ戦から得た情報が纏められた資料を捲りながら、その特性や弱点を探していく。未だかつて、完全にヒュドラを屠った者はいない。だから、こうすればヒュドラを倒すことができる、という確実な線引きが存在しないのだ。

私はこれ以上ぼろを出さないように、聞き役に徹することにした。それに、ヒュドラに関する情報が頭に入っていく度に、ずきずきと頭が痛むのだ。

ヒュドラが、私が逃げ続けてきたジャックの死に深く関係していることは、もう分かっている。だから私は、向き合わなければならない。

(……ここ見て。ヒュドラの頭を落とすことに成功したが、ものの数分で再生した。……だって)

ノエルが指差した資料を覗き込んで、レナードとノエルはげっそりと顔を歪めた。

「どうしろってんだよ」

弱点と思えた攻撃もまかり通らず、確固たる対策方法もない。見つからない突破口に、レナードは焦りから声を荒らげる。

その場凌ぎの作戦では命がいくつあっても足りない。この人数でヒュドラを倒すには、迅速かつ確実で、確証のある事前計画が必要なのだから。

「ねえ」

ふと、長いこと資料を眺めていたルークが顔を上げた。疲労感が見え始めていた三人は、一斉に彼に注目する。

「高雅の蒼穹がいるんだからさ、彼に聞きなよ」

ルークが指差したのは、私だった。ルークに寄せられていた視線が、そのまま私に移動する。

「そうでした、つい普段のように振舞ってしまいましたね」

彼らは、いつもこうやって額を寄せ合って作戦を練っているのだろう。無理難題を押し付けられたのは、これが初めてではないだろう。この作戦会議の時間が何より大事なはずだ。

出て行ってしまったセオのことを頭の片隅で案じながら、「で、どうなんだよ、フェイ」とレナードに急《せ》かされて、資料を手に取る。だが、生憎《あいにく》とここにハヤテはいない。いつものように、魔物の弱点や特性を解説してもらうわけにはいかないのだ。

過去の経験から言えば、ヒュドラの弱点は、誰しもが目を付ける頭部に違いはない。再生するからといって、それが弱点でなくなる訳ではないのだ。

「再生が追いつかないほど早く全ての頭を落とし、それが再生しないうちに胴体を倒すしかないかと。過去の人たちは、もう一押しだった、ということでしょう」

対ヒュドラは持久戦だ。この資料に載っている王立討伐騎士団第一団の騎士たちは、やっとの事で頭を落としたにも拘わらず、それが再生してしまったものだから焦っただろう。

ハヤテなしではヒュドラの苦手な属性すら分からない。結局、決定打となるほどの答えではなく、彼らは頭を抱えた。

正直なところ、ヒュドラに有効なのは火力ではなく精度だと思う。集団での戦闘はかえって不利となる。僅かな精鋭で立ち向かった方がいいと私は考えていた。

「もう一押し……って、第一団を使ってもダメだったんだろ？」

「待ってください。確か、当時の第一団団長はサザン総長だったはずですよ」

私がそのことを言う前に、あれほど冷静に作戦を練っていた彼らは絶望に顔を歪めた。

サザンは、その並外れた総率力で騎士らの力を最大限に引き出す指揮官であった事は、私も知るところである。

だが、そのヒュドラは、先日のクエレブレのように魔力が強かったのだろう。人々の精霊魔法の使い方では限界がある。

サザンがどれだけ優れていても、精霊魔法が思うように使えないのでは意味がない。彼のことだから、勝算がないと分かると迅速な撤退を選択したのだろう。

「ララサムが言っていましたが、精霊魔法が阻害される事例もあるようです。サザンも、同様の事態に陥ったのかもしれません」

魔物にも個体差はあるが、今回標的にしているヒュドラがどれほどの魔力の持ち主なのか、憂えている部分もあった。彼らが精霊魔法を使えないかもしれない、ということだ。

私と同じことを思ったのか、ニケルはメガネを光らせた。

「それは、今回も同様の可能性がある、ということですか」

（そんな！）

ノエルも、とうとう落胆の声を上げた。そのせいで大部隊が全滅した前例があるので、不安に駆られるのも仕方がない。

「そんなに慌てないでください。目撃されたヒュドラがどれほどかは分かりませんし、もしもの場合は……私が一人で倒せばいいのですから」

「フェイは、どんな状況下でも精霊魔法が使えるんだね」

だんまりを決め込んでいたルークは、またもや痛い所を突いてきた。精霊魔法が発動できない原因をハヤテから聞いているので、ルークの言う通り、ヒュドラを前にしても問題はないはずだ。これまでも、強力な魔力を持った魔物を相手にして勝利を勝ち取ってきた。それなのに、私は自信をもって頷くことができなかった。

「そう……ですね。それが、高雅の蒼穹たる所以《ゆえん》ですから」

詮索はするな。そんな念を込めて、私は貼り付けたような笑みを浮かべる。私はあくまで、彼らに協力するだけの存在なのだ。その輪に加わりたい訳ではないし、心を許してもいない。これ以上、自分の領域に踏み込んでほしくない。

適切な距離感を保ったまま、私はこの任務を終わらせたかった。

「それでも、フェイひとりに重荷を背負わせるわけにはいきません。最悪の場合は、撤退しましょう」

反対の姿勢を見せるニケルに、私は首を振った。

「撤退しても、いずれ誰かが倒さなければならなくなる。それなら、より可能性のある私がやるべきです」

そう説明すれば、ニケルも押し黙るしかなかった。

(ひとりでも、倒せるの?)

ソファーに腰掛けたノエルは、不安そうに私を見上げた。

これまでも、圧倒的な実力差の魔物に幾度となく立ち向かってきたが、一度も負けるなどと思ったことはない。できるできないは、私にとって大した問題ではないのだ。

それよりも、どうやって連携を取っていくかを考えた方が、よほど有益というものだ。

ノエルの問いかけに曖昧に微笑んで返し、話を続ける。

「精霊魔法が使えない場合は私が一人でやりますが、今はそうでない場合を考えましょう。再生速度が分からないので、胴体との同時攻撃が欲しいです」

「んじゃあ、俺とルークが接近に回る。ニケルは中距離援護を、ノエルはいつも通り指示を頼むぜ」

「それが妥当でしょうね」

レナードの提案にあっさりと頷いた彼らは、ヒュドラの攻撃ポイントと弱点などを共有し、配置などを決めただけで、作戦会議を終えてしまった。

もっと詳細な計画を練るものだと思っていた私は、拍子抜けすると同時に安堵した。

魔物は危険度が高くなるにつれて、想定外が起こる。攻撃パターンなどの細かな作戦は、むしろ足を引っ張るのだ。行き当たりばったりと言われればそれまでだが、私は戦法に基いた訓練を行っていないので、突然その場面に放り込まれても、上手く連携を取れる自信がなかった。

彼らは、私と考え方が似ている。

（レナードが火属性、ニケルは水属性、セオと僕が風属性でルークが土属性。結構バランスが取れてるんだ）

少人数のパーティーにおいて、究極の構成だ。そして、ノエルという司令塔がいるからこそ臨機応変な戦闘形態を可能としているのだろう。

だが、ふと違和感を覚えた。

（あれ、セオは？）

さも当然のように、セオは作戦に加わらなかった。誰もそれを気にする様子を見せない。当の本人は既に部屋を去ってしまっているし、タイミングを逃した私は聞くに聞けず、胸の中に若干の懸念を抱きながら、任務に挑むこととなる。

四章　出立

目的地である第八十三安全地帯へ向かうために、アーシブル王国の西側にあるクービック辺境伯領を経由する。王都からクービック領までおおよそ三日かかるといわれて、私は現地集合にしてくれと頼んだ。魔の森ならともかく、人里近くを駆けるにはハヤテは目立ちすぎるからだ。

彼らと合流して間もなく、私たちは魔の森へと進入した。目指すのは、クービック領から三番目に近い第二十二安全地帯だった。

ハヤテには申し訳ないが、彼らと歩調を合わせるために地面を駆けてもらっている。ハヤテは私が何の指示を出さずとも歩を進めてくれるので、視界の悪い森の中でも苦ではなかった。

林立する木々が太陽の光を遮り、まだ早い時間帯というせいもあってか辺りは薄暗い。

これまでに測定された範囲での魔の森の構造図によると、ここはまだまだ入り口に過ぎない。ただ、一時間ばかり馬を走らせれば、周辺に現れる魔物の脅威は、表層部に比べて格段に上昇する。

　人里近い麓に蔓延るF級E級のスライムやゴブリンやコボルトなどは主に集団で行動するので、もし遭遇しても馬の駆ける勢いで蹴散らしてしまえば良いが、C級B級ともなるとそうはいかない。

　避けるのが一番だが、もし遭遇してしまった場合は立ち向かうか、安全地帯まで逃げ延びるかの二択しかない。彼らには、空への退路はないのだ。

　行き先を見失わないよう一定の方角を目指して、ひたすらに馬を走らせていた。私はハヤテに身を委ねながら、風にはためく外套越しに、緊張感が漂う第十三団の面々の背中を見つめた。

　これまでに見た王立討伐騎士たちは、全身に鎧を纏っている印象があった。ギルドの冒険者たちも、全身装備の方がより実力者であるという風潮だと思われた。

　だが彼らは、ヘルメットはおろか、顎や大腿《だいたい》の部分の装備を省いているようだった。ガントリットやグリーブは、革製の簡易なもので代替されていた。

　資金的余裕がないというよりはむしろ、機動性を重視して、あえて装備を軽くしているのかもしれない。

　随分な速度を出していても、全員が離れることなく疾駆していられるのは、ノエルが指示を出して統率しているからだ。加えて周囲への索敵も併せて行っているものだから、彼はほんとうに大した技量だと思う。

（直進方向に魔物がいる、大きい！　みんな右に旋回して！）

安全地帯でないが少し木々の開けたところがあり、一行はそこを通過しようとしていたが、ノエルの指示で右に逸れる。

《あそこにいるのはキュクロプスだ。下手をすれば、やられるぞ》

ハヤテに、そうだね、と返す。ノエルはその存在、大きさは感知できるが、特定まではできないのだ。

キュクロプスは確かA級、一つ目の巨人だ。数ある巨人型の中でも危険度は高い。なぜなら、その巨体に見合わない身体能力と反応速度を併せ持っているからだ。

正直なところ、あまり会いたくない相手だった。

ノエルの指示通りに、かなり迂回したにも拘わらず、その先にキュクロプスは廻り込んだ。

魔物の動きが分かっていても、対応できなかったノエルは絶望的な顔をした。咄嗟に手綱を引いて、馬を止める。四人も、焦りで歯を嚙み鳴らした。

「くそっ、ここでA級かよっ！」

魔物がよってこないか、周囲の気配を探りながら、巨大な魔物を睨《ね》め付ける各々。

いつもなら逃げ出しているところだが、今回は諦めるしかなさそうだ。この状況を切り抜けるのに最も適した精霊魔法の使い手がセオであると判断した私は、彼の隣へ向かい、小声で呼びかける。

「……セオ、目を潰せますか？」

セオはキュクロプスを注視したまま、反応に困ったように瞬《しばた》いた。彼とは初対面のあの時から口を利いていないので気まずいのは山々だが、背に腹は変えられない。

「あのでかい目を突き刺すだけでいい。後のことは考えないでください」

キュクロプスの顔の大半を覆う、小岩ほどの大きさの目玉。その大きさの通り、視界の及ぶ範囲は広い。見えるところでの、奴の反応速度は脅威だ。

この態勢から死角を狙うのは不可能なので、そうなれば、正面から突くのが一番手っ取り早く確実だといえる。

ただ、私がそれをやると、第二撃を入れるのが厳しい。だから単独で活動している私は普段、キュクロプスの相手だけはしないのだが。

キュクロプスは、あの大きな目玉をただ無防備に曝《さら》け出しているわけではない。その防御に絶対の自信を持っているからこそ、瞬きもせずに平然としているのだ。

あの身体能力と精霊魔法を持つセオなら、第一撃を任せられる。セオ以外に適任はいない。

「じゃあ、頼んだ！」

彼の返事を待たずにハヤテと共に後方へと一旦下がり、地面へ足をつけた。

セオはやれやれと肩を竦めて、馬から降りる。そして腰に佩いていた剣を、鞘から抜き放った。

セオの呼吸に合わせて、自然の風とは違う何かがその焦げ茶の髪を揺らす。

剣が放つ鈍い輝きに激昂して、キュクロプスは足を踏み鳴らした。

「ちょっ、セオ!」

レナードがあげた焦りの声を口火に、セオはその場から消え去った、ように見えた。

正確には、精霊魔法で加速を乗せ、一直線に攻め入ったのだ。

ノーモーションからのあの加速、そしてその速さを完全に制御するセオに目を見張る。先日の私との対戦は、彼にとってほんの肩慣らしに過ぎなかったのだと今更思い知った。

しかし、それを上回る反応速度を見せたキュクロプスは、目玉を守ろうと咄嗟に片手を振り翳《かざ》した。

(まずい)

と思ったのも束の間、セオはふと空中でスピードを緩め、目元を覆うようにして振り上げられたキュクロプスの腕に飛び乗った。そして狙い通り、キュクロプスの瞳の中央に剣を突き刺す。セオは剣をそのままに、目玉を蹴って地面へと転がり落ちた。

傷口から青色の体液がほとばしり、魔物は大きく仰《の》け反《ぞ》りながら、痛みと怒りから咆哮をあげる。

「ああああああああぁぁぁ……」

セオがキュクロプスの視界を潰したのを確認し、私もミスリルの剣を抜き放って地面を蹴る。一瞬でその巨体に詰め寄り、首の高さまで飛翔した。

剣を振りかぶり、そのまま横に斬り結ぶ。キュクロプスの外皮はそれほど硬くない。切れ味の良いこの剣のおかげで、いとも簡単にキュクロプスの首は落ちた。

耳をつんざく叫び声を間近で受けたセオは、苦痛に顔を歪めた。が、斬撃が真一文字に閃《ひらめ》いたと思えば、その声は次第に尻すぼみになり、後方へと吸い込まれていく。

ドサッ、と二つの身が同時に地面に倒れこむ音がした。

私は地面に転がる頭部から剣を引き抜いて、滴る青い体液を振り払う。地面に膝を付けたまま呆然とするセオに、その剣の柄を前にして差し出した。

「見事でした」

まるで公爵令嬢の時のような高飛車な言い方になってしまった。でも仕方ない、なんだか心臓がドキドキと早鐘を打っているのだ。

一人で戦ったときの、虚しさも呆気なさもない。今あるのは言葉に表せない、けれども確かな高揚感だけだ。

私とセオの元へ、まず彼の愛馬が駆け寄った。それに四人とハヤテが続く。

「巫山戯《ふざけ》んなよ、セオ！　急に突っ込んで行くから、心臓止まるかと思ったぜ」

「いやはや、大した連携だね」

（セオ……）

感嘆する三人とは別に、ノエルは眉根を下げて心配そうにセオを見やる。セオは憂いをたたえた笑みを浮かべて「ああ」とだけ答えた。

キュクロプスの討伐証明部位である目玉を回収し、魔結晶石を破壊する。その後すぐにそれぞれ騎乗しながら再び走行の態勢に入り、先頭のセオは真っ先に駆け出す。安全地帯外で長時間立ち止まるのは危険だということもあるが、セオの表情は晴れていなかった。

大活躍したばかりだというのに浮かないセオだったり、心配そうにするノエルだったりと、気になることが山ほどあるが、置いて行かれないように慌てて私も後に続いた。

キュクロプスを倒してから、一定の方角を目指してひたすらに馬を走らせていた。だが、彼らの背中には張り詰めた緊張感が漂っている。

私たちは今、二十を超える魔物に追われていた。しかしこれは、魔の森の奥地ではよくあることだ。魔の森に生息する魔物の中には、馬並みに速く走ることのできるものが無数にいる。なので、ハヤテのような駿足で駆け抜けない限り、私たちは魔物にとって獲物の対象となり追われ続けることになるのだ。

精霊の言うところでは、安全地帯は近い。だが、焦りが募るのは仕方がない。

《焦るな、もう直ぐだ》

ハヤテは悠々としているが、地面は所々ぬかるんでいて足が取られるだろうし、迫り来る木々を縫って走っているので、追われるという精神的負担も重なって、彼らもそろそろ疲弊してきているはずだ。

せめて助力になればと、進路を妨害する魔物を風の精霊魔法で吹き飛ばし、剣で薙ぎ払う。

すると、すれ違いざまに魔物を切り伏せながらルークは口笛を吹いて一言「やるねえ」と、レナードはくるりと振り向いて親指を立てる。

案外彼らは余裕のようだ。ハヤテと精霊の言う通り、すぐに視界が開けて眩しいほどの光が降り注ぐ。

後ろではギャアギャア、と魔物が鳴き喚《わめ》きやがて諦めて散っていった。前ではニケルがレナードの頭を叩いて「移動中は集中を切らすなと、何度言ったらわかるんですか？」と静かに怒っていた。

「なんだよ、ルークだって……」

レナードが言い訳がましく言いかけるが、ニケルのひと睨みであっという間に口をつぐむ。

魔物の脅威が完全に去ったのを確認して、五人は呼吸を整えながら地面に降りた。愛馬の労を労いながら、鞍《くら》を外す。

第二十二安全地帯と指定されているここは、見渡す限りに草原が広がっている。魔の森の中であることが嘘のような冷涼な風が吹き抜け、火照《ほて》った体に心地よい。

私は顔にかかったプラチナブロンドの髪を掻きあげた。

彼らは自分の愛馬の世話を一通り済ませると、一歩離れたところからハヤテを食い入るように見つめる。

クービック領では合流してから直ぐに出立したので、幻獣という存在を側に感じていながら、もどかしさを抱いたままだったのだろう。

(わあ……)

「これが、幻獣ですか」

「すげーな、やっぱ」

口々に感嘆の声を上げる。普段は冷静なニケルやルーク、セオも心なしか興奮しているように見えた。しかし、彼らはハヤテを前にして驚きこそすれ、恐れたり敬遠したりはしない。街の人々とは大違いだ。

思えば、それは私に対してもそうだった。

人々は、私を囲うように引かれた線から一歩も踏み込んでこない。まるでそこだけが別世界であるかのように、遠巻きに眺めるだけだ。私がギルドに立ち入れば、人々は私を避けて道ができる。噂話はするが、面と向かって話しかけてくるのはヒースやリリスなど一部の冒険者と、サザンくらいだった。そんな彼らでさえ、瞳の奥には遠慮と敬遠が見え隠れしているのだから。

だが、何故だろう。彼らにはその隔たりを感じないのだ。最初は緊張感が漂っていたし余所余所《よそよそ》しくもあった。それが多少の遠慮はあるものの、まるで友人のように気安く接してくれる。

ハヤテは澄ました顔をして、両翼をパタパタと軽くはためかせた。いつまでもハヤテを眺めてはいられない。

まだ日は出ているが、今日はこの安全地帯で夜を明かすのだ。日が暮れる前に野営の支度を整える必要があった。次の安全地帯までは半日かかる。到着叶わず夜を迎え、魔の森を彷徨うことは自殺行為以外の何物でもない。

「無理をしないこと」それが、魔の森で生き延びる鉄則だ。

「さて、役割の分担をしましょうか」

もしものときの逃げ道と避難場所さえ確保していれば、ある程度魔の森に入ることは可能だ。少し休憩して、まだ時間があるとセオとルーク、レナードは名乗りを上げた。

「偵察がてら、夕食になりそうな魔物でも狩ってくるよ」

「あ、僕も行こうかな」

「美味《うま》いやつを頼むぜ。俺は、薪《まき》でも取ってくっか」

任せきりもなんだと、彼らに続いて私も腰を上げると、レナードに付いていくようにニケルに頼まれる。

森はすぐ近くにあるのだから、薪拾いなんてすぐに終わりそうなのにと不思議に思いつつも、木々の間へと向かってしまったレナードを慌てて追いかける。

「レナード！　私も行きます」

馬で行かないのは、鬱蒼とした森では小回りが利かないのと、もし馬を失ってしまった場合に森からの脱出が困難になるからだ。

それに、長距離を走る彼らはしっかりと休めなければならない。水の精霊と契約しているというニケルが水を用意しているのを後目に、レナードに駆け寄った。

「日が暮れるまでには戻ってきてください！」

外に遊びに行く子どもを見送る母親のようなニケルの台詞に、隣を歩くレナードは吹き出した。

「分かった分かった。それじゃあ、俺たちが帰るまでに野営の支度進めておいてくれよ、お母さん」

移動時の無駄な荷物を減らすため、食事は魔の森に住む獣の中で食べられるものを狩ったり、生えている植物を摘んだりして腹を満たすことが多い。ここ最近は日帰りが多かったので、不謹慎ではあるが野営は楽しみでもあった。

私は精霊の情報を頼りに、なるべく魔物と遭遇しないように避けて歩く。いまのところ警戒するべき大きな影はないが、血の匂いは魔物を引き寄せる。それに、個々の力が弱い魔物でも、集まられると面倒だ。

それでも時折襲いかかってくる魔物を斬り伏せながら、私たちは鬱蒼とする草木を掻き分けて進む。等間隔で枝に傷をつけているので、迷うことはないだろう。

「今日はやけに魔物が少ねぇな……」

ふと、渋い顔をしてぼやいたレナードに、私は安心してくださいと声をかけた。

「この辺りには、D級ほどの魔物しかいません。あ、近くに川がある！」

サアアア、という水のせせらぎの音が耳に入る。走って駆け寄ると、少しだけ気温が下がった気がした。

途端に、私は喉がカラカラなことに気付く。今日の分の飲料水は持ってきていたのに、休憩に入った時に飲むのを忘れていた。水辺に駆け寄り、透き通った澄んだ水を手で掬って口元へ運ぶ。

「おい、ちょっと待てよ！」

追いついたレナードが、何を思ったのか慌てて私の肩を押した。体は前につんのめり、掬った水は零れて小石の地面に吸い込まれていった。

「お前、本当に冒険者かよ？」

レナードは信じられないといった顔をした。私はむっとして眉を顰める。

「どういう意味ですか」

「ここは魔の森だ。食べられそうな木の実が食べられるとも、流れている水が正常とも限らねぇ。確認もしないで口にしたら死ぬ……って常識だろ？」

そんなことは、ジャックから耳にタコができるほど教え込まれた。しかし、ハッとしたように顔を上げる。どちらかと言えば、ジャックは私の突拍子もない行動を容認していた。だが、魔物の足跡の見分け方や魔の森での食糧調達の方法など、私に常識としての知識を教えることを止めはしなかった。

だが、人と関わることなく過ごした三年間のうちに、私はそれを忘れてしまっていた。

もし食べようとしているものが有害なものなら精霊たちが私を止めたし、周囲に魔物がいたらその特徴や倒し方を教えてくれたからだ。この川の水を飲もうとしたときも精霊は私を止めようとしなかったから、私は安心しきっていた。

そうして、私は自分で考えることをしなくなっていたのだ。一人の生活に不満はなかったが、こうやって、人として大切なことを見失ってしまっていた。彼らと共に行動することで、その事実を思い知らされる。

『このまま何もしなければ、気付かないうちに破滅の路を歩んでしまうことになる』

あの日のサザンの言葉が脳裡に過った。確かに、精霊たちの力に頼りきっていた私は、危うく見えたことだろう。

「そう……ですね。止めてくれてありがとう」

愕然として項垂れる私を、考え込むようにしてレナードはしばらく見つめた。彼の赤い髪が、風に吹かれて揺れる。

「あ、いや。悪い、余計なこと言ったな俺。フェイは一流の冒険者だって分かってんのによ」

　レナードはバツが悪そうに頭を掻くと、何を思ったか片膝をついて川の水を両手で掬い、ゴクゴクと飲みほした。

「確かに、これは美味いぜ。ここが魔の森だって忘れちまうくらいだ」

　レナードは、振り向きざまに口角を上げて笑った。がさつなところもあるが、彼は人の変化に聡《さと》い。周りの雰囲気が悪い方へ向きそうになると、彼は自分をだしにして人々の気をそらせるのだ。

　出会いは微妙だったが、精霊に好かれていることもあってか、彼の印象はなかなかだ。

「なあ……セオのことなんだけどさ」

「……？」

　言い淀ませながら、セオの名前を出す。

　セオに、何かあっただろうか。いや、彼について聞きたいことは山ほどあるのだけれど……。

「あいつのこと、気を悪くしないでくれねぇか。なんつーか、とりあえず戦いたい？だけなんだわ」

　あの時のことは、それは驚いたけれど、別に気を悪くなんてしていない。ただ、気になるだけだ。剣を収めた後に見た、彼の心の揺らめきが。

「戦う事が好き、ですか。私には……どちらかといえば、固執しているように思えました。それほど楽しそうではありませんでしたしね」

そう、あの時の彼にあったのは、執着心だ。

戦わなければならない。

もはや義務でしかないその根源に気づかず、剣を振るうことが悦《よろこ》びだと思い込む。

戦っていなければ、自分の存在意義が失われてしまう、そんな様な。

私の言葉に、レナードは瞠目した。

「やっぱすげーわ」とハハッと乾いた笑い声を上げ、そして意を決したように私に向き合う。

「セオは、マイヤーズ家の出身なんだ」

「マイヤーズ家……」

マイヤーズ家は、十四ある辺境伯爵の一席を拝命している大貴族だ。

辺境伯爵は、魔の森に直接面する危険な領地を治め、国を魔物から守る防壁の役割を担う。領地を上げて魔物の討伐に勤しみ、冒険者ギルドへの依頼もマイヤーズ家からのものが多い。私が所属するギルド蒼穹の魂が位置するフヨールがあるのも、マイヤーズ領だ。

「セオはよ、精霊魔法の操作力はずば抜けてんだが、大規模には発動できないんだわ。

みんな、危険度の高い魔物には威力重視、みたいなところがあるだろ。だからセオは、才能なしだと家から見放されたんだ」

レナードは静かにそう言った。

契約した精霊の力をどう使うかは、基本的に自由だ。ただし、精霊魔法を制御できる年齢であることが推奨されている。

マイヤーズ家では、一族の子どもが四歳になった時から本格的な訓練を始めるのだと聞いたことがある。

セオはそんな幼い頃からずっと、劣等感と孤独を抱かなければならなかったのか。

家という柵に囚われて、私と同じように人生を大きく狂わせてしまう人がいる。この国でも、家という縛りから逃れることはできないのか。

セオは強い。戦い方次第で、十分に高ランクの魔物と渡り合えるくらい。

彼の精霊魔法は地味だし、対人戦なら有用かもしれないが、魔物と対峙するには些《いささ》か威力が足りないように思えるかもしれない。

だが、あれほどの精霊魔法の使い手は、作戦の突破口にもなり得る、非常に価値ある存在だ。

才能がないなんて、とんでもない。足りないのは、彼の才能ではなくマイヤーズ辺境伯の見る目だ。マイヤーズ辺境伯、なんて愚かなんだ。

眉根を寄せて静かな憤りを浮かべる私に、レナードは続けた。

「守護騎士団で燻《くすぶ》ってたあいつは、引き抜かれて討伐騎士団に入ったんだけどよ。上位級の魔物とは戦えない、って雑魚の露払いばっか背負いやがって。だから、今日あいつがA級に突っ込んだとき、マジでビビったんだわ」

キュクロプス戦で、私が指示を出したときのセオの困ったような顔を思い出す。

無茶を、させたのだろうか。でも、セオならできるという確信が私にはあった。彼はもっと自信を持っていい。

魔物と渡り合うだけの力がない自分は弱くて、その所為で家からは見放されて。強くならないと、弱い自分は認めてもらえない。そうやって育てられた彼は、囚われているだけだ。

だから、何かきっかけがあれば、彼は変われるはずだ。

自分の能力を最大限に活かして、人と戦うにしても魔物を相手取るにしても、誰にも文句を言わせないくらい強くなれる。

「俺たちは、あいつが苦しんでるのを見ていることしかできねぇ。不甲斐ないよなあ、仲間なのによ」

レナードの言葉が、私の胸に突き刺さった。

彼らは、お互いに抱えているものを背負い合おうとしている。だが、自分にも余裕があるわけではないから、結局共倒れになっているのではないだろうか。

私という異質な存在が現れたことで、何かが変わろうとしているのかもしれない。

それが、私の意図したことでなくとも。

　空を見ると、そろそろ日が暮れてきた。日が完全に沈み一帯が暗闇に包まれたとき、それは魔物が勢力を増すときだ。そうなれば当然のこと、命が危ない。

　さすがの私も、夜間の魔の森では活動したくない。安全地帯でじっとしているのが得策である。

　レナードも茜色に染まった空を見上げて、顔を顰めた。

「やっべ、戻んねぇと」

　来た道を迷うことなく進んでいく彼は、流石だと思う。だが、彼は当初の目的をすっかり忘れている。薪を集めてくるために、わざわざ森に入ったのだということを。

　まあ長話をしたせいで、ついつい忘れてしまったのだろう。

　仕方がないので少し走るペースを落とし、地面に落ちている枯れ枝を風の精霊の力を借りて集める。

　精霊の情報では、ルークが見事コカトリス二体、セオがオークを一体狩ってきたというので、これがないと困る。

　オークは人々が食べる肉の代表で、コカトリスは飛ばない鳥にトカゲのような尻尾を付けた不気味な魔物だ。食肉になるオークなどの魔物は大量討伐の依頼が常時出ているのだが、コカトリスは出回っていないので食べたことがない。

「しまったあああ！」

私が安全地帯へ戻ると、一足早く到着していたレナードの叫び声が聞こえてきた。頭を抱えるレナードと、呆れ顔で仁王立ちするニケルの図。何を叫んでいるかは一目瞭然だ。

「全く、何のために森に入っていったんですか。森に入って薪を拾う時間はもうありませんよ」

すっかり日が暮れた空を仰ぎ見る、ニケルが醸し出す威圧感が怖い。と思ったのは秘密にして、私はニケルの肩をトンと叩いて後ろを指差した。

「ちゃんと拾ってきました。足りますか？」

その薪の山を見て、ニケルは若干口元を引き攣らせながらメガネを上げる。

「十分ですよ。さあ、レナード、薪を並べてください。セオとルークが解体している間に火を熾《おこ》しましょう」

十分すぎだぜ、と言いながらレナードはこちらを向いて親指を立てた。ニケルの小言を回避できてよかった、とでも言いたそうな顔だ。

この時、なぜニケルが私にレナードについて行くように言ったのか、分かった気がした。

ニケルは袋の中から短い棒状の金属を取り出すと、レナードが組み上げた木々に向ける。

「これの実験を頼まれていますからね。試してみましょう」

「ああ、そうだな。ここじゃねえと使えないわな」

二人は納得した様子だが、私は首を傾げるばかりだった。ニケルは金属の棒を薪に近付け、集中するように目を瞑った。

……何か、起こる。精霊たちが騒めくのを感じて、私は小さく息をのんだ。

それは、私が精霊たちに語りかけたときの反応とどこか似ている。違うのは、反応を示しているのが火の精霊のみであるという点だ。

《なにこれー》《面白いね》

《協力するよー》

ニケルが契約しているのは水の精霊のはずだ。だが、彼によって火の精霊は反応を示している。そして、数秒後には小さな火の玉が生まれ、木々に着火した。

彼が手にしている金属の棒が、この摩訶不思議《まかふしぎ》な現象を引き起こしているのだろうか。

「ニケル、その棒は……」

恐る恐る問いかける。あまりにも驚いた私は、声が震えていた。

精霊たちの反応など知らないニケルは、何でもないことのようにその棒を私へ差し出す。

「魔道具ですよ。違う属性の精霊魔法が使えるという画期的な発明です。研究段階にあるので、如何せん制御が難しいのですよ。まだ試験運用中ですしね」

「実践投与は、まだ厳しいって感じだな」

レナードは、その火力や精度などを分析して、残念そうに首を振った。

だが、この魔道具の仕組みを一瞬で理解した私は、感動に打ち震えていた。これは、精霊と人間を『契約』という形ではない新たな方法で繋ぐ、革新的な発明だ。

魔道具は、私と同じように契約の有無に拘わらず精霊に助力を求める作用がある。ただし、属性という縛りはあるようだが、精霊は反応を示しているのだ。そもそも、精霊にとって人間との契約など大した意味はなく、周囲の精霊は求められればいくらでも力を分け与える。

だが、制御が難しいと言っていたように、魔道具の使用者と精霊との間で、力の受け渡しが上手く行われていないようだ。人間が精霊の存在を感じ取っていないというのが大きいだろう。

それでも、人々が契約という小さな枷《かせ》から解き放たれる、素晴らしい発明だと思う。

魔道具に感服している間に、魔物の解体を終えたルークとセオが戻ってきた。火は十分なほど燃え盛っており、切り分けた肉を枝に刺して炙《あぶ》る。

ちょっぴり期待していたコカトリスの肉は美味いといえば美味いけれど、何というか、どことなくパサついた感じがした。ハウゼント王国で食べていた鶏の味によく似ている。

アーシブル王国では豚や牛などの家畜の肉よりも、オークなどの魔物の肉を食べることの方が多い。魔の森という無限の供給場があるのだから尤《もっと》もかもしれないが。

ともかく、アーシブル王国で鶏の肉を見かける機会はほとんどなかった。そんな中、懐かしい味に出会ったと小さな感動を噛みしめる。

オーク肉は言うまでもなく、こんがりと焼けた肉から肉汁が滴っていて、味は何物にも例えがたい。ただ独特の臭みが少しあるので、調味料は欠かせなかった。

するとし、両手に肉を持ったレナードが、ノエルに片方のそれを差し出した。

「おいノエル、ちゃんと食わねぇと後がキツイぜ」

ノエルは先ほどからじっとしたままだったが、何かに集中するように一点を見つめていた。それに気付いたニケルは、レナードを押し退《の》けてノエルの反応を待った。

「何か分かりましたか？」

コクリ、とノエルは頷いた。

（うん。安全地帯の周りにいるのは、魔物が百体ちょっと。少なくとも上級の魔物はいないみたい）

「そうですか……」

第十三団の参謀ニケルは、メガネを押し上げながら安心したように頷く。特定はできないようだが、何処にどれほどの大きさの魔物がいるか、ということが分かるようだ。ノエルの精霊魔法で魔物の気配までも探れることに驚くが、私が精霊から集めた情報と相違なかった。

「それでは、明日以降の細かな行程と作戦を、再度確認しましょう」

焚火《たきび》の周りに座り込んだ私たちは、ニケルのその呼びかけに、広げられた地図へと視線を向けた。

「いま我々がいるのは、第二十二安全地帯です。明日目指すのは、第二十九安全地帯。中継地点として……」

ニケルが指差したのは、木々が開けた場所ではあるが、地図の上では安全地帯として指定されていない場所だ。

私は、精霊の声が集まっている所があれば「あそこは安全地帯だな」と判断できるが、彼らはそうはいかない。だが、彼らは私を信じることに決めたのだ。

――信用されている。

たったそれだけのことで、彼らから受け入れられているように感じてしまう私は、単純なのだろうか。

心に浮かんだ戸惑いを消化できないまま、ニケルたちの話は進んでいく。

「今日のキュクロプスのように、何が起こるか分かりません。みなさんは注意を怠らずにいてください」

(今日はごめん。僕の判断が甘かったから、みんなを危険に晒してしまった)

しょんぼりと項垂れるノエルの背中を、ルークはそっと叩く。

「気にしないでよ。フェイとセオの適切な判断と対処で、事なきを得たんだからさ」

ルークとは対象的に、レナードはバシバシと勢いよく叩く。

「緊急事態は、何も今日に始まったことじゃねぇだろ？　B級のサラマンダーを囲んでた時に、実は俺たちが囲まれてました、なんてこともあったしよ。あれは流石に死ぬかと思ったよな」

レナードは面白おかしく言っているが、笑いごとではない。

魔物に囲まれる、退路を断たれるということは、絶望以外のなにものでもない。これが二十人規模の部隊であれば周囲の魔物を掃討する人員を割けるのだが、たった五人ではそうもいかない。

ニケルにフォローされた矢先に、昔の傷をほじくり返されたノエルは、ますますがっくりと項垂れる。

「ふふっ」

焚火越しに彼らを眺めながら、自然と笑みが浮かぶ。

（ああ、なんだか良いな、こういうの）

何とはなしに覚えた感情に、私は目を見張った。ドクン、と心臓が音を立てる。私は今、彼らとこうやって過ごすことが楽しいと、そう思ったのだろうか。

任務が始まる前は、彼らに深入りはしないと決めていたはずだ。ジャックの死と向き合うきっかけになればいい。ただそれだけの動機だった。それが今ではどうだろう。

この任務が終わって元の生活に戻ったとき、一人で行動することを物寂しく思うのだろうか。

私の零した笑みを目敏《めざと》く見つけたレナードは、不敵な笑みを浮かべながら腕を組んだ。

「ほーら、フェイの奴も笑ってるぜ」

(もう、悪かったってば!)

頬を膨らませるノエルは、どちらかといえば可愛らしい顔立ちなので、むくれても愛嬌《あいきょう》が増したように感じる。

「つーかよ、フェイはソロの冒険者なんだろ? よく一人でやってけるな」

突然、話の矛先が自分に向けられたことに肩が跳ねた。その手の話題は正直苦手だ。

と考えている間に、ノエルが反撃の狼煙《のろし》を上げた。

(レナードはフェイに興味津々だねぇ)

「なっ、テメっ」

お返しとばかりに口角を上げるノエルに、レナードは慌てふためいた。

「高雅の蒼穹と共同作戦だと聞いた瞬間に、飛び上がって喜んでいましたからね」

口の達者なニケルも参戦して、レナードは窮地に追い込まれていく。結局、逃げるようにレナードは私の元へと視線をやった。

「そんで! 何でフェイはそんなに強いんだよ」

「……えっと」

レナードの期待に満ちた眼差しが突き刺さる。今まで目を伏せていたセオまでも、視線をよこした。

何て言えばいいんだ。

いろんな精霊が力を貸してくれるからです、なんて言うわけにもいかず。かといって、魔物を相手取るのは精霊なくして有り得ない。考えれば考えるほど、うまい具合に答える方法が分からなくなっていく。いつもなら上手にはぐらかす言葉や、曖昧な返事が浮かんでくるというのに。

「……何ででしょう？」

悩んだ挙句、誤魔化すようにしか答えられなかった。彼らに嘘を吐いたり、騙《だま》すような真似はしたくない。そう思ってしまう自分が、私を混乱させた。

あやふやな私の答えに、レナードはガクッと項垂れた。

「ちぇ、フェイのいけず」

「諦めなさい、レナード。何か秘訣があるからこそ、フェイは単独でも魔の森を生き抜いていられるんです。我々も少人数で魔の森に挑む身、その秘訣を知りたいという気持ちはわかりますが、これ以上は不躾《ぶしつけ》というものです」

くいっとメガネを直しながら、ニケルは口角を上げた。

ニケルの言葉に、レナードはすごすごと引き下がる。ニケルに反論しても、どうせ倍の応酬があることを分かっているからだ。

詮索しないで欲しいという主張を、彼らは尊重してくれている。

「さてと、明日は日の出とともに出立です。見張りは一時間ごとに交代しましょう」

ポン、とニケルが手のひらを打ち、私たちは火を囲って横になった。

硬い地面で寝るのは肩がこるが、私は嫌いではない。魔の森から見上げる夜空は、街から見えるものよりも格段に輝いている。それを眺めながら考え事をしているうちに、眠りの底へと落ちていったのだった。

§§§

夜が明けると同時に、一行は第二十二安全地帯を離れた。昨日と同じように、ただひたすらに木々の間を駆け抜ける。相変わらず魔物の気配をそこら中に感じるが、昨日よりも気が楽に感じるのは、この状況に慣れたからだろう。

高ランクの魔物に行く手を阻まれることもなく、昼頃には一つ目の安全地帯へ辿り着いた。そこで小休憩を取り、またすぐに出立する。

だが、私たちはここで足止めをくらってしまうことになった。それまで雲ひとつない快晴だった空が突然曇りはじめ、雨が降り出したからだ。最初は時たま肌に当たる程度だったが、次第に雨脚は強まっていく。

土砂降りの雨の中を移動するのはリスクが高い。視界が遮られ、叩きつける雨粒は容赦なく体力を奪っていくからだ。そんな環境で魔物と見《まみ》えるのは無理がある。

　彼らは恨めしそうに空を見上げて、仕方なしに野営の支度を始めた。

「くっそ、二日間も足止めかよ」

　慌てて拾ってきた薪の湿気を取りながら、レナードは悪態を吐いた。風の精霊魔法で雨除《あめよ》けを作りながら、ノエルは肩を竦める。

（仕方ないね）

「二日？」

　納得しているノエルと違って、私は首を傾げた。雨が上がれば移動できるのではないのか。キョトンとする私に、レナードは「またか」と呆れた目を向ける。

「地面がぬかるんだままだと、思うように走れないだろ？　ほどほどに乾くまで待つんだよ」

「ああ、そうでした」

　この三年の間で、常識とのずれは広がるばかりだ。レナードはぶっきらぼうだが、こうやって丁寧に教えてくれる。私はにっこり微笑んで頷いておいた。

　ノエルは不思議なものを見るように目を丸めた。珍しい表情だと思いつつも、原因は私の無知だと分かっているので何とも言えない。

　気まずくなった私は、彼の視線から逃げるように周囲を見渡した。人々に安全地帯と認定されるほど広くないが、閉塞感もない。草原を進んでいくと、そこは断崖になっていた。下を覗くと地面が目視できるほどなので、そこまでの高さはない。

てきぱきと食事の準備を進めるニケルと意識を研ぎ澄ませているノエル。セオの姿が見えないが偵察にでも行ったのだろうと、私は地面の縁に腰を落として脚をぶらつかせる。後ろから付いてきたハヤテも、生い茂る芝生の上に膝を折った。

雨は降ったり止んだりを繰り返して、不安定な状態が続いている。今は降っていないが、辺りには水たまりができているし、鼠色の雲に覆われたせいで昼間だというのに辺りは薄暗い。

ふと、遠くの方でゴロゴロ、と空が低く音を立てた。風に乗って、湿気を含んだ雨の香りが届く。もうひと雨来そうだ。

どんよりとした空気が、気分を憂鬱にさせる。安全地帯にはけっこうな数の精霊が集う。普段はほとんどを聞き分けているが、安全地帯では精霊の言葉が濁流となって押し寄せてくる。脳の処理能力の限界を超えた言葉の認識は、自分で思っているよりも精神的な負担がかかるのだ。

力なく項垂れて、深く息を吐き出す。

何処にどんな魔物がいるとか、どの精霊が何をしただとか、情報は膨大だ。

その中から、私はひとつ気になることを聞いた。

《けんかしてるねー》

《風のと水のがけんかしてるー》

《風のがちょっかい出したんだよ》

《大きいのが来るね！》

するど、曇天に細い青紫の光が走り、吸い込まれるように地面へと伸びていくのが見えた。本当に一瞬のことだったが、その鮮やかと眩さに視線が吸い寄せられる。

ドッゴゴゴゴンッ‼

あっと思ったのも束の間、光に少しだけ遅れて、耳をつんざく轟音が周辺を支配した。その炸裂音《さくれつおん》に、空気が震える。

距離は離れている。それなのに、この凄まじさといったら、言葉では言い表せない。光は瞬時に消え去ったが、代わりに、光が落ちたその場所から炎が立ち上りはじめた。あの光に、それだけの威力があったことが窺える。

開いた口が塞がらない。

天候が悪くなると、ときどき空に光の筋が走ることがあった。それが雷という現象だとジャックは言っていたが、ここまで近くで見たのは初めてのことだった。それが風と水の精霊がもたらしたものだとは。水と風……あの眩い光と轟音に、繋がりが見えない。

頭の中は、疑問でいっぱいだった。

「みんなは、どうやって雷を起こしたの？」

呆気に取られたまま、私は精霊に呟く。気分が重かったのも忘れて、私は必死に声を掻き集めた。

まず、青空に浮かぶあの白い雲は、水の精霊が生み出しているという。水の小さい粒を集めることで発生するのだとか。

あの白い巨大な物体が水でできているという事実に、度肝を抜かれた。しかし、だから雲から雨が降るのか、と納得できる部分もある。

そして、水の粒たちを風の精霊が掻き混ぜることで膨大な熱量が発生し、雷が起こるのだという。

つまり、あの雷は精霊力が源ではない、物理的に起こった現象だということになる。身近なところで例えれば、摩擦で起こった熱に火の精霊は関係ない。

「それじゃあ、雷の精霊はいないの」

《いや、雷の精霊はいる。全く姿を見せないがな》

ハヤテも雷の精霊について知っているようで、後ろから口を挟んだ。私は思い浮かんだことを尋ねる。

「あれを意図的に起こすことは、できると思う?」

《お前ならな。なに、風のと水のに衝突し合うよう頼めばいいだけの話だ。そう難しくはないが、完全に御することはできない》

「そっか」

あれを攻撃に使うことができれば、戦い方の選択肢が増えると思ったのだが、何処に落ちるのか分からないのでは仕方がない。

と諦めかけたが、ハヤテはあっさりそれを覆した。

《だが、雷の性質を利用したなら、ある程度は狙えるだろう》

「性質？」

《雷は、高く掲げられたもの、細く尖《とが》ったものに引き寄せられる。あとは、金属だな》

ハヤテは勿体ぶったりはしない。持っている知識を惜しげもなく供してくれる。

確かに、落ちる先を誘導できるならば利用する道はありそうだ。

立て続けに雷鳴が轟くが、先程のように地面へと吸い寄せられるような威力のあるものは起こらない。曇天を枝状に走り抜けるばかりである。

「ねえ、風と水のみんな。地面に達するほど大きな雷を、起こせる？」

崖から空へ向かって手を伸ばす。

ゆっくりと流れていく雲には、精霊たちの気配が満ち満ちている。こんな遠くにいる精霊に語りかけたことはないが、私の声は届いたようだった。

《いいよー》《任せて！》

《水のを吹き飛ばしてやるんだ！》

魔物と戦うわけではないが、精霊たちは喜んで協力してくれた。

崖に腰掛けたまま待っていると、空が低い音を響かせた。青白い光の枝が、雲の隙

間から覗く。それらは段々と数を増やしていって、そして……、

「あの背の高い木を目掛けて、おねがい」

ひときわ高く伸びた木を指差した。金属ではないが、他よりも高く細い。

すると、天の閃きは目を細めるほど眩い輝きを放ちながら、木へ向かって伸びていく。一瞬遅れて、先ほどとは比べ物にならない爆音が鳴り響いた。咄嗟に耳を塞ぐが、その衝撃波を正面から受けてしまう。

ぼわんとする耳を押さえながら、その効果を確認した。目標の木は炭と化し、黒く煙を上げている。風塵《ふうじん》が巻き起こったが、熱量をくらったのは目標にしていた木だけのようだ。

（これは……予想以上だ）

定めた狙いへの正確性も威力も、申し分ない。標的に雷を集約させる何かを打ち込んでおけば、超遠距離からでも攻撃ができるようになる。

もう少し試したいことがあったが、後ろから誰か近づく気配を感じて口を噤《つぐ》んだ。側《はた》から見たら、精霊やハヤテとの会話はただの独り言だ。

「今の落雷は凄いな」

小さな呟きとともに隣に立ったのは、セオだった。細く煙の立ち上る遠方へ目を凝らしている。

「フェイがあれを？」

「……え？」

　セオの口からごく自然に紡がれた言葉に、私の心臓は大きく跳ね上がった。だが、明らかに慌てふためいてしまえば、肯定しているも同然である。私は努めて平常心を保とうとした。

　だが、聡いセオは私の動揺を敏感に感じ取り、決まりが悪そうにする。

「あ、いや、フェイが手を伸ばしたら落ちたように見えただけ。答えなくていいし、忘れてよ」

　もうやる事がないのか、セオは隣に腰かけた。

　また気を遣わせてしまったことを、心苦しく思ってしまう。その一瞬の感情が私の本来の望みと矛盾していることに気がついた私は、戸惑いを覚えた。

　セオは何か言いたいことがあるから来たのだろうに、一向に口を開かない。彼は相変わらず思い詰めた表情を浮かべている。何かをぐっと堪えるようなその顔は、かつての自分を彷彿《ほうふつ》させるものだった。

　セオは何かを決心したように深呼吸すると、私に向き直った。

「この前は、悪かった。急に襲い掛かったりして」

　確かに当時は驚いたし、命をかけた真剣での勝負に冷や汗が出た。ただ、改まって謝られると困ってしまう。

「そのことなら、全く気にしていません。でも、謝罪は受け入れますね」

私の反応に、セオは表情を緩めた。

「私も、一つだけ。昨日は、急な要望に応えてくれてありがとう。セオのおかげで、キュクロプスを倒すことができました」

最初は、謝らなければならないと思っていた。でもレナードに、彼の出生のことや魔物を忌避する話を聞いて考えを改めたのだ。

彼には、強くなって欲しい。

生憎と周囲の人間には恵まれず、その才能は埋もれていた。だが彼には素質がある。長年積み重ねてきた努力もある。必要なのは、その力を掘り起こし、彼に勇気と自信を与えることだと、私はそう思っている。

「あんな戦い方があるなんて、思いもよらなかったよ」

セオは、未だに信じられないといった様に、手のひらをじっと見つめる。

「まぁ、俺には魔物は向いてないな」

そう言って、自嘲の笑みを浮かべる。でも、私は気がついた。握りしめた手が、微《かす》かに震えていることに。

「なんでそんな事、貴方は……」

私の言わんとすることをセオは察したのだろう。寂しげに視線を落とした。

「レナードに聞いたのか」

そして何を思い出したのか、一瞬だけ苦しげに顔を歪めたが、すぐに元の表情に戻ってしまう。

「マイヤーズ家では、実力が第一だ。俺にはその実力がない」

（強くなりたい）

突然、セオの回りを精霊たちの声が取り巻いた。人の発する強い思念に精霊は惹《ひ》きつけられ、そして拾う。

セオの中の強い感情に、精霊が反応したのだ。

驚愕に固まる私をよそに、セオは言葉を続けた。

「それに俺は、マイヤーズ家から見放された身だ。今更魔物と戦えと言われても、困る」

（それじゃあ、なんで俺は討伐騎士団に入った？）

「あいつらが安心して任務を遂行できるように補助する、それが俺の仕事さ」

（俺も……俺も戦いたい。あいつらと一緒に）

「だからフェイ、そんな顔するなって」

セオは口角を上げてみせたのに、私は唇を固く引き結ぶ。

彼の口にする言葉と心の叫びとのズレが、私の胸に突き刺さった。

セオこそ、そんな風に笑わないで欲しい。そんな強張った表情で、己の感情を押し殺して、何もかも内に秘めてしまおうとしないで。

堪らなくなってセオに向き直り、すっかり冷たくなっていた彼の頰を両手で包み込んだ。そして、言い聞かせるように、ゆっくりと言葉を紡ぐ。

「セオ、よく聞いて。たとえ貴方の周りにいた大人たちが貴方の全てを否定したとしても、貴方は自分を貶《おとし》めてはいけない」

セオは私の手を振り払うでもなく、ただ呆然と目を見開いた。

降り始めた雨がお互いを引き離そうとするが、私は詰め寄るようにして、無理やりセオの目に自分の視線を合わせる。

「セオの精霊魔法が魔物に向いていない？　そんな事を言った奴らの目は節穴です。爆炎や豪風のように派手ではない、一見地味な能力だと思うかもしれない。けれど、貴方ほど魔物と渡り合うに有力な能力は類を見ません」

精霊に頼りがちな私には耳が痛いが、魔の森の中には、精霊魔法による攻撃が通りにくい魔物だっている。そう、あのクエレブレのように全く効かないことだってある
セオなら、距離をとってから攻撃すれば何の問題もない。正確な急所を狙った攻撃を生み出せるセオのような戦力は、強力な切り札になる。

魔法も自在に操り、剣の腕も一流なんて者はそうそういないのだ。強力な精霊魔法が必要なら、それが得意な者が援護すればいい。

「私は悔しい。セオのような才能ある人を長い間虐げ、自分を卑下するに至らしめた大人たちが……家という呪縛が！」

彼は、かつての私とよく似ている。

家の呪縛に囚われ、全てを耐え忍ぶ毎日。訪れる将来は、結局家に振り回されてしまう。そんな、かつての私に。

私は、ユージル殿下の婚約者、未来の王妃としての教育に明け暮れた。

セオは、魔物と対峙するに適さない精霊と契約したと言われ、見放された。それでも、強くなろうと今も足掻《あが》き続けている。

なぜか……その心の底では、私もセオも、誰かに認められたいと願っているから。

そのためには、血反吐《ちへど》を吐くような努力も怠らない。

結局、私は一度全てを失ったが、セオには何も失って欲しくない。私と同じ道を歩んで欲しくないのだ。

自分の思いを曝け出すうちに感情が高ぶって、半ば叫ぶように声を荒げてしまう。

その叫びは、セオにだけ向けられたものではない。きっと昔の自分、父と王子に反論するでもなく踊らされ続けていた自分に対するものも含まれている。

私は力なく両手を下ろした。

「……すみません、少し頭に血が上りました」

私は冷静になろうと一息つく。私のことはもう良い。大事なのは、彼が同じ轍《てつ》を踏まないようにすること。家に振り回され続けて人生を棒に振ってしまわないようにすることだ。

どう伝えるべきか、次の言葉を選んで視線を彷徨わせる私を、セオは悲しげに見つめた。

違う、貴方にそんな顔をさせたかったわけではない。ああ、と頭を掻きむしりたい衝動にかられる。

「家の期待に対する重圧、手のひらを返した周囲の態度に対する絶望、一人の孤独。全てとは言いませんが、貴方の苦しみはよく分かります。でも！」

これは、私が一番伝えたかったこと。

そして、表に出すのが怖くて仕舞い込んでしまった、セオが心の底で望む、本当の気持ち。

「でも……彼らと共に戦うことを、諦めないで」

その言葉に、セオは鳩が豆鉄砲を食らったような顔をした。

明らかに動揺を隠せないでいる彼は、何度も目を瞬かせる。そして、「参ったな」と苦笑いしながら、首筋に手をやった。

天候は悪くなる一方だが、セオはどこか晴れ晴れとした表情を浮かべた。もう苦しみも諦めも、追われるような義務も感じさせない。代わりに、その瞳には強い決意の色がある。

「分かった。俺は、俺にできることをやる。この力があいつらの役に立つなら、こんなに嬉しいことはないからな」

彼は大儀そうに腰を上げ、未だに地べたに座り込む私に片手を差し出す。

降り出した雨を吸い込んだ身体は思いの外動きにくくなっていて、セオが手を貸してくれて助かった。地面に転がって泥塗れになるところだった。

「さぁ、飯にしよう。さっきペリュトンを狩ってきたんだ」

ペリュトンといえば、鹿という獣に似た魔物だ。蹴りと突進のみと攻撃手段は乏しいが、翼があるので跳躍力が高く、危険度はC級に指定されていた気がする。

到着してからそう時間は経っていないのに、やっぱりセオはできる。彼は自分を過小評価し過ぎなのだと頬を膨らませる私に、セオは表情を緩めた。

「ありがとな、フェイ」

彼の瞳には、迷いと葛藤はもうない。彼が持つ本当の力強さだけが、そこに残されていた。

その日の夜、翌日に向けた調整で、セオは「俺もヒュドラ討伐に加わりたい」という意思を示した。皆は目を丸くしたものの、すぐに破顔する。

ノエルは涙を浮かべながらセオに飛びつき、ルークは激励するように背を叩く。

「この時を待っていましたよ」

「セオと一緒に戦えるんだよな、夢じゃねえよな！」

彼らは感涙にむせびながら、手を取り合う。

『俺たちは、あいつが苦しんでるのを見ていることしかできねぇ』

レナードがそう言っていたように、彼らはセオの苦悩を理解していながら、何もできない不甲斐なさを抱き続けていたのだろう。

仲間が過去に打ち勝った。

その喜びを、彼らは隠すことなく分かち合っている。

（仲間、か）

私は、彼らの輪から外れたところに腰掛けて、その様子を眺めていた。

私には、あの中に加わる資格はない。私はただの協力者であって、仲間ではないのだから。

「詮索するな」という彼らの前に引いた一線は、弱い自分を守るための防壁だったはずだ。それが今では、目の前に立ちはだかる高い壁のように感じてしまうのだ。

自分で作った壁に邪魔されて、私は前に踏み出せないでいる。

（一人は寂しい……だなんて）

きっと、状況が生んだまやかしだ。

私は無理やり自分を納得させた。

§§§

それから四日の間、疾駆と休憩を繰り返して森の奥地へと進んでいった。A級やS

級の魔物などに遭遇することもなく、拍子抜けするほど順調な行程だった。

　そして、夕刻には最終的な目的地である第八十三安全地帯に辿り着く。

　彼らはいつものように野営の支度を進めるが、その表情は固い。この安全地帯の近くにヒュドラが潜んでいるかもしれない。S級討伐の任務が、いよいよ現実味を帯びてきていた。

「ノエル、どうですか」

　到着してから一時間近く様子を探っていたノエルだが、ニケルの問いかけに首を振る。

(僕が調べられる範囲には、ヒュドラはいないよ)

　私も精霊の声に耳を澄ませているが、その気配は感じない。目撃情報があってから一週間以上経っているため、移動してしまっているのかもしれない。

　ニケルたちも同じように考えたようで、地図を取り出して開いた。

「しばらくは、ここを拠点にするしかなさそうですね。ヒュドラは岩辺を好むと言われていますが、この辺りで考えられるのは……」

「ここも気になるね」

　おおよその地形が書かれた地図を指差しながら、彼らはヒュドラの潜伏していそうな場所を予測する。探索が進んでいないのか、地図上では第八十三安全地帯の辺りは空白が目立っていた。

安全地帯も、この近くにはない。ニケルの言うように、ここを拠点にしてヒュドラのいそうなところをしらみ潰しに探すしか方法は無《な》さそうだった。

岩場でヒュドラと遭遇した場合にどう誘《おび》き寄《よ》せるか、作戦を確認していく彼らを後目に、私はひっそりとその場を離れた。精霊へ呼びかけて、ヒュドラの情報を集めてもらうためだ。ただ精霊の声に耳を傾けているよりも、より広範囲で具体的な情報を得ることができる。

「みんな、ヒュドラについて教えて欲しいの。ちょっと前にこの辺りにいたはずなんだけど」

私は、彼らの会話に耳を傾け、時おり相槌を打ちながら精霊の声に意識を研ぎ澄ませた。私の元へ次から次へと届く精霊の声を頼りに、その居場所を辿っていく。

正直なところ、対象物までの距離や正確な位置を掴むには、ノエルの精霊魔法の方が優れていると言える。ただし、ノエルは半径五キロまでと言っていたので、距離的限界はある。また、巨大な障害物に阻まれてしまうと、それ以上先は分からなくなってしまうそうだ。

その一方で、精霊に語りかけて情報を集める私は、伝達に時間がかかるものの範囲に制限はない。

だが、その目標の元へ向かうのには精霊の導きがいる。《こっちだよー》《こっちこっち！》という声を辿っていくのだ。ハヤテと空を飛べば容易いが、森の中を駆けるのは難しい。

　昨日よりも静かな食事を終え、明け方の少し前に見張りをノエルと交代した頃、《ヒュドラがいたよ！》という精霊の声が届いた。その声のする方に視線を向けるが、深い闇に覆われた森が不気味に揺れているだけだった。

　その方向は、ニケルたちが目をつけていた岩地の反対側だ。地図が正しければ岩地ではなく大きな沼があるはずだが、ヒュドラがそこにいるのかは定かではない。

　正確な位置を摑むのを早々に諦め、しばらく精霊の声を集めることに意識を向ける。《あいつ嫌だねー》《フェイやっちまえ！》《近づきたくないよ》と精霊が嫌悪感を露にしていることから、相当強い魔力の持ち主のようだが、こればかりは近づいてみないと分からない。

《頭が二つ、火を吐いてるよ！》《毒もいる！》という精霊の声から、ヒュドラの姿形を想像していく。頭部の数は五つあるようで、火と毒を吐く頭がそれぞれ二つ、そして鋭い牙を持つ頭があることが分かった。

(炎を吐く二つの頭、毒と鋭い牙……炎と、毒と、牙)

　ふと引っ掛かりを覚えた私は、恐る恐るその言葉を嚙みしめた。繰り返し、繰り返し唱えるうちに、脳裡に浮かぶ情景が鮮明になっていくのが分かった。

　撒き散らされた毒を含む吐息によって腐敗した草木、両端から放たれる威嚇の炎。赤黒い液体を滴らせる、幾百もの刃。

真ん中の頭の上には、銀色の剣が飾り物のように突き立てられている。その鈍い輝きの下で、ジャックが膝をついていた。

あと少しで全てを思い出せそうなのに、凍り付くような恐怖が記憶の扉を覆い隠してしまう。もどかしさに唇を噛みしめたとき、唐突に眩い光が視界を覆った。ハッとして辺りを見回せば、空はすでに明るんでいて、朝日が顔を覗かせている。

毛布に包《くる》まった彼らも、日の光を感じて身動《みじろ》ぎし始めた。

一つ確かなことは、ヒュドラに近付くにつれて自分の記憶が蘇ってきているということだ。これまでは、過去のことに触れる度に頭痛や不快感が襲い掛かってきて、必死にそれらを退けてきた。けれど、これほどにも早いペースで記憶の扉が開いていく。

このままだと、ヒュドラと遭遇した瞬間に全てを思い出すかもしれない。そう考えると、怖くてたまらなかった。でも、このままではいられないことは、他でもない自分が一番わかっていた。

長い一日が、始まろうとしている。

彼らは剣を腰に佩き、装備に問題がないかを繰り返し確かめた。だが、その表情は昨日にも増して緊張感にあふれており、誰も口を開かない。おそらく、ヒュドラの居場所が見つかっていないのだろう。ノエルは、朝起きてからずっと探査を続けているが、その表情は険しい。

私は意を決し、地面に蹲る彼の元へ向かった。

「ノエル、あの方向に探査の風を伸ばせますか？」

私が差したのは、やはり地図上で沼がある方向だった。朝になっても、ヒュドラの気配は変わらない。ノエルは探査の対象を岩地に集中させているようだったので、見つかるはずがなかった。

（わかった、沼地のある方だね）

ノエルは理由を尋ねることもなく、あっさりと承諾して体の方向を変えた。

目を瞑って瞑想《めいそう》しているようにしか見えないが、その瞼の奥には遥か遠くの景色が映っているのだろう。

ピクリとノエルが肩を震わせたとき、ヒュドラを見つけたのだと確信する。瞼がゆるりと開かれ、私を見上げる彼は驚愕に染まっていた。（どうして分かったの？）と顔に書いてあったが、彼は追及しなかった。

ノエルは、馬の調子を確認して今にも安全地帯を飛び出して行こうとしていた彼らを、慌てて呼び止める。

（みんな、ちょっと待って！）

すでに鐙《あぶみ》に足をかけていた彼らは、顔だけをノエルに向けた。

（ヒュドラを見つけたんだ！　でもそっちじゃない）

「それは確かですか？」

ニケルは、当初に目をつけていた岩場の方角を気にしながら、再度問いかける。ノエルがそれに力強く頷くと、他の三人は安堵の息を吐いた。これで、ヒュドラを求めて彷徨い歩く必要がなくなったわけだ。

（ヒュドラは開けた場所にいたよ。この沼地だと思う）

「沼地ですか……。足場が不安ですね」

「それなら、ニケルは後方に下がった方が良いんじゃねえか？　接近はセオとフェイ、俺でなんとかするからよ」

ニケルが急いで取り出した地図を囲って、作戦を練り直していく。

沼地では、地面の状態によって戦局が左右される。踏ん張れないほど土壌が軟らかければ、遠距離攻撃に集中するか魔物を誘き寄せなければならない。あらゆる場面を考慮するが、やはり決めるのは大まかな配置のみだった。

「それにしても、お手柄だな、ノエル！」

「沼地まで探査を伸ばしてるなんて、さすがだよ」

口々に褒められ、ノエルは曖昧な笑みを浮かべる。たったそれだけで、視線が一斉に私へと集まった。

私は何気ない風を装って、颯爽とハヤテの背に跨る。

「さあ、行きましょう？」

私がそう言うと、やはり彼らは気まずそうに口を噤んだ。ニケルが諦めたように首を振れば、黙って馬へ騎乗するしかなかった。

（前方千九百メートル、沼地の手前でヒュドラを捉えた！　まだ僕たちには気付いていないよ）

ノエルから送られてきた声に、私は更に意識を研ぎ澄ませた。

だがその直後、私たちはヒュドラを甘く見ていたことを思い知らされることになる。

まだヒュドラとは二キロ近く距離があるはずだった。

だが、皮膚の上を何かが這い回るような不快感が全身を駆け巡ったとき、私の心臓が嫌な音を立てた。

（なに……）

その正体を考える間もなく、一瞬の空気の揺らめきのあと、蹴散らされるように精霊たちの声が遠ざかっていくのが分かった。

慌てふためく精霊たちの声が、警鐘のように頭に響き渡る。体から力が抜き取られていくような不快感に歯を食いしばり、必死にハヤテの背にしがみついて耐えた。

だが、そのすぐ後に私を襲ったのは、残酷なまでの静寂だった。

精霊の声が、まったく聞こえない。どれだけ耳を済ませても、彼らの気配を感じることができないのだ。

（みんな、お願い返事をして！）

いつもなら、《どうしたのー》と我先に集まってくるのに、私の呼びかけに応じる精霊はいない。

——私はいま、ひとりだ。

精霊たちに見捨てられたような絶望感に、私は、体が恐怖に支配されていくのを実感した。じわじわと指の先まで広がる震えに、体の自由が容赦なく奪われる。

昔も同じ状況に陥ったことがあった。

爛々と光る縦長の虹彩に射竦められ、体が自分のものではなくなってしまったかのように身動きが取れなくなった、あの瞬間。

ヒュドラを前にして何もできなかったあの日の出来事が、完全に呼び覚まされていく。

朧気《おぼろげ》だった記憶が、はっきりとした過去となって戻ってくるのが分かった。

だが、その衝撃があまりにも大きいせいで、混濁した頭では現実との区別がうまくつかない。

先頭にいたノエルは右手を上げ、その手を横に倒した。それは、撤退の合図だった。

右に旋回するノエルに続き、一行はヒュドラに背を向ける。呆然自失としていた私はただハヤテに身を委ね、疾走する彼らの背中を意味もなく追いかけていた。

《フェイ、落ち着くんだ。ゆっくり息を吸え》

浅い呼吸を繰り返す私に、ハヤテが語り掛ける。唯一無二の相棒の存在が、幾分かの冷静さを取り戻させた。そうすることで、自分の置かれた状況を理解するだけの余裕は生まれる。

精霊たちは、私を取り残したわけではない。ただ、魔物の放った強力な魔力に逃げ惑っていただけなのだ。けれど、あの時の私は何も知らなかった。強すぎる魔力を前にすると、精霊が近付けなくなってしまうことを知らなかったのだ。私はただ、何も考えられずに、恐怖に体を支配されていた。

§§§

「ノエル、何があったんだよ！」

安全地帯へ戻り息をつく間もなく、レナードは馬から飛び降りてノエルへと詰め寄った。馬の上で荒い呼吸を繰り返すノエルは何かを伝えようとするが、その口からは乾いた空気が漏れるばかりだ。いつもの声は、聞こえない。精霊力を制御する余裕がないほど、彼が動揺しているのが分かる。

ノエルを一旦馬から下ろして深呼吸をさせるレナードたちを視界の端に捉えながら、私もハヤテの背に乗ったまま、乱れた呼吸を整える。

いつものように声で伝えることなく合図を出したノエルに、予期せぬ事態が起こったことを彼らは悟っているのだろう。

（精霊魔法が、使えなくなったんだ。突然だよ）

「それは……危険度の高い魔物にみられる現象ですが。対象からはかなりの距離があったはずです。他の魔物が周囲にいたという可能性は？」

ノエルが、ヒュドラを千九百メートルの距離に捉えたところで、事態は急変した。ニケルのように、他の魔物がいたのではないかと考えるのは妥当だが、ノエルは首を振る。

（僕はあの時、周囲の探査も同時にやっていたけど、半径千九百メートルの間に危険度が高い魔物はいなかったよ）

「それじゃあ、ヒュドラは俺たちの存在を探知して、その距離から精霊魔法を妨害したっていうのか？」

その言葉を否定しないノエルに、セオは苦悶《くもん》の色を浮かべる。予想していたよりも、討伐対象の危険性が高いことが、今になって表面化されてしまった。

これからどう行動するか、彼らの意見は分かれることになる。

「ここは一旦引きましょう。あのヒュドラは、過去に残された記録とは明らかに違う。我々が立てた作戦は、もはや通用しません。討伐騎士団で正規の討伐部隊を編成するのが得策です」

（僕もニケルに賛成だよ。あれは、僕たちの手に負える魔物じゃない。精霊魔法がつかえなくなるかもって思っていたけどさ、こんな離れたところまで影響するなんて）

第十三団の参謀と司令塔が同様の見解を示したが、セオとルークは腑《ふ》に落ちないようだった。

「なら、あの魔物を野放しにしておくのか？　正規の部隊を組んだところで、精霊魔法が使えないことに変わりはないさ。大部隊になれば、かえって相手を刺激してしまう」

「そうだね、俺もセオと同意見だよ。急ぐことはない、打開策を見つけよう」

撤退を訴えた二人はセオとルークの主張に賛同する要素もあるようで、それを真っ向から否定することもできない。安全地帯を出たときとは打って変わって、悲壮な雰囲気が漂っていた。

私は、彼らの議論に耳を傾けつつも、ヒュドラの魔力に逃げまどっていた精霊たちの声が戻ってきたことに、ほっと息を吐いた。

今では、強すぎる魔力の前に精霊は近寄らないと分かっている。でも、あの時は違った。精霊を呼んでも呼んでも、誰も応えてくれない。たったそれだけで、私は一人ぼっちになってしまったように絶望したのだ。

たった一瞬彼らがいなくなっただけで、冷静な思考回路を手放してしまうほどに。

そう、はっきり思い出した。三年前も同じだったのだ。

精霊が全く近付けなくなるほど強力な魔力を持つ魔物に遭遇したことがなかった私は、不用意にヒュドラに近づいてしまった。何の準備をすることもなく、かの魔物の魔力にあてられたのだ。直前になって精霊たちを呼んでも、彼らはもう私の側にはいられなかった。その結果、力を借りることができず、前後不覚に陥ってしまったのだ。
私が精霊の力を過信したせいで、ジャックはヒュドラと対峙しなければならなくなった。

第十三団の彼らは今、ヒュドラを前にしてどう対応するべきか議論している。このままでは、三年前の二の舞になってしまうのは目に見えていた。ヒュドラが持つ魔力は、私が今まで相対してきた魔物を遥かに上回る。クエレブレなど比べ物にならない。そんな魔力の持ち主がどんな攻撃を仕掛けてくるのか、少なくとも、精霊魔法が使えなくなるだろう彼らが太刀打ちできる相手ではない。

私はもう、大切な人を失いたくない。

けれど、このまま逃げ帰ることで、彼らの居場所がなくなってしまうのも嫌だ。
ならば、最善の答えはひとつしかない。

「ハヤテと一緒に、私がヒュドラを倒しに行きます。皆さんは、安全地帯で待機していてください」

「却下で」

即行で切り捨てたのは誰だったか。だが、誰も私の提案を支持する者がいない。てっきり、『それは良い』と諸手《もろて》を挙げて賛成されると思っていた私は、肩透かしを食らった気分だった。だが、私も引き下がるわけにはいかない。

「予め言ったはずです。最悪の場合は、私がひとりで……」

「そうして仲間を一人危険に晒して、俺たちは安全な場所でのうのうと待てと？」

私の説得は、セオによって遮られる。セオだけではなく、真剣な視線を向ける彼らに、言おうとした言葉が喉の奥で引っかかってしまった。

先ほどまでどんよりとしていた雰囲気が、いつの間にか剣呑《けんのん》なものに変わっている。

（……え、何で怒ってるの）

不機嫌を通り越して、その表情は険しい。その原因に心当たりは全くないので、私は戸惑うばかりだった。

けれど、私には戦う理由がある。本当は、言葉にするつもりはなかった。そうすれば、以前の自分へ戻ることができなくなると分かっていたからだ。だが、彼らの様子を見て腹を括る。

「そうです、ここで待っていてください。私は、仲間が死んでしまうのを、もう見たくないんです」

はっ、と彼らは目を見張った。私が単独行動に拘っているのは有名で、その一端に触れたことを感じたのだろう。セオに言い返した私だが、それに対する反論はなかった。黙って私の話の続きを促す。

「三年前、あのヒュドラにでくわした私は、かけがえのない仲間を失いました。愚かだった私は、何もできなかった……。彼は、ジャックは、勇敢に立ち向かったというのに」

ジャックのことを誰かに話したのは、初めてだった。一度口にすると、洪水のように記憶があふれ出てとまらない。私は、感情的になってしまわないように何度も深呼吸を繰り返しながら、一つ一つを言葉にしていったのだった。

五章　解き放たれた過去

冒険者としての訓練期間である二週間は、あっという間に過ぎていった。B級ミノタウロスの討伐依頼を正式に受けたジャックは、それを私の卒業試験と名付けて、野営の準備や食料調達など全てを私に任せた。

第七十二安全地帯に立ち寄った私たちは、そこで一晩を明かすことになった。ジャックに火熾しを頼んでいる間、私は食材を採取することから始める。

(昨日の肉がまだ残ってるから……スープにしよっか)

《じゃあ、ウマミダケが良いよ》《具はカラッパだよねー》《ラパヌスもいいよ》

生い茂る葉を掻き分け、精霊たちにどの食材をどのようにして食べるのか教えて貰いながら、摘んだものを腰のポーチに入れていく。

カラッパは、葉が幾重にも重なって、丸くこんもりとした植物だ。ラパヌスは地面に埋まっており、根の部分だけを食べるという。

ウマミダケというキノコを採取するのには一瞬躊躇した。木のうろにそれは生えていたのだが、なにせ色が真っ赤なのだ。見た目に反してウマミダケはいいスープになるらしい。ジャックには、色の毒々しいものには手を出すなと言われていたが、ここは精霊たちを信じて、色には目を瞑ろう。

火の番をするジャックの所まで戻り、夕食の支度を始める。

まず、水を出して鍋に注ぐ。そこに、採ってきたウマミダケを半分に切って放り込む。火にかけ、沸騰するのを待ちながら焼いておいた昨日の残りの肉、カラッパ、ラパヌスをナイフで細かく刻み、頃合いを見計らって入れた。

「手際がよくなったなあ」

しみじみと呟くジャックに、私は得意げに頷いた。

「もう慣れたよ」

料理を始めた頃は、初めて手にした包丁で材料を切るのにもたつき、火加減に失敗し、思うように調理が進まなかった。精霊のおかげで食べてはならないものを持ってこなかっただけマシだろう。

この二週間で、私も随分変わった。

魔物と闘うことに一切の躊躇がなくなったし、命の駆け引きをする瞬間は気分が高まる。それに、口調も砕けた。

反対に、変わらないこともある。

襟のついたシャツとズボン、膝下のブーツという簡単な服装と、胸当一枚だけという超軽装備は、魔の森の奥地に潜るようになっても変わらなかった。私はとにかく筋力がないので、重たい装備はかえって動きを妨げるから、とのジャックのアドバイスだ。

胴体と太ももしか防具がないジャックも比較的軽装備なので、キリスは「親子みたいだね」と指をさして笑っていた。

眉間に皺を寄せたジャックに吹っ飛ばされていたけれど、ついつい私も笑ってしまったので、ジャックは渋々引き下がっていたっけ。

そろそろ鍋からいい香りが漂ってくる。ウマミダケの色が出たのかスープは赤い色をしていたが、その味は一級品だった。

器によそったスープと、保存用のパンをジャックに渡す。

「ちょっ、フェイ！　これ食べたらまずいやつだろ⁉」

やはり、ジャックは赤色のウマミダケに反応を示した。だが、味気ない野営食が多い中で、これほどの旨味《うまみ》が出る食材は貴重だ。色には目を瞑ってほしい。

「いいから、食べてみてよ」

ウマミダケだけを摘み上げるジャックに、「食べろ」と視線を送る。しぶしぶ器にウマミダケを戻したジャックは、スープの匂いを嗅ぎ、そして一息に飲み干した。

「えっ、美味いな」

それから上機嫌でスープを平らげたジャックに、私は少しだけ寂しさを覚える。

こうやって二人で野営をするのも、あと数回だ。

凄腕の冒険者であるジャックには面倒だったかもしれないが、私にとっては大切な時間だった。

　ぼんやりする私の様子に気が付いたのか、ジャックは困ったように顎をさする。

「フェイ、これで晴れて一端の冒険者となったわけだ。まさか、ここまで育つとは思っていなかったけどな」

「うん」

　自分でも驚いている。相変わらず体力はないが、長期戦に縺《もつ》れこまなければ問題ない。剣術は苦手だが、あの剣なら当たりさえすれば攻撃になる。つまり、ほとんどの魔物を相手にしても何とかなるという事だ。

「俺も、この二週間で変わったよ。ずっと、誰かと組むなんて面倒でしかないと思ってた。でもよ、あのA級を倒した時の興奮は、一人じゃあ味わえねえんだって気が付いたんだ。フェイのおかげさ」

「え？」

　彼の言っていることが理解できなかった私は、調子はずれな声を上げた。

　ずっと、ジャックの負担になっているのだと、彼に対して申し訳なさでいっぱいだった。ジャックは何かに縛られるのが嫌いで、その気持ちは強く共感できる。だからこそ、彼に対して生き方を強要することはしたくなかったのだ。

　けれど、私と過ごした二週間が、ジャックにとって充実していたのなら、これほど嬉しいことはない。

「ありがとう、ジャック」

「なんだよ、礼を言ってるのは俺だろ？」

「ううん、いいの。他の冒険者と組んだことがない私が言うのも何だけど、ジャック、あなたは最高の先生だった」

満面の笑みを浮かべる私に、ジャックも表情を崩す。

こんなに心が満たされたのは、生まれて初めてだ。

ジャックは、私がどんな異様な行動をとっても、決してそれを否定しない。複数属性の精霊魔法を使えても、精霊の声に導かれて進んでも、私を信じてくれた。

――私のおかげ、そう言ってくれた。

この返しても返しきれない恩に、私はどうやって報いればいいのだろう。彼は、何を望んでいるのだろうか。

赤々と燃える焚火をつついて、思考に耽る。だが、時間というのは無情なもので、容赦なく過ぎ去っていってしまう。

ふと、横になっているジャックが寝返りを打って私の方を向いた。

「なあ、フェイ。ギルドに戻ったら、俺たち二人でパーティーでも組もうぜ」

突然の提案に、心臓が止まるかと思った。

まさか、ジャックの方からそう提案してくるとは、夢にも思っていなかったからだ。

「組むっ」

悩むことなく即断した私に、ジャックは目を丸くした。

そして、満足そうに笑うと、今度こそ瞼を閉じたのだった。

早朝に第七十二安全地帯を出立したジャックと私が次に目指したのは、第四十三安全地帯だ。昼頃に到着する行程で、馬を走らせていた。
だが、ふと精霊のざわめきが不自然に流されていくのを聞き取った。そして、巨大な魔物がいることも。
《フェイたいへんだ！》《あいつはとんでもない！》
《キャー》
このまま進めば、その方角を右に見て過ぎ去ってしまうことになるが、精霊たちの声は尋常ではない。私は速度を上げ、前を走るジャックに向かって叫んだ。
「ジャック、右前方に魔物がいる！」
その魔物が近付けば近付くほど、私の中の焦燥は増すばかりだった。
《助けて》
その声が聞こえたのは、ほんの偶然だった。だがそれは、精霊が魔力に呑み込まれていく瞬間だったのだと、私は本能的に悟った。
魔力に墜《お》ちた精霊は、やがて魔物となって世界に仇《あだ》なす存在になる。そして、私たちの前に敵となって姿を現すのだ。

「……助けなきゃ」

居ても立ってもいられなくなった私は、考えなしに手綱を右に引いてしまった。

「フェイ、行くな！」

ジャックが必死に制止するのが聞こえたが、私は馬を止めなかった。程よい距離で馬を離し、精霊たちに様子を見てもらうよう頼んでおく。

魔物が攻撃してきたら問答無用で走り去り、再び私の元へ戻ってくるように訓練されているが、念のためだ。

馬を降りてからは、ひたすら地面を駆ける。

精霊力が魔力に引きずられるのは世の定めだが、その魔力の発生源である魔物を断ち切らなければ、負の連鎖は止まらない。私たちは、そのために精霊から力を与えられているのだ。

胸騒ぎがするのは、きっとジャックを置いてきてしまって不安だからに違いない。

彼のことだから、追いかけてはくれているのだろう。だが、一度過った嫌な予感は、消え去ることはなかった。

森が開けた岩地に、その魔物は鎮座していた。大樹の幹ほどの分厚い胴体に、五つに枝分かれした蛇のような頭。蜷局《とぐろ》を巻いていてもなお十メートルを超える巨体に、私は恐怖を抱かずにはいられなかった。

A級を遥かに凌駕する凶悪な魔物、それはS級ヒュドラに違いなかった。

……私では、倒せない。

無意識のうちに抱いた敗北感が、恐れの心を更に増幅させてしまったことに、私は後から気付く。だが、その時にはもう遅い。震える足は思うように動かせなくなり、駆けることなど不可能だった。

そして、視界に捉えられる距離に、その怪物はいた。

いつの間にか蜷局を解き、五つの頭を縦横無尽に揺らめかせながら、確実に迫ってくる。

両端から噴出された炎は森を焼き、その内側の頭から吐き出される紫色の液体は、周囲の植物を瞬く間に枯らした。あれは毒だろう。

そして、真ん中の頭は、数百もの鋭い牙を剝きだして威嚇している。

あのヒュドラの敵は、私だ。

狙っているのは、私なのだ。

戦うにしても逃げるにしても、精霊の助力なしには何もできそうになかった。震える両手では、剣すら握れない。

（お願い……みんな、力を貸して！）

だが、どれだけ待っても、精霊から返事が返ってくることはなかった。

周囲には精霊の声などひとつも聞こえない。精霊のいなくなった周囲には、風も何もない。無慈悲な静寂だけが、私を包み込んでいる。私は、ひとり、ヒュドラの前に取り残されてしまったのだ。

精霊が、私のまわりから消えてなくなってしまった。

（私は……ひとりだ）

胸の底から湧き上がる孤独に冒されて、私の体はとうとう動きを止めてしまった。五対の縦長の虹彩がすうっと細められるのを、私は呆然自失で眺めていた。もはや逃げられない距離にまで魔物は迫っていたが、私はどこか他人事のように感じていた。

精霊がいなくなっただけで、私の心は砂の城のように脆《もろ》く砕け散ってしまう。強い波に押しつぶされて、跡形もなく消え去るような、砂の城。

精霊という存在が、それを必死に留めているに過ぎなかったのだ。だから、彼らがいなくなった途端、私は自分の存在意義を見失ってしまう。

精霊が私を見捨てたわけではないと、頭では理解している。だが、一度崩れた理性は、簡単に立て直すことができなかった。

心のどこかで、『あの声』が私の名前を呼ぶことを期待していた。

契約を交わしたとき、重要な決断をするとき、命の危険に晒されたとき。幾度となく救われたあの声の主が、私の恐怖を拭い去ってくれるのではないかと。

でも、その声すらも、私には届かない。

私はとうとう、抗うことすらも諦めて、力なく両手を下ろす。

そして、ヒュドラが勝利を確信したように、中央の凶暴な牙を見せつけた……はずだった。

ヒュンッ、と目にもとまらぬ速さで横を駆け抜けた何かが、その頭を剣で串刺しにした。脳天から顎までを突き刺され、それを引き抜こうとしたヒュドラは激しく頭を振る。

その衝撃で地面へと叩き落された影は、見紛《みまが》うことはない。

……ジャックだ。

「フェイ!」

その名前を呼んだのは、精霊でも、あの声の主でもない。

街に帰ったら、パーティーを組んで冒険しようと約束した、ジャックだった。

私は、ジャックに手を伸ばす。風の精霊から借りた力が、まだ残っているはずだった。

……まだ間に合う、真ん中の頭を飛ばしさえすれば!

私の手から放たれた風の精霊魔法は、確かに魔物の体を傷つけた。だが、私が狙ったところには届かない。操作が妨害されているのだと気付いた時には、魔物の刃は、ジャックを捕えていた。

充満した煙と、地面から這い上がる毒の湯気によって覆われた、視界の一部。

ほとばしる鮮血。

鋭く並んだ牙から滴り落ちる、赤い液体。

（フェイ、生きろよ！）

その声を聞いた瞬間、弾かれたように駆け出した。一歩一歩を踏み出すごとに、自分の中の何かがボロボロと崩れていく。

ジャックと共に過ごした時間。生まれて初めて、ありのままの自分を曝け出した。けれど、そんな幸せを壊したのは、自分なのだ。

私の隣にいま、ジャックはいない。

ふと我に返ったとき、私はひとりでギルド『蒼穹の魂』の扉の前に佇んでいた。

ギルドの冒険者たちは、彼の死を容易に受け入れた。同胞の死を悲しみはしたが、「冒険者はそういうものだ」と、どこか割り切っているようだった。

誰も、私を責めない。

ジャックが死んだとき、目の前にいたのは私だ。ジャックが制止したのを聞いていれば、ヒュドラからもっと早く逃げていれば、彼が死ぬことはなかった。結局、彼は私が逃げる時間を稼いで命を落としたようなものなのだ。

私の所為で、ジャックは死んだ。私が愚かで、弱かったから。

彼らがどれだけ「自己責任」と言おうとも、私がジャックを死なせたことに変わりはない。その罪は、一生消えない。

魔の森で冒険者が命を落とした場合、捜索は行われない。ジャックが死んだという証拠が、何もないのだ。彼が命を落とした瞬間を目撃したのは他でもない私なのに、彼の死を直ぐに受け入れることができなかった。

ジャック御用達《ごようたし》の武具店に行けば彼に会えるかもしれない。

ジャックの家に行けば、既に帰宅していて、ソファーで寛《くつろ》いでいるかもしれない。

けれど、ジャックが戻ってくることは、絶対になかった。

あの日の私の記憶は薄れていくのに、そう時間はかからなかった。ジャックのいない毎日を送ることが、私の心に大きな負担をかけていたからだ。

ジャックの死を受け入れる代わりに、私は記憶へ完全に蓋をした。

辛い記憶だけを封じ込めて、ひたすらに魔物を屠り続ける。人と関わることは、私の恐怖を煽るものだった。ジャックと同じように、その人を死なせてしまうかもしれないという心理が、根付いていたからだ。

§§§

大きく息を吐きだす。一息に話してしまったせいで、口の中がからからだ。

想像していたよりも昂《たかぶ》ってしまうことはなかった。思い出すことによって自分を見失わないくらい、私の心が安定したからだろう。

彼らがどんな反応を示すのか、それだけが気がかりだった。ジャックを身代わりにした私を軽蔑するだろうか。それとも、諦めて送り出してくれるだろうか。

だが、彼らは私の予想をことごとく裏切る返事をした。

「それでも、承認はできません」

「むしろ、その話を聞いて気持ちが固まった。フェイをひとりで行かせはしない」

ニケルとセオに賛同するように、ノエルとルークも頷く。

私は、訳が分からなかった。

納得いかない、という思いが顔に出ていたのだろう。彼らは、やれやれと肩を竦め、レナードが前に歩み寄る。

「フェイが強いのは、よく分かっているさ。でもよ、俺たちにもやれることがあるはずだ。ひとりで戦うなんて、そんな悲しいことを言うなよ、フェイ」

彼の言葉は、不思議と胸に染み渡っていく。

私を否定することなく居場所を与えてくれたジャックと同じように、彼らもまた、私を対等な存在として認めてくれている。

私が彼らを失いたくないと思っているように、彼らもまた、私が死ぬことを是としていないのだ。

心が満たされていくようだった。

だから尚《なお》のこと、彼らをヒュドラと戦わせるわけにはいかない。精霊魔法が使えないのでは、意味がないのだ。

誰にも言うつもりはなかったが、私は『魔物と精霊の因果関係』と『魔力と精霊力』について、彼らに打ち明けることにした。精霊に関することは、私の思っていた以上に認知されていなかったようで、前に一度ちらりと零した時に、それは驚かれた。それ以降は口にしないようにしていたが、彼らならば信じてくれるだろう。そして、そうでもしない限り、彼らは諦めてくれないと分かったからだ。

「みなさんの気持ちは、とても嬉しいです。でも、私が止めるのには訳がある。クエレブレの戦いで討伐騎士たちが精霊魔法を使えなかったのも、ノエル、あなたの精霊魔法が突然妨害されたのも、原因は魔物が放つ『魔力』なんです」

『魔力』という言葉に、彼らは首を捻った。聞いたことはないはずだ。なにせ『魔物』と『精霊力』を掛けて、私が考えた言葉なのだから。

そもそも、魔物が持つ力について着目した人がいないのだ。

エレメンタル・オーダーが中心となって魔物を研究しているようだが、その発生源や魔力など、根拠のない仮説しか立っていない現状だ。先人たちが残した僅かな痕跡を探し出し、推測することしかできないのだから無理もない。

彼らにとっては青天の霹靂《へきれき》かもしれないが、そこは信用してもらうしかない。

「精霊の力が負の方向へ捻じ曲がると、その力は魔力へと転換されます。魔力は時に生物に憑依し、時にそのものが形となって現れ、魔物は生まれます」

「ちょ、ちょっと待ってください。魔物の起源は、我々の永遠の謎です。様々な憶測が叫ばれていますが、断言してしまうのは……」

「待てよ、ニケル。フェイの話を最後まで聞こうぜ」

やはり、最初に反発したのはニケルだった。だが、それをレナードが止める。しぶしぶ頷いたニケルは、続きを促した。

「魔力は、魔物の生命源です。魔物は更なる力を手に入れるため、そして精霊を魔物に変えるために、精霊力を吸い寄せようとする。だから、精霊は魔物に近づくことを厭《いと》います」

「魔物の危険度が高ければ、それだけ魔力も強いってことか」

「魔力に阻まれて精霊魔法が使えなくなる……。でも、フェイはクエレブレ討伐で精霊魔法を使っていたよね？」

柔軟性が高いのだろう。私の話を瞬時に受け入れただけではなく、セオとルークは踏み込んだ疑問まで提示した。

これを言ってしまうのには躊躇ったが、彼らなら信用に値すると判断する。

「私とみなさんとでは、精霊魔法の使い方が少しだけ違うんですよ。正しく言えば、精霊から力を貰う方法が、ですけれど。みなさんは、傍にいる精霊から渡された力を即時、精霊魔法へと変換させます。でも、私はその力を一旦体内に保有させて、使いたいときに精霊魔法へと変えるんです。だから、魔力によって精霊たちが逃げても、私は精霊魔法が使える」

「なるほど、精霊から与えられた力を直接精霊魔法へ変えている我々は、精霊が居なければ精霊魔法が使えない！　そういうことですか！」

（フェイ、精霊は、僕たちの傍にいるの？）

私の説明を追って理解したニケルは、はっと目を見張った。そして、ノエルは恐る恐る、そう尋ねた。

私は大きく頷く。

「います。でも、契約した精霊だけではなくて、私たちの周りには、数えきれないほどの精霊に満ちています。その木にも、草にも、精霊たちは宿っている。彼らの役割は、世界を循環させて、未来を正しい方向へ導くことです。けれど、契約という形で人間と時間を共にするようになった精霊は、ただ在るだけではなくて、一つの個体として自我を持つんです。だから、誠意をもってお願いすれば……」

ほら、と私は前置きをして、水の精霊魔法で左手に水の玉を浮かべた。

「ちょっ、フェイ⁉」

「嘘だろ……」

「複数属性、ですか」

「つまり、フェイは精霊の声が聞こえる。そういうこと？」

真剣なルークの声音に、私は表情を引き締めて肯定した。

これを誰かに話すのは、初めてのことだ。ジャックにすら打ち明けていない。

やはり、彼らは息を呑んだ。そして、それが意味することを黙考する。

信じがたいのも無理はない。私も、彼らの声が聞こえなかった頃は、精霊が実在するなど考えてもいなかった。

「俺はフェイを信じる」

だが、セオは迷うことなく言い切った。

彼の瞳に嘘偽りはない。口先だけではなく、本心からそう思っていることが伝わってくる。

「そう考えれば、これまでのフェイの言動にも納得がいくというものです」

（ヒュドラの居場所が分かったのも、精霊に聞いたからなんだね）

「これが、フェイの強さの秘密ってわけだな」

彼らは、セオに負けじと言葉を紡ぐ。

そこには未知のものに対する畏怖も、ずっと黙っていたことに対する侮蔑も、何もなかった。ただ純粋な驚愕だけが、彼らを取り巻いている。

「精霊って、どんな風に喋ってんだ？」

「精霊の声、聴いてみたいものですね」

「通訳してみてよ」

（ちょっとセオ、いまはそれどころじゃないよ。僕も気になるけど！）

彼らは、私の持つ力を肯定的に受け止めると、各々盛り上がる。

私は、そのことに安堵した。

長い間保ってきた壁を取り払ったのは、他でもない自分の意思だ。自分の領域に誰かを入れるのが怖くて、けれど孤独も虚しくて。

でも、こうしてやってのけると、何も畏れることなどなかったのだと知る。

だって、こんなにも心が温かくなったのだから。

(それってつまり、フェイは『精霊の寵児』ってことだよね)

「やっぱりな！　どいつもこいつも噂してたぜ。高雅の蒼穹は『精霊の寵児』に違いない、ってな」

その言葉が、ノエルやレナードにも思い浮かんだようだ。

ジャックは、自分の身を守れないうちは隠した方が良いと言っていた。甘い蜜に群がる権力者たちの目に留まらぬように。そして、普通とはかけ離れた存在を異端視する人間から逃れるために。

だが、彼らは違った。色メガネで見るのではなく、きちんと私個人を尊重してくれる。

ただ、どうも『精霊の寵児』という言葉に親しみすら感じている雰囲気があるのは、気のせいではないはずだ。

「みなさんは、他にも会ったことがあるんですか？　その、精霊の寵児に」

「まあ、ギルバート殿下がいましたからね」

「ああ、あれね」

その名前が出た途端、彼らはどこか遠い目をした。ルークは苦笑している。

そういえば、第十三団は現国王ギルバートが王太子時代に所属していたということを思い出した。殿下と呼んだのも、その名残だろう。

(王族、王太子、国王……)

王族すべてに偏見を持つわけではないが、その名称には嫌な記憶しかない。

考えるだけで鳥肌が立ってくる。

「ちょっと行ってくるとか言ってよ、B級ハルピュイアの群れを壊滅させたことあったよな」

「あの事後処理は本当に大変でしたね」

「B級五十体を片付ける身にもなれ、ってな」

(A級ケンタウロスの背中に跨って、馬代わりにしようとしたこともあったよ)

が、彼らの呟きを聞いていると、それもすぐに治まっていった。

王太子ともなれば、厳重な警備体制の敷かれた王宮で、ぬくぬくと能天気に過ごしている印象しかない。だが、ギルバートという男は、随分と大胆な御仁だったようだ。

彼らも口では散々言っているが、ギルバートに信頼を寄せていたことは一目瞭然だ。

だからこそ、余計に「王侯貴族だから」という理由だけで切り捨てることができない。

ギルバートという人に、興味が湧いたのも確かな事実だった。

「積もる話は後にしよう。話を戻すけど、ヒュドラを倒すなら全員で、もしくは撤退ってことで良いんだよね？」

ギルバートとの思い出話は尽きないらしく、白熱しそうになったところを、唯一冷静だったルークが嗜める。

しかし、「全員で」と強調して言ったルークに、私は抗議の視線を送った。

私の話を聞いていなかったのだろうか。

そもそも、彼らではヒュドラと戦えない。そう言ったはずだ。

「駄目です。ここにいてください」

「まあまあ、そう頭ごなしに決めつけんなって。話し合おうぜ、どうするのが最善か。俺たちにもできることがあるかもしれねえし、他の選択肢だってある。それでフェイ一人に任せることになっちまっても、全員で考え抜いた結果なら、俺たちは納得するさ」

そうレナードに諭されてしまうと、何も言えなくなってしまう。むしろ、私の主張は、彼らの気持ちなど考慮していない自分勝手なものだったと、今になって気が付いた。

本当にあるのだろうか。私一人でヒュドラに挑む以外の、最善が。

「ヒュドラに察知されない距離から精霊魔法を放つというのは、厳しいですか」

（二千メートルの距離で感付かれたんだ。それ以上後ろからだと、命中率が低すぎる

よ)

「そもそもさ、ヒュドラは僕たちが接近するのを分かっていて魔力を放ったの？　それと、魔物がどれだけ魔力を操作できるかにもよるよね」

ルークの疑問ももっともだ。

私たちが精霊力を操るのと同じように、魔物が魔力を制しているのなら、戦局は大きく変わってしまう。

「つい最近までは、魔力は魔物の周りを漂っているだけだと思っていました。でも、先日のクエレブレは、放った鎌鼬の攻撃を操っていた。単調に、ですが。魔物は知能が高いわけではないので、繊細なコントロールがされるとは考えにくいです。ヒュドラのあれも、私たちを感知して、四方に放たれたものでしょうね。もともとは、ヒュドラの周囲にしか魔力はないはずです」

私が持っている魔力に関する情報は、これが全てだ。

そうなれば、やはりニケルの提案が最も安全で、可能性があるかもしれない。当たれば、の話だが。

(皆が撃った精霊魔法を、私が制御するとか？　無理だ、そんな芸当はできそうにないわ)

「フェイと同じように精霊魔法が使えれば……って試してみたけど、そう簡単にできるもんじゃねえな」

私と同じように、手の上へ火の玉を浮かべたレナードだったが、ボフッというくぐもった音をたてて消してしまった。

「……」

沈黙が、私たちを包み込む。

誰も「打つ手がない」とは言わないが、思っていたよりも話し合いは難航していた。

ヒュドラが持つ圧倒的な魔力を掻い潜るのは、容易なことではない。

だが、私は失念していた。

「そうだ私、ヒュドラについてハヤテに何も聞いてない」

ヒュドラのことを思い出したのは、ハヤテのいない王都だ。ハヤテから魔物の弱点や特性を教わって決定打を得るのが私のやり方だった。それを、すっかり忘れていたのだ。

「ハヤテ？　幻獣がどうかしたのか」

レナードは首を傾げる。百聞は一見に如《し》かず、だ。

「ハヤテは物知りなんですよ。何でも教えてくれます」

《ヒュドラの持つ魔力は警戒したほうが良いが、防御力は高くない。強い物理衝撃を与えれば、ヒュドラの魔力は体を維持することに回されるだろうな》

「だそうです」

ハヤテの言葉を伝えた私に、彼らは深く息を吐いた。

「精霊のみならず、幻獣とも意思の疎通を交わすことができるんですね。しかも、彼は魔物の特性を知り尽くしているようだ」

感心した様子をみせるニケルに、私は鼻が高くなった。そう、ハヤテはすごい。

ずっと黙っていたセオが、はっと目を見開いて顔を上げた。

「強い物理衝撃……そうだ、雷だ。フェイ、さっきの落雷は、精霊に頼んで起こしたものなんだろう？」

「え……」

それは、質問ではなく確認だった。

そういえば、私が好奇心から雷を起こしてもらったとき、セオに「あの雷はフェイがやったのか」と尋ねられたのだった。あの時はきまり悪そうにしていたが、精霊の声が聞こえるとなれば、その推測は正しかったと確信したのだろう。

私は、おずおずと頷いた。

「そうです。雷が、水の精霊と風の精霊の力がぶつかって生じるものだと聞いたので……その、精霊にお願いしました。背の高くて細長い物体に引き寄せられる性質を利用して、どこまで狙い撃ちできるかの実験も兼ねて」

彼らは零れ落ちんばかりに目を見開いて、驚きを露にした。

いつも冷静なニケルさえも、ずれたメガネを直すこともせずに呆然とする様子に、私はうっかり吹き出してしまった。

「くっ、ふふふ。そんなに驚くことでもないでしょう？」

精霊の声が聞こえると告白したときを上回る仰天ぶりだ。

それだけではなく、色めき立ったニケルとノエルは、私の元へ勢いよく詰め寄った。

（フェイは、精霊に働きかけられるってこと⁉　ただ声を聞くだけじゃなくて？）

「天候すらも動かせるのですか！」

「ま、まあ、精霊の意思に反しなければ、だけれど……」

だから、天候を操って水害や日照りを引き起こしたり気候を変えたりはできない。

けれど、自然の摂理に影響しないほど些細《ささい》なものだったら、精霊は気にしないだろう。

彼らの気迫に気圧《けお》されながらも、はっきりと答える。

それほど事を重大だとは捉えていなかったが、彼らにとっては衝撃的だったようだ。

「雷を攻撃手段に使おうとした研究が、数年前に打ち切りになったのを知っているよね、セオ。雷は、不確定要素が強すぎる」

ルークの反論に、セオは不敵な笑みを浮かべた。

「フェイは言っただろう？　狙い撃つ実験をしていた、ってさ。結果は成功。雷が落ちたのは、フェイの狙い通りだった」

「つまり、雷で撃退すると？」

「まあ、難れてくれれば僥倖だな。だが、ハヤテの言うようにヒュドラが体を維持させることだけに魔力を回すなら、おそらく俺たちも精霊魔法が使えるはずだ。もしそれでも周囲の魔力を操るほどの余裕があるようなら、フェイが俺たちに知らせて撤退……ってのはどうだ？」

（いい作戦だけど、どうやってヒュドラに雷を誘導するのかが問題だよ。ヒュドラがいるのは沼地だから、雷の性質は利用できそうにないし……。フェイはどう思う？）

確かに、雷という現象を攻撃に利用することができればいいと考えていた。

あれは精霊魔法ではない、物理衝撃である。威力は申し分なかったが、魔物に対して実際に試したことがないので絶対とは言えない。

けれど、最も可能性が高く、皆の危険を減らすに相応しい作戦であることは、よく分かっていた。

ただ、ノエルの「雷の性質」という言葉に引っかかりを覚えた私は、それが何なのかを思い出そうと、必死に記憶を辿る。

雷についてハヤテから聞いたのは、セオと話す前だった。

（高く掲げられたもの、細く尖ったもの、あとは金属……金属！）

あるではないか、雷を導く、その存在が。

ヒュドラの中央の頭に突き刺さる、銀色の剣。

ジャックが命を賭して与えたその一撃が、ヒュドラを倒す鍵となる。

「導雷針の役割は、ジャックの剣が果たしてくれますから、大丈夫です。良い作戦だと思います」

ただたどしい返事だったが、彼らは安心したように表情を緩めた。

「でも、これだけは約束してください。放たれた魔力を感知できるノエルの側を離れないこと。魔力を感じたら、即撤退すること」

彼らは、力強い眼差しでそれを受け入れた。

もう同じ轍は踏まない。

やるべきことは決まった。

「セオ、ニケル、ノエル、レナード、ルーク。一緒に、ヒュドラを倒してくれますか？」

もう一人で戦うなんて言わない。

私がやるべきことは、ヒュドラへの復讐ではない。共にヒュドラを倒し、彼らの居場所へ無事に返すことだ。

「何言ってんだよ、当たり前だろ？」

そう軽々と言ってのけたレナードは、五人の意思の代表だった。

ありがとう、と心の中で呟く。一人では考えられないほどの勇気が、身体中に満ちあふれた。

彼らと一緒なら、ヒュドラに負ける気がしない。

あんなに恐ろしかった存在が、今では乗り越えるべき壁へと変わったのだ。

（お願い、精霊たち。私に……力を貸して）

§§§

ある瞬間を境にして強く吹きだした風に、雲一つなかった晴天はみるみるうちに雲で覆われていく。

淡い金色の髪が風に揺れるのを、王立討伐騎士団第十三団の五人は、後ろで静かに見守っていた。その背丈は男にしては低く、団内で一番身長の低いノエルよりも僅かに小さい。そして、高ランクの魔物と渡り合うことが信じられないほどに華奢《きゃしゃ》な体軀は、ともすれば折れてしまいそうな錯覚を与えた。

「精霊は、本当に世界を司っているのですね」

魔の森で天気が急変することは珍しくない。しかし、それが精霊によって引き起こされたものだと誰が知っていただろうか。

精霊とは契約という形で繋がっていながら、どこか異次元の存在のようだった。

だからこそ、その実体を目の当たりにしたニケルは、嚙み締めるように呟いた。この期に及んで「信じられない」とは言わない。途方もない現象に、ただただ感嘆するばかりだった。

「天候を左右できるほど、フェイは精霊に受け入れられているってことだ」

セオは、雷が意図的に起こされたのを目撃している。だからこそ作戦の糸口を摑めたわけだが、どこか納得した様子だった。

「もはや精霊と同じじゃね？」

「レナード、それは傲慢《ごうまん》ですよ。私たちは、精霊のほんの一部の能力を借りているだけなんだから」

くるっと振り返った小さな冒険者は、その深い緑色の瞳を細める。

全てを拒絶し、自分の領域に他者を踏み込ませることをよしとしなかった以前と比べて、その雰囲気は柔らかく、温かみのあるものに変わった。口調も、心なしか砕けつつあるようだ。

「悪い」

レナードが素直に謝れば、困ったように微笑む。

その瞳の奥には、不安が見え隠れしていた。

三年前の悲劇が繰り返され、そして、誰かを失ってしまうのではないかという恐れが、まだ燻って消えないようだった。

「行きましょうか」

ニケルの呼びかけに、各々は表情を引き締め愛馬へ跨る。

雷がヒュドラを撃つまでに、その傍らまで接近しなければならない。攻め時を見切ることが、勝敗を左右する決め手となる。

だが、ヒュドラに十分な手傷を負わせることができなければ、精霊魔法の使えない者は退くしかない。それはつまり、フェイをたった一人で戦わせるということだ。

　フェイが仲間の死を恐れているように、彼らもまた、それを憂えていた。

§§§

　ごろごろと低い音を鳴らし始めた空に、先頭を走るノエルは更に速度を上げた。

　既にヒュドラの魔力は充満しているが、一行は構わず走り続ける。雷が落ちても魔力が引かないようなら撤退、という手筈《てはず》になっている。

　常時精霊魔法を発動しているノエルがいるからこそ、この作戦が成り立っていた。

「ハヤテ、そろそろ行こう」

　私の呼びかけを合図に、ハヤテは両翼を震わせた。彼らとは別行動で、私は上空からヒュドラに仕掛ける。その一撃が、私にとって最大の好機なのだ。

　私は、彼らの後ろ姿を目に焼き付けた。

　これが最後になるかもしれないと、胸がざわついたからだ。私は、絶対にヒュドラを倒すと決めている。仮令相打ちになっても、後悔はしないだろう。

《フェイ、命を無駄にするな。お前は、失うには惜しい人間だ》

　そんな心中を察してか、ハヤテは穏やかな声音で言い聞かせた。

　私も自殺願望があるわけではない。捨て身なんて無謀な真似はしないが、生きることに執着していないのも、また事実だった。

「分かってる。みんなが生き残るように、全力を尽くすよ」

私の返答に満足したハヤテは羽ばたきひとつで舞い上がり、森を見渡せるまで高度を上げる。

木々の開けた沼地にいる巨大な魔物が、視界の端に映った。

「ハヤテ、もっと近づいて！」

《危険だ。言っただろう、雷を完全に御することはできんと。あれを食らえば、お前とてひとたまりもないのだからな》

「……」

それでも、側で待ち構えていなければ意味がない。ハヤテの忠告を受けて少しだけ悩んだが、腹を括った。

「お願い、ハヤテ」

《……了解した》

ハヤテはヒュドラの真上まで接近し、察知されないほどの高度を保ちながら、大きな円を描きながら旋回する。

ふと顔を上げれば、曇天に枝分かれした光が幾筋か走った。その直後に、ゴゴゴゴという低い轟音が体を痺れさせる。

それが閃いたのは、すぐ後のことだった。

ドゴゴッガッツ

目を開けていられないほどの眩い光が閃き、耳を塞ぎたくなるような轟音と共に地上へと伸びていく。これを皮切りに、次々と紫の光枝が発生した。それは遠目で見るよりも遥かに力強く、そして美しい光景だった。

だが、見惚《みほ》れている余裕はない。ハヤテは、自分自身に直撃してしまわないように移動を繰り返すが、幾度となく真横を掠っていく。その度に、身体中にビリッと衝撃が走り、視界がチカチカと瞬いた。そして、一瞬だけ息が吸えなくなる。

下を見下ろせば、ヒュドラは突発的に起こった雷を警戒してか、五つの鎌首をもたげて周囲を警戒しているようだった。

（何て魔力……）

空にいてもなお、その魔力の禍々しさが伝わってくる。精霊という拠り所を失った状態で、このヒュドラと対峙することなど、やはり不可能に思えた。

いま、精霊たちは私の傍にいない。もともと、空という環境を好むのは水と風の精霊がほとんどなので地上ほど騒がしくはないが、魔力を前にして離れざるを得なかったのだろう。

だが、私は前のように混乱することはなかった。

私の傍にはハヤテがいるし、地上では仲間が攻撃の好機を待ち構えている。それに、空を見上げれば、私の頼みを聞いて動いてくれている精霊の存在が感じ取れる。

私はただ、信じていればいい。

精霊たちが、雷を起こしてくれると。

五人の討伐騎士と共にヒュドラを討伐するのだ、と。

青紫の光の筋は、変則的に空中を駆け抜けた。

とうとう雷は地面へと伸びていった。それはやがて、何かに引き寄せられるかのように収束していく。その先にあるのは、ヒュドラの巨体だった。

(当たった!)

雷の衝撃は、頭部に突き立っている剣から全身を駆け巡り、その身を焼いた。

降って湧いたように襲いかかった痛みが、ヒュドラを混乱させた。五つの頭と尾を振り回し、咆哮を上げる。

キキキキィという金属を引っ掻くような鳴き声は、なんとも耳障りだ。

雷は絶え間なくヒュドラへと降りかかっていた。索敵を巡らせる余裕などないだろう。ヒュドラの意識が、側で息を潜めているだろう彼らから逸れたことに安堵しつつ、私は空に向かって叫んだ。

「みんな、もっと強く!」

その強い思念に反応したかのように、一際強い光が閃いた。その光は、彷徨うことなく一直線に地上へと突き進む。

巻き起こった風圧で上空の雲が波紋状に散るほど、その威力は強大だった。

ハヤテは咄嗟に翼を前方へとはためかせ、距離を取る。だが、想定を上回るその一撃は、多少離れたところで凌げるものではなかった。

視界がチカチカと点滅し、乾いた喉が焼けるように痛んだ。瞼が熱い。そして、だんだんと呼吸が荒くなっていく。

《フェイ、人間の身では、これ以上持たんぞ！》

遠くなっていくハヤテの声を聞きながら、私はヒュドラの姿だけは見失うまいと必死に目を凝らしていた。

幾度も雷に打たれたヒュドラは、全身から煙が立ち上っている。五つの頭は力なく項垂れ、弱々しく尾を揺らしていた。ヒュドラに感じていた禍々しさは嘘のように弱まっている。魔力を放出している余裕がなくなった証拠だ。

（これなら、行ける……）

ヒュドラには強い自己修復力があるため、悠長にしてはいられない。地上組に合図をして、攻撃に移ろう。

体を駆け抜ける痛みに歯を食いしばりながら、私は攻撃開始の合図として決めていた火の精霊魔法を打とうとした。

しかし、予想もしなかったことが起こった。

私の周りに漂っていた雲が一斉に集まりだし、空を覆いつくすように広がり、強烈な光が閃く。

ドッガゴガカッン
雷鳴が轟いたのと、真っ直ぐヒュドラに向かって光線が放たれたのは、ほぼ同時だった。

だが、その雷は、私が作り出したものとは明らかに違う。

瞬く間に消えてしまうはずの雷は、何者かの意思に沿っているかのように、雲のある一点から間断なく続いている。

距離を取ったにも拘わらず、幾筋にも分かれた雷は、追いかけるようにして私たちにも襲い掛かってきた。

ハヤテはさらに後方へと退いたが、逃げられるはずもなかった。

バチィッツ
何かが爆《は》ぜるような音がした。全身が焼け付くような熱に包まれ、防具として身に付けていた胸当と腰に帯びていた剣が吹き飛んだ。

……いつの間にか、視界は反転していた。

見下ろしていた緑は重苦しい灰色に変わり、ある一つの起点から、光の筋が降り注ぐのが見える。しがみついていたハヤテの毛並みの感覚も、吹き荒れる豪風も雷の轟きも、何もかも感じられない。

落ちているのか、浮いているのか。それとも、目に映る光景はただの幻影なのか。

意識はあるのに、それ以外の自分を失ったような、不思議な感覚だった。

（死ぬ……のかな）

人は死ぬ間際、一瞬だけ幸福を感じるという。

暗い世界に広がる輝きは、今までで一番幻想的で、美しかった。最期にこれを見ることができただけでも、私の心は十分満たされる。

ヒュドラがあれほど弱体化していたなら、五人の実力をもってすれば倒すことは難しくないだろう。多少は妨害されるかもしれないが、彼らなら精霊魔法を操れるはずだ。

もう思い残すことは何もない。

そっと、瞼を閉じようとした。

§§§

《フェイ！》

誰かが、私の名前を呼ぶ。

ハヤテだろうか、いや、違う。

でも、すごく懐かしい……そう、あの声だ。事の節目に現れて、名前しか呼んでくれない、私の精霊。

《フェイ、生きるんだ》

その声は、消えかけた私の意識を繋ぎとめた。

死の沼に沈みかけていた私は、力強い何かにグンと引っ張り上げられる。たったそれだけで、生きる活力が湧き上がってくるのだから、不思議なものだ。まだ死ぬわけにはいかない、そう思える。

だが、傷付いた体は癒えることなく、何も感じられないままだ。自分がどこにいるのか分からない、ぼんやりとした空間に漂っているような状態は続いていた。

《フェイ、僕たちの力を使って》《ヒュドラになんて負けないよ》

それでも、精霊の声だけははっきりと聞こえる。先ほどの静けさとは打って変わって、頭の中は精霊の声であふれていた。

《ごめんね、フェイ。僕……力になりたくて》

その中にあった一つの悲しげな声に、私は違和感を覚える。語りかけずにはいられなかった。

（あなたは？）

《僕は、雷を司る精霊さ》

「まったく姿を見せない」とハヤテが言っていた雷の精霊が、私の側にいた。

やはり最後の一撃は、水と風の精霊の力がぶつかったことによって起こる副産物的な雷とは異なっていた。

《水のと風のが面白いことしてるから、僕もちょっとだけ手伝おうって。でも僕、い

つもやり過ぎちゃうんだ。フェイを傷付けるつもりはなかったんだよ》

雷の精霊の声は、どこかしょんぼりとしていた。

確かに、雷を受けて死にかけているが、目くじらを立てたりはしない。そもそも、金属が雷を誘き寄せると分かっていて、金属製の武具を身に付けたまま近づいた私の自業自得なのだ。

それよりも、あの一撃がヒュドラに与えた傷は大きい。

私は、雷の精霊に感謝の言葉を伝えたかった。

（雷の、ありがとう。私は大丈夫）

……だって、光の精霊が来てくれたから。

《もう、フェイは相変わらず無謀なんだから。ほら、治すからじっとしていてよ》

柔らかく、暖かな熱が体を包み込む。

氷が溶けるように、じわじわと身体の先から感覚が戻ってくる。

少し湿っぽく、ざらざらした感触が指から伝わった。土だ。

数回瞬きすれば、靄《もや》がかかっていた視野も明瞭になっていく。

「……セオ？」

視力が回復した途端、眼下に広がるダークブラウンに、驚いて短い声を上げた。

私の胸元に耳を当てていたセオは、狼狽えながらも後ろに退く。

「フェイ、良かった！」

右へ左へと視線を巡らせれば、ニケルとレナードが囲むようにして私を見下ろしていた。その沈痛な面持ちに、彼らに心配を掛けてしまったのだと気付く。

だが、彼らとは別行動をとっていたはずだ。何が起こったのか、ヒュドラはどうなったのか。

何より先にそれを把握しなければと、息を吐く間もなく上体を起こした。

「状況は？」

傍で膝をついていたセオが慌てて背中を支えてくれるが、光の精霊が隅々まで癒してくれたおかげで、痛みや違和感は全くなかった。

大丈夫、という思いを込めてセオに礼を言い、私は立ち上がって彼らと視線を合わせる。

「ヒュドラの所へ駆けていたところです」

「俺たちの所へ降ってきたんだぜ。まあ、ハヤテが付き添ってたから、それほど慌てはしなかったけどな……」

決まりが悪そうに目を泳がせるレナードをよそに、私は詰め寄った。

「私はどれくらい気を失ってた？　ヒュドラは、ヒュドラはどうなったの⁉」

「お、落ち着けって。直ぐに目を覚ましたから、数秒しか経ってねえよ」

とうとう視線すら逸らしてしまったレナードを訝しがりながらも、自分で思っていたよりも時間が経っていないことに胸を撫でおろす。

上空から見た様子だと、ヒュドラはかなり疲弊していた。ヒュドラからさほど離れていないこの場所でも、魔力は感じられない。

精霊たちも恐る恐るヒュドラに近づいて、情報を集めようとしてくれていた。

《フェイ、いまだ！》《再生が間に合ってないみたい》

《核を壊して！》

ほとんど魔力が残っていないのだろう。あの巨体を維持する魔力で精一杯なのかもしれない。だが、死に際の魔物ほど予想外のしぶとさを発揮するもので、いつ再生を始めてもおかしくない。

それでも、いま彼らと共にヒュドラへ仕掛ければ、間に合う。

（フェイ、あの……）

「ノエル、ヒュドラは再生が追いついていない、叩くなら今がチャンスだよ。急いで討伐に向かおう！」

（そっか、急がないと！　……あ、それもそうだけど、あのね、えっと）

ノエルもまた、レナードと同じように視線が定まらず、しどろもどろしている。

他の三人を見れば、セオやニケル、ルークまでもがぎこちない表情を浮かべているではないか。

何事かと眉を顰めるが、ハヤテの姿を目にした途端、そんなものは頭から消え去っていった。脇目も振らずその傍まで駆け寄り、ハヤテが無事か、必死に確かめる。

《済まない、お前を傷つけてしまった》

謝罪するハヤテに、私は首を振った。あれほど忠告してくれていたのに、私が無理を言った所為で、ハヤテまでも危険に晒してしまった。

目立った外傷がないことに安堵しつつ、ハヤテの鼻梁《びりょう》に額を寄せた。

「謝るのは私の方だよ。ごめんなさい、ハヤテ。怪我はない？」

《大事ない。それよりも、その恰好を何とかするべきだな。後ろの者どもが不憫《ふびん》だ》

「恰好？」

ハヤテに言われるがまま視線を下げれば、絶句、まさにこの一言だった。

服が、凄まじいことになっている。

お気に入りだった濃紺の上着は、下に着ていた白シャツもろとも両袖や裾が焼け焦げて穴だらけだ。

胸当は辛うじて無事だが、どうにも心もとない。

……はだけてはいないが、隠せてもいない。

魅力ある女性的な体型ではないにしても、私の性別は、一応女だ。彼らの反応が不審だったのも、私に気を遣っていたからだろう。

(困ったな)

とは思ったが、ないものは仕方がない。安全地帯に戻れば、置いてきたマントや着替えがある。まあ、そこまで気にすることでもないかと、私はヒュドラ討伐を優先させることにした。

ハヤテに注意されてから数秒の沈黙の後、私は何事もなかったかのようにハヤテに跨ろうとする。空からヒュドラの状況を確認した上で、ヒュドラへの攻撃をするか否かを見定めるためだ。

だが、思わぬ邪魔が入る。

「ちょっ、ちょっと待った！　なんで何事もなかったみたいな顔してんだよ。ノエル、お前フェイと背格好が近いだろ、マント貸してやれ」

猛烈に捲し立てたレナードは、丈の短いマントを防具の上から羽織っていたノエルから無理やりむしり取って、私へと差し出した。

レナードの慌てぶりは見ていて面白いが、押し付けるように渡された上着を持て余してしまう。

「えっ、でも」

(頼むから着て！)

ノエルに返そうとしたが、本人に全力で拒否されてしまった。

「ありがとう。じゃあ、お言葉に甘えて」

簡単にお礼を言うと、ノエルは首振り人形のようにひたすら頷いて返す。服が破れたくらいで、としか感じていなかったが、これほど挙動不審にされると私も気恥ずかしくなるではないか。知らずしらずのうちに頬が熱を持つ。

「どっちだろうとは思っていたけどさ、女性だったんだね」

ルークの一言で、私は忘れかけていた事を思い出した。

私は短い髪や服装などによって、多くの人からは「性別不詳」もしくは「男」だと認識されているのだ。私も自分の性別について公言したことは一切ないし、誰かに尋ねられたこともないので、すっかり頭の片隅に追いやられてしまっていた。

「あー、はい。その、わざわざ言う必要はないかな、と」

言い訳をしてみるが、訊かれないものを自分から言うのも変だから、別に私に非はない。と思いたい。でも、これは彼らを騙していたことになるのだろうか。

そのことで、気分を害してしまったかもしれない。どうにか弁明しようと言葉を探すが、何も浮かんでこないことに焦りが募ってしまう。

ドゥオオオンという地鳴りが響いたのは、その時だった。木々が薙ぎ倒されるバキバキという音とともに、何かが地面を叩きつけるような爆音が連続する。

《ヒュドラが暴れだした！》《こっちに来るよ！》

ヒュドラは、私たちを標的にしたようだった。それほど距離は離れていない。衝突するのも時間の問題だろう。

「行こう！」

私たちは、一斉に駆け出す。ヒュドラの巨体と直面するのに、そう時間はかからなかった。

精霊魔法と剣を構え、瞬く間に戦う体勢を整える。

「ヒュドラは体を維持させるので精一杯で、魔力を放出する余裕がない。私は空から攻めるから、散開して一気に叩こう！」

「了解！」

私とハヤテが飛び立ったのと、彼らが地面を蹴ったのは同時だった。

ヒュドラは表皮は青みがかった灰色で、光沢のある滑らかな鱗が全身を覆っている。だが、頭部近くは太くて鋭い突起があり、まるでドラゴンのようだった。後ろに伸びる胴体は蜷局を巻いておらず、尾は縦横無尽に振り回されていた。

ただ、体の至る所から煙が上がり、その破壊行動も切羽詰まったものを感じさせる。まさに、満身創痍《まんしんそうい》といった体だ。

ヒュドラをこれほど事細かに眺めたのは初めてだった。

そして、いざヒュドラを前にして何の感情も浮かんでこないことに、胸のつかえが取れて気が楽になる。

……覚悟は、できている。

ヒュドラとの距離を詰めたハヤテの背から躊躇うことなく飛び降りる。眼下にヒュドラの首があり、まさに死角だった。

いつものように剣を抜こうと腰へ手をやったところで、私は言葉を失った。

そう、相棒ミスリル剣は、胸当と共に雷で弾き飛ばされてしまったのだ。

しかし、気付くのが遅すぎた。私は今、落下している最中だ。

（どうしよう）

剣がないなら精霊魔法を使うしかないと切り替えようとしたが、ふとヒュドラの中央の頭から放たれる鈍い光が目に留まる。

……あるじゃない、剣。

誘雷針としての役割は十分果たしてくれた。

それに、あの剣の切れ味の良さは、ヒュドラの皮膚を貫いていることからもよく分かる。

（ジャック、ちょっとだけ借りるね）

心の中でジャックに断りを入れる。冒険者にとって武器は命にも等しいが、ジャックはあの剣を我が子のように大事にしていたから。

ヒュドラに属性による弱点はない。だが回復力を奪ったことで、無防備に晒された五つの頭を落とすことだけを考えれば良くなった。

ヒュドラに向かって真っ逆さまに落下しながら、風の弾を放つ。クエレブレの鎌鼬と原理は同じだが、小石ほどの大きさに圧縮することで威力は数倍に膨れ上がった。触れるもの全てを切り裂く精霊魔法だ。空気の抵抗を受ける落下中に、この精霊魔法は非常に操りやすい。

一点に集中して吸い寄せられていった風の弾は、一つの頭を胴体から分断させた。

グチャという音を立ててヒュドラの右端の頭が地面へ落ちたすぐ後に、私は中央の頭の上へと舞い降りる。それと同時にジャックの剣の柄を逆手に握り、落下の重さを利用して下へと押し下ろした。

剣はヒュドラに突き刺さったまま、その肉を断ち切る。

ミスリルの剣のように、滑らかな切れ味という訳にはいかない。ブチブチと肉の繊維が切れる嫌な感触が手に伝わる。

ヒュドラの首は、私の身長ほどの太さがあった。剣に縋《すが》りつくようにして下まで振り抜けば、切り残した一部の皮が繋がったまま、真ん中の頭はぶらりと垂れ下がった。

切り口からの再生は始まらない。

あと、三つ。

そろそろ彼らが辿り着く頃だろうと耳をすませば、すぐそこにいた。

(フェイ、一旦下がって！)

聞こえてきたノエルの合図に、私は跳躍してヒュドラから距離を取る。

すると、私と入れ替わるようにして、幾つもの精霊魔法がヒュドラへと迫った。

ヒュドラの真上に展開された十二本の水の柱が、その胴体を地面へと縫い付ける。

ニケルの水の精霊魔法だ。

(あの分厚い胴体を貫くなんて、なんて威力……)

初めて見たニケルの精霊魔法の練度に、ただただ感心する。

身動きが取れなくなったヒュドラは、頭と尾を振り回す。その動作に強者としての威厳はない。動作が単調になった隙をついて、一気に畳みかける。

一直線に飛んでいったレナードの火が左ふたつのヒュドラの目の前で炸裂する。すかさず地面から突きあがった楔《くさび》の槍《やり》が、容赦なくヒュドラを顎から串刺しにした。

（尾を振り上げた！　右に飛んで！）

立て続けに頭を失った苦しみで、ヒュドラはのたうち回る。前もって指示を出してくれたノエルのおかげで、ヒュドラの攻撃を難なく躱すことができた。

そして、矢のような速さで接近したのは、セオだった。彼は、もう一つの頭を剣で貫く。

（っ！）

どこかで見たことのある光景に、私は息を呑んだ。

あれでは、ジャックと同じではないか。

振り落とされたジャックは、その兇悪な牙を避けきれずに、餌食となってしまった。

彼には何か考えがあるのだろうが、剣を刺すという行為が、私の恐怖を呼び覚ました。

「ッセオ、駄目！」

今までにないほど声を張り上げる。

また、死なせてしまう。

大事な、仲間を……！

考えるより先に、体は動いた。

何でもいい、精霊魔法を撃とうと右手を突き出す。

だが、いつの間にか隣に立っていたレナードが、やんわりとそれを下ろした。

何で止めるのかと非難めいた視線を送れば、レナードはヒュドラの方へ顎をしゃくった。

それにつられて、セオへと注意を戻す。

と思うが早いか、ヒュドラの頭が弾け飛んだ。残っているのは、ヒュドラの体液に濡れたセオの剣と、無傷のセオだけだ。

何が起こったのか、理解するのに少しの時間がかかった。

「剣に風を纏わせるんだってよ。近ごろ、それぱっかり練習してたからな」

突き刺した剣から、風を巻き起こす。

緻密な精霊魔法の操作ができるセオだからこそ、実践で使える技だ。早く正確なだけではない。その殺傷力は、他の三人の精霊魔法にまったく劣らない。

セオは地面の毒溜まりに足を踏み入れないように着地し、後方へと引いた。

レナードは射線が開けたのを確認すると、目を爛々とさせながら、口角を上げる。

「さあて、俺が最後の仕上げといくぜ」

私と同じように右手を突き出したレナードの前で、炎が円状に踊る。それは次第に大きさと速さを増し、熱風が辺りに吹き荒れた。

私は目を細めながら、黙ってそれを見守る。

美しい光景だった。赤い炎は、まるで意思を持ったようにレナードを取り巻き、円へと加わっていく。

その炎は槍となり、まっしぐらにヒュドラの最後の頭へと襲い掛かった。

炎槍は口を食い破り、胴部へと押し入っていく。ヒュドラは断末魔を上げる間もなく、その命を燃やし尽くした。

魔力を使い切ったヒュドラが灰になるのに、そう時間はかからなかった。

ニケルが慌てて討伐証明部位である皮や牙、頭の突起部分を回収している。

そして、胴があった場所に現れた巨大な魔結晶石に、私は我が目を疑いながら呟いた。

「お……わったの？」

私が一撃を入れてから、ほんの一瞬で片が付いてしまった。なんと呆気ないことだろう。

魔物だった面影は既になく、ただの結晶の塊になってしまったヒュドラ。

「フェイ」

ヒュドラの検分に勤しんでいたニケルは、私を呼んだ。その足元には、彼の膝に届くほど巨大な魔結晶石がある。

私が壊していい、ということだろうか。

散らばった灰に足を取られながら、魔結晶石へと近づく。セオ、ノエル、レナード、ルークも私に続いた。

これが、ヒュドラの核。精霊の力を奪って紡ぎ出された精霊の成れの果て、魔物。

「さようなら」

憎しみ、怒り、後悔、悲嘆。

このヒュドラによって齎された苦しみは、計り知れない。でも、この瞬間に、そのすべての過去と別れを告げよう。

私は、前に踏み出さなければならないのだ。

ジャックの剣を振り仰ぎ、魔結晶石へと叩きつけた。魔結晶石と金属は、相性が悪い。これほど大きくても、魔結晶石は簡単に割れた。

その途端、精霊から喜びの声が上がる。

《すごい！》《やった！》

《ヒュドラの力は膨らみ過ぎていたから、僕たちではどうにもならなかったんだ！助かったよ、フェイ》

……私だけの力ではない。五人と共に戦った結果だ。

彼らの実力は私の想像を遥かに超えていて、ヒュドラに抵抗する隙も与えなかった。

私一人でも倒せた、なんて傲慢なことは言わない。セオが雷を指摘してくれなければ作戦は成り立たなかったし、死にかけた後に傍にいてくれたのは彼らだった。

もし一人で挑んでいたのなら、残るのはきっと、いつも通りの虚しさだけなのだろう。だが、今は違った。

セオと共にキュクロプスを倒した時のように、心の底から湧き上がる昂りが、全身を心地よく痺れさせている。

今だからこそ分かる。魔物を倒した後に虚しく感じていたのは、それが何も生まないから。精霊から力を借りる代わりに魔物を倒す。世界を正しく巡らせるために必要なのだと理解していても、私の心を本当の意味で満たすことはなかった。

ジャックに対する負い目もあったのだろう。ジャックが生きていれば私の隣にはジャックがいたかもしれないと、頭では考えないようにしていたが、自分の心に嘘は吐けない。

でも、そんな自分はヒュドラと共に葬った。

今はこの高揚感に身を委ね、彼らが無事だったことを喜びたい。

魔物が集まってこないうちに馬を呼び戻し、安全地帯へと帰還すると、肩の力が一気に抜け落ちる。

誰も、死なずに済んだのだ。私の畏れていたことは杞憂だったと、事後処理を始める笑顔の彼らを前にして胸を撫でおろす。

「無事で、よかった……」

無意識のうちに零れ出た言葉に、彼らは笑顔を深めた。

仰ぎ見た空は、再び晴れ渡っていた。水と風の精霊が散ったのだろう。

精霊の力がなければ、私は今頃死んでいた。死んでも構わないと思っていたし、あの時も生きることに執着しようとしなかった。

けれど、ジャックが果敢にヒュドラへ立ち向かったように、あの声が私を死の沼から掬い上げてくれたように、彼らは私を生かそうとする。

ずっと考えていた。返しても返しきれない恩のあるジャックと、精霊たちに、どう報いればいいのか。

その答えを出すために、自分でも驚くほどすんなりと考えが纏まる。

ジャックへの罪は、一生消えない。だが、以前の私はその事実を受け入れられないでいた。

ジャックが死んだとき、誰も責めるでもなく、悲しむでもなく、ただ「仕方ない」とだけ言われた。人の死を抱えて生きることは、死ぬよりも辛い。死と隣り合わせにある冒険者たちが、すべての死を抱えることはできない。それを分かっているからこそ、私はジャックへの遣り切れない思いを燻らせたのだ。そして、彼が死ぬ瞬間を思い出すのが怖くて、私は彼から目を逸らしてきた。

けれど、その苦しみと共に生きる覚悟を決めれば、そう難しいことではないと気付いた。彼は最期、私に「生きろ」と言ったのだ。だから私は、それを全力で叶える。

ジャックがあの時、私を助けるために行動してくれたことに、感謝して。

私は、私らしく生きる。

そして、私が生きる意味、この命をどう使っていくのか、私はこれから探していく。

やるべきことは、今までと変わらない。精霊は私と共にあり、私も精霊と共にあるからだ。

実体のない彼らにできないことを、私が代わりにやる。精霊の望みが魔物を倒すことなら、私はそうあり続けるだろう。

《その力は、精霊と人間を繋ぐもの。正しく使え、フェイ》

「……え？」

ふと聞こえたその声は、まるですぐ近く語り掛けられているようだった。私は急き立てられるように首を巡らせ、その姿を探す。だが、当然のように瞳には映らなかった。

けれど、確かに聞こえた。

「精霊と人を繋ぐ、か」

その呟きは、空気に溶けて消えていった。

だが、その先にいたのは……、
セオ、ニケル、ノエル、ルーク、レナード。そして、ハヤテ。

私の、仲間たち。

一人の殻に閉じこもるのも、大事な時間だった。けれど、外の世界には、沢山の喜びと発見が待っていた。

私の決めた覚悟を成し遂げるためには、もう一度殻に戻っている暇はない。

彼らとは、長い付き合いになりそうだ。

メゾン文庫

精霊《せいれい》に愛《あい》された姫君《ひめぎみ》
～王族《おうぞく》とは関《かか》わりたくない！～

2020年7月20日　初刷発行

著　者　藤宮《ふじみや》
発行者　野内雅宏
発行所　株式会社一迅社
〒160-0022 東京都新宿区新宿3-1-13
京王新宿追分ビル5F
電話　[編集]03-5312-7432
[販売]03-5312-6150
発売元：株式会社講談社（講談社・一迅社）
印刷・製本　大日本印刷株式会社
DTP　株式会社三協美術
装　丁　AFTERGLOW

ISBN978-4-7580-9278-4　C0193

本書は「小説家になろう」（https://syosetu.com/）に掲載されていたものを改稿の上書籍化したものです。
この作品はフィクションです。実際の人物・団体・事件などには関係ありません。